單讀

YOU BEAUTIFUL TRUTH

李
美
真

孔亚雷 著

上海文艺出版社

图书在版编目（CIP）数据

李美真 / 孔亚雷著 . -- 上海：上海文艺出版社，2020
（单读书系）
ISBN 978-7-5321-7766-0

Ⅰ.①李… Ⅱ.①孔… Ⅲ.①长篇小说—中国—当代
Ⅳ.①I247.5

中国版本图书馆 CIP 数据核字 (2020) 第 137697 号

发 行 人：毕　胜
责任编辑：肖海鸥　邱宇同
特约编辑：罗丹妮　刘　婧
书籍设计：陆智昌
内文制作：李俊红

书　名：李美真
作　者：孔亚雷
出　版：上海世纪出版集团 上海文艺出版社
地　址：上海市绍兴路 7 号 200020
发　行：上海文艺出版社发行中心
　　　　上海市绍兴路 50 号 200020 www.ewen.co
印　刷：山东临沂新华印刷物流集团有限责任公司
开　本：880×1230mm　1/32
印　张：13
字　数：220 千字
印　次：2020 年 11 月第 1 版　2020 年 11 月第 1 次印刷
ISBN：978-7-5321-7766-0 / I.6168
定　价：68.00 元

告读者：如发现印装质量问题，影响阅读，请与出版社发行部门联系调换。

目 录

001 | 第一章
　　　幸存者俱乐部

013 | 第二章
　　　来自1900的陨石碎片

025 | 第三章
　　　李美真（1）

041 | 第四章
　　　K的平行宇宙（1）：圆明园之夜

057 | 第五章
　　　K的平行宇宙（2）：图书馆的幽灵

073 | 第六章
　　　李美真（2）

091 | 第七章
　　　红色笔记本（1）

101 | 第八章
　　　李美真（3）

117 | 第九章
　　　K的平行宇宙（3）：尤利西斯谈话录

143 | 第十章
　　　红色笔记本（2）

155 | 第十一章
　　　李美真（4）

189 | 第十二章
　　　K的平行宇宙（4）：咒语——塔可夫斯基

235 | 第十三章
K 的平行宇宙（5）：2012 年 9 月 11 日

317 | 第十四章
红色笔记本（3）

335 | 第十五章
K 的平行宇宙（6）：女儿与情人

363 | 第十六章
增强梦境（短篇小说）

373 | 第十七章
李美真（5）/ K 的平行宇宙（7）：12 月 21 日

397 | 第十八章
后记

天主以曲线来写直线

——葡萄牙谚语

第一章

幸存者俱乐部

  一切都是从那张照片开始的。一张黑白老照片——大约摄于二十世纪初，一九零几年，或者一九一几年—— 一张中年妇人的正面半身照。说实话，我花了好一会儿才确认她的性别，依据是她耳垂上隐约的耳环。不知为什么，她身上散发出一种无可辩驳的、奇异的中性色彩。也许是因为她的发型（她的发髻大概盘在脑后，所以从正面看就像短发）。也许是因为她的长相（浓眉，单眼皮，挺拔的鼻梁，脸颊两侧从鼻翼划至嘴角的法令纹）。但更可能是因为她的表情，或者说毫无表情：她的嘴唇微微闭拢，她的眼神坚毅、清澈、平静——她一只眼睛的眼神，准确地说。她是个斜眼。她的右眼有三分之二全是眼白，只在眼角靠上处有半个黑眼珠。但这与其说让她显得丑陋或怪异，不如说让她显得更为宁静。她的斜眼似乎赋予了她一种镇定与超然。一种神秘的冷漠。一种特权。这种感觉很难解释——就像后来发生的许多难以解释的事情一样。我久久盯着手里的照片。盯着她左右眼球中两个不对称的小光点。有那么一瞬，就像某种电影特效那样，我周围的一切——人潮、声响——都变成了一团慢动作的模糊光影，而手拿照片站立不动的我，则被静静地包裹在这团光影漩涡的中心。但这只是一刹那。随即一切恢复。人潮、声响、世界。就在那一刻，我在心里做了一个决定：我要为她写本小说。

那是2012年1月8号。我之所以记得这么清楚有三个原因。一，1月7号是我的三十五岁生日。二，那天也是我跟出版商签订的第二部长篇小说的交稿日。第三个原因我们稍后再说。很久以前——那时我才二十多岁——我读到过一篇文章，说在正常情况下，我们应该将自己的人生中点设为三十五岁。也就是说，我们应当将自己的正常寿命设定为七十岁：既不算长，也不算短。这样我们就能为人生划出一道分界线，一座分水岭：三十五岁之前在这边，三十五岁之后在那边。如果把人生看成一段旅程，那么三十五岁就是山顶：之前我们的视野里只有那座山，我们走向它，攀登它；之后我们开始下山，我们已经可以隐约看见远方的目的地，终点——在我的想象中，那是一片灰色平静的大海。当然，那片海就是死。那篇文章到底是说什么我已经忘了，唯独这个观点像三叶草化石一样永远地印在了我心上。三十五岁。人生中点。而且，不知为什么——也许是因为"中点"这个词——它总让我想到但丁《神曲》中那著名的开头：

在人生的中途，

我进入一片幽暗的森林……

事实上，我本来打算用这两句诗作为我第二部长篇小说的题记。这部小说我已经写了三年，但至今仍然只有一个标题（《极乐寺》）和这个题记。一片空白。我写了删，删了写，然后再删，再写，再删……恶性循环。也许是我要求太高。或者能力不足。总之，我牢牢地卡在了小说开头。我陷入了对一个作家来说最恐怖的状态：写作瓶颈。按照原计划，我将花三年时间完成一部大约六十万字左右的大部头小说。故事将围绕一桩神秘的谋杀案展开：一个擅长变装和易容术的应召女郎在新年前夜被残杀于市中心的一间高级公寓。随后各种人物纷纷登场：有特异功能、从容不迫的女警察；特立独行的报社女同性恋记者（她的偶像是专拍畸形人的美国女摄影家阿勃丝）；深陷写作困境、不得志的中年小说家（显然是以我自己为原型——一个不祥之兆）；受地下黑手控制的应召女郎集团；某个神秘宗教组织的狂热信徒……他们交织构成了一张错综复杂，闪烁对应的关联之网。它将是斯蒂芬·金与福克纳的结合体——既有可读性，又有文学性。从结构上看，这是一部百科全书式的综合小说，由无数短小跳跃的章节连缀而成，散发出一种既宏伟又微妙的宇宙感——仿佛无数闪耀的星光，形成一幅巨大的图案。各种看似相悖的元素不可思议地融为一体，正如我们所处的这个世界本身：若隐若现的悬疑，后现代的非线性叙事，荒诞的黑色幽默，神圣的宗教感，以及萨德式的情色和暴力。最后，最重要的是，这将是一部超级畅销小说。

现在看回去，上面这些话显得可笑、不切实际，甚至恬不知耻。但在三年前它们却似乎颇有吸引力，并为我赢得了一纸出版合同，他们甚至还破例付了我一笔虽然数目微薄（两万元）但却令人感动的预付金。这就是为什么我会在北京度过我的三十五岁生日。我是来见我的出版商——前出版商，准确地说——商谈关于解除合同的事。我们姑且称他为F。我们约好7号下午在他公司附近的一家咖啡馆见面。他并不知道那天是我生日，但他或许意识到了那天对我有某种特殊意义——我还记得我特意要求将交稿日定为2012年1月7号时，他脸上那种好奇的微笑。在我的心底，我想把那部书稿作为送给自己三十五岁的秘密生日礼物，作为进入人生另一边的祝福。但结果呢？我最终收到的礼物是一片虚空，一个空壳：什么都没有。不，也许应该说，我真正收到的礼物是一份两万元的欠债。

"不用担心钱的事。"F说。

我不知该说什么好。也许因为一口京腔，F的语气里带着一种特殊的轻描淡写，这种语气能使他说的任何话——无论好坏——都产生一种奇妙的压力。

我们在一家叫"旋转木马"的咖啡馆。咖啡馆的整个地面是一张巨大的、以难以察觉的速度缓缓转动的圆盘。这是我第二次来，上次是三年前签订合同时。旋转木马。讽刺和象征。

"除了这部哈利·波特，你最快要多久能写出本新书？我是说，薄点儿的，不用那么长。"哈利·波特是我们对我那部"巨作"的戏称。

"不知道。"我盯着面前的咖啡杯，然后抬起头看看他，"估计世界末日前不行。"

"你也信这个？"他笑起来，"12月21号，对吗？要是真的就好了，大家就都不用折腾了。"他叹了口气，"其实我很想把你的前两本书重新再出一下，但是，你也知道……"他挥了挥手掌，似乎剩下没说的话是某种蚊虫或烟雾。

我们沉默了一会儿。他说的前两本书是指我的长篇处女作《不失者》和短篇小说集《火山旅馆》。

"作家是这个世界上最不幸的职业。"他摸了摸自己高挺漂亮的鼻子（很可能做过整容），"其次是出版商。永远如此。这个时代并不比以前更糟。《安娜·卡列尼娜》最初是在报上连载的，你能想象吗？托尔斯泰写连载小说！更不用说陀思妥耶夫斯基了。疾病缠身，四处欠债。为了挣钱，他甚至办了份叫《作家日记》的杂志。跟我手里那几个当红的青春文学作家没什么两样。"

"你还在吃药吗？"过了一会儿，他突然问。我能感觉到他的目光。我正在研究他的领带，领带图案是各种各样的动物：山羊，鸟，老虎，狮子，鹿，大象，还有条绿色的橄榄枝。诺亚方舟领带。

我摇摇头。"最近没有。"我抬起头,"你呢?"

他没回答。他喝了口面前的黑咖啡,让身体陷进皮沙发的椅背。"普通的药已经没用了。"他说,"再说,焦虑是无药可治的。前几天我在杂志上看到,焦虑已经成为人类最普遍的第一情绪,超过了爱、嫉妒、仇恨、悲伤和愤怒。你知道我们为什么会焦虑吗?因为我们无法活在当下——就像动物、孩子、或者禅宗大师那样。我们总是思前虑后。比如说我们此刻在喝咖啡、聊天,但我总忍不住要去想周一要开的会,公司的上市报告,版权官司,女儿的抚养权……而你呢,"他用手指做成枪的样子对准我,"我敢保证,在你内心的某个角落,你还在想着你那可怕的哈利·波特。"

我不置可否地摇摇头。他放下手,脸上露出满意而疲倦的笑容。他面色苍白,看上去有点像衰老版的阿兰·德隆。

"不过我现在好多了。有一种新疗法。对了,"他坐直身体,好像突然想起了什么,"今天是7号,对吗?——你什么时候回上海?"

"明天晚上的飞机。"

"今晚你有什么安排吗?"

"没有——暂时没有。"

"听我说,今晚有个活动。"他放低声音,看了看四周,似乎怕有人偷听。"你可以过来。我保证你终生难忘。专门针对重度焦虑症患者。"

"就像《搏击俱乐部》那样？"我特别喜欢那部电影。

"唔——有点，但更……你来了就知道了。我把地址发给你。"他拿起桌上的手机。

"晚上十点开始。进门要密码。密码是……好，地址发给你了。"他放下手机，"密码是20121222。2012年12月22号。"

"世界末日之后？"

"对。世界末日之后。我们都是幸存者——"他扬了扬眉毛，"幸存者俱乐部。"

我迷路了。F给的地址很难找。我在迷宫般的胡同里绕来绕去，彻底迷失了方向。天空开始飘起小雪。我竖起大衣领子，裹紧围巾。F的电话打不通。我又胡乱走了一会儿，感觉寒气像看不见的冰针一样刺进身体。正当我准备放弃的时候，那个门牌号突然像奇迹一样出现在眼前。它在一条死胡同的尽头。看上去像个小四合院。带铜环的古旧木门上嵌着式样简洁、宛如太空产品的银色密码键，在屋檐射灯的照耀下仿佛一件艺术装置作品。我小心翼翼地按下密码。世界末日之后。没有反应。我看了看手表，已经十点半。

我正在想要不要回酒店，门"吱呀"一声开了。开门的是个穿朱红色侍者套装的兔人——他（她？）戴着一副咧嘴大笑的"兔巴哥"面具。简直像爱丽丝漫游奇境。见我愣在那里，对方把门完全打开，略微躬身做出"请"的手势。一个宽敞的四合院。隐藏在屋顶和角落的光源勾勒出古老建筑的曲线轮廓。我跟在他（她）身后穿过院子。院中耸立着一棵枝丫光秃的大树，幽暗中就像一尊庞大的后现代雕塑。雪还在下。石板地上已经积了一层淡蓝色的薄雪。我踏着前面的脚印。我们走上几级台阶，来到正房外面的游廊。高高的屏风似的双开门无声无息地朝内打开。

　　里面是一个类似玄关兼更衣室的空间。地板，墙壁，甚至天花板，都是某种既像金属又像玻璃的黑色材料。如星座般不规则排列的吸顶灯投下一束束光柱。右手边是存衣处，同样黑色材质的柜台后站着另一位红色兔人侍者，他（她）身后是个金色的立式挂衣杆，上面已经挂满了大衣、羽绒服和各色围巾。看到那些衣服我才意识到里面异常温暖。我脱下大衣和围巾，递给兔人二。我在想要不要说点什么，或问点什么，但不知为什么，开口说话似乎会打破那里所散发的梦幻般的超现实气氛。我转过身，兔人一已经伫立在被两片厚重的黑帘子遮住的入口处等我。入口的两边，就像对联，挂着两幅真人大小的门神像，浓墨重彩，姿态威武而妖娆。兔人一动作敏捷地钻进入口，从里侧为我掀开帘子。

　　显然，这是一家高级的，大概是会员制的小型影院。总共大约只有二十多个座位，几乎都坐满了。但奇怪的是，我前方的银幕上是一片扭曲闪烁的彩色光点。而且——我的眼睛渐渐适应了黑暗——每个观众头部都戴着一副特殊头盔般的装置。那让我根本看不出哪个是F。兔人一用细微的手电光指向倒数第二排靠近入口走道的一个空位。巨大柔软的皮沙发。感觉就像陷进了一个巨人肥硕的手掌。那道微光又指引我拿起固定在沙发扶手侧面的那个"特殊头盔"。我试着也把它戴到头上。虽然有点沉,但戴起来却惊人地合适。舒适。两边的一体式耳机完美地拢住耳孔。只是眼前一片漆黑。随即,"嘀"的一声,我进入了另一个世界。

有人在轻拍我的肩膀。我睁开眼睛。一张巨大的兔子面孔。见我醒了,兔人侍者站直身体,朝我微微点了点头,然后转身走向入口。我环顾四周。灯光明亮。所有其他座位都空了。我头上的头盔装置已被摘除放回原位。我在沙发上又坐了一会儿。到底发生了什么?那既像是梦,又不像是梦。一切都如此真切:触觉、嗅觉、视觉。我低头看着自己的双手。必须问问F。我感到清醒而虚脱。但那是美好的虚脱,美妙的虚脱——仿佛突然被卸去了重担。

我做个深呼吸,站起身走出去。兔人捧着我的大衣和围巾等在门口。金色衣杆上已经空了。

外面空气清洌。雪已经停了。但地面和台阶已经积了厚厚一层,屋檐和树枝都被镶上了粗粗的银边。一条被杂乱脚印踩出的黑色小径通向大门。我再次跟随前面的红色身影穿过院子。

木门在我身后"吱呀"一声合上。我决定在拐上大街之前在胡同里随意走走。冰冷的空气让我感觉更加清醒和轻盈。路上一个人都没有。万籁俱寂。雪夜的胡同看上去就像一幅摄影作品。数百年历史的老旧木门。墙角的几辆自行车。接在电线杆上的路灯。空中凌乱的电线。雪像睡眠般覆盖着它们。也许是因为刚下过雪,抬头竟能看见清澈的星空。我停下脚步,注目凝视着那几点星光。星光——很难想象你竟能看见已经不存在的东西。我脑海又闪过刚才梦中——出于方便,让我们暂且称之为梦——的场景。那也是不存在的东西。而我不仅看见了,还闻到了,触碰到了,甚至……

所谓存在,到底是指什么呢?

我突然意识到自己不知道现在的时间。现在几点了?我举起手腕看手表。凌晨一点过六分。也就是说,我已经三十六岁。我已经进入人生的另一边。

F打来电话的时候,我正在路边一家小店里吃老北京炸酱面。早午餐。我一直睡到十一点才醒。

"我正想给你打电话。"我说。

"昨晚我有事先走了。怎么样?印象深刻吧?"

"……不可思议——那究竟是怎么回事?"

"这叫VR催眠。VR知道吗?虚拟现实。通过VR技术将你催眠,再将你的潜意识场景VR化。最新高科技。人称机器弗洛伊德。"

"机器弗洛伊德。"我不禁重复一遍。

"我就不问你看到什么了。"他发出低低的讪笑,"那是隐私——每个人看到的都不一样。感觉好多了,对不对?"

"还行。"

"你下午准备干吗?我今天带女儿。正等她钢琴课下课。"我听见打火机点烟的声音。

"去潘家园逛逛。然后去机场。"

"好,咱们保持联系。"他停顿一下,大概抽了口烟。"对了,昨晚的事不要告诉别人。"他戏剧性地压低声音。"幸存者俱乐部可不是谁都能进的——瞧,你欠我一个大人情。"

"我还欠你两万块钱。"

"嘿——开个玩笑。你什么都不欠我,只要在世界末日前给我本小说就行。"他干笑两声。"当然,如果世界没被末日掉的话。"

"但愿。"

我不知道自己说的"但愿"是指什么。但愿能在世界末日前写出本小说?但愿有世界末日?但愿没有世界末日?

我不知道。

一如以往,周日的潘家园人潮和假古董汹涌。我直接走向专卖旧书的区域。一如往常,这里充斥着新旧书籍、杂志、地图、"文革"海报、毛主席语录、老的《人民画报》、过期的《时代周刊》、老唱片、旧笔记本、旧信件、各类中外画册、《圣经》、佛经、辞典……简直就像时间的万花筒,所有年代都被五彩缤纷乱七八糟地拼贴缠绕在一起。

  我漫无目的地游荡其间。我根本没想到,十分钟后,我会遇见一张照片,而我的一生将由此改变。

第二章

来自 1900 的陨石碎片

后来——尤其是在发生了所有那一切之后——我常常问自己，那张照片到底什么地方迷住了我？当然，我一开头就说过，是因为她的表情：她那超然冷静的表情（而她那诡异的斜眼使其显得更加超然），对长期以来饱受写作焦虑折磨的我有一种奇妙的慰藉。但还不仅如此。似乎还有某种更深层、更神秘、更难以解释的原因。一种命运感。一种命运的偶然性，或者说必然性（也许这两者本来就是一回事）：如果不是因为那部小说合同，我就不会在 2012 年 1 月 8 号，我人生下半段的第一天，出现在北京；而如果不是因为我没有写出那部小说，我也就不会在这一天无所事事地出现在潘家园的旧书摊——我也就不会遇见那张照片。但为什么偏偏是那张照片？为什么当我拿起那张照片，周围的时空仿佛都发生了小小的停滞？她似乎想告诉我什么。不，也许应该说，她似乎想让我询问她什么：她是谁？她叫什么名字？从事什么职业？她的斜眼因何而来？是谁，在什么情况下给她拍的这张照片？当然，事实上，我是在问自己，问自己作为一名小说家——虽然是个绝望地陷于写作瓶颈的小说家——的直觉和本能。而我得到的回答是：你要为她写本小说。

但不幸的是，我并没有买下那张照片。对方开价五百，实在超过了我的心理承受范围。（因为现在，在我心的某个角落，除了那可怕的哈利·波特，还有笔两万块钱的债务。）摊主是个看上去憨厚不安的小伙子，憨厚得连可以还价的暗示都没有。但也是在这种憨厚的鼓励下——作为不幸中的大幸——我掏出手机给那张照片拍了张照片。

几乎可以肯定，如果我没有拍那张照片，或者，也可以说，如果不是因为手机拍照如此简便而迅捷，我要为那名斜眼女人写部小说的冲动必将慢慢黯淡，消逝，直至无影无踪——正如以前经常发生的那样。但现在她就寄居在我手机芯片的微型迷宫里。而当我回到上海，为了防止丢失，我又同时将她存进了我的苹果手提电脑，U盘，移动硬盘，以及我自己的电子邮箱。于是，她就在那儿。就像一个证据。她就在那儿，从各种各样的电子迷宫里，用她那平静奇异的眼神——单数的眼神——凝视着我，呼唤着我，催促着我。

但我并没有立即开始写那本小说。我还没从哈利·波特计划的打击中恢复过来。是的，我决心为那张照片写本小说，但我不知道什么时候会写，以及什么时候能写好。我也不想知道。过去的三年里（尤其是最近一年），日复一日积累的写作焦虑已经把我推向了崩溃的边缘。开始有计划地写一部新小说？光是想想就让我感到恐慌。我尽量让自己脑中一片

第二章 来自1900的陨石碎片

空白。我尽量不去想写作的事——不去具体地想。因为，我意识到，如果我想继续写下去，最重要的，现在首先要做的，不是写作，而是摆脱我那深入骨髓的写作焦虑。

那就是为什么，当我从北京回到上海，发现又到了自己每月例行的谋生时间——为一家大型房地产公司编一本叫《蓝城》的内部月刊——我几乎感到充实和愉悦。我是半年前开始这份工作的。每个月，我都会花上大约一周时间，采访、写稿、编辑、排版。除了印刷，我几乎包揽了杂志的所有流程。当然，目的只有一个：多挣点钱。幸好，拜当年在报社的工作经验所赐，这一切对我来说都颇为简单。（把这份兼职介绍给我的，也正是一个报社的前同事。）打个不恰当的比方，那就像卖淫——文字卖淫。必须承认，两者有很多共同之处：都要运用自身固有的天赋，都不涉及灵魂，因而也都感受不到真正的快乐（及痛苦），都力求速战速决，目标都单纯而明确——钱。如果照这个比喻推论，那么文学就是爱情，会将你带向一瞬间灵魂的极乐，但代价是长久的、持续不断的煎熬和折磨。而且往往——甚至必须——跟钱没什么关系。

但即使如此，这份兼职的收入也仅够维持生活而已。扣除房租，加上吃饭，买书，买黑胶唱片，偶尔去咖啡馆，听古典音乐会，就已经所剩无几。在这之前，我一直在坐吃山空。不过，按照原计划，靠我在报社工作多年的积蓄（外加那笔小说预付金），我至少可以轻松地过上三年，而届时我的长篇巨作则应该已经大功告成——一切问题都将迎刃而解：我将一劳永逸地卸去经济上的担忧。那就是我的白日梦。三年前，我就是那样说服自己（哄骗自己）毅然辞去了待遇优厚、外表光鲜的周报主笔之职。

我并不后悔。我也没有重回媒体的打算——那应该不难。并不是因为面子问题，至少不完全是。我从大学毕业后就一直待在媒体。我已经受够了。我不想再做个全职的专业的文字卖淫者。回想起来，在报社时我之所以没那么焦虑，是因为我对那份工作的厌恶抵消了，或者说遮蔽了我的焦虑。而当那股厌恶消失了，被彻底解除了，焦虑便悄然耸现——就像浓雾散去后的黑色山峰。

但那要稍后才会发生。一开始，一种全新的生活仿佛正在缓缓展开。每个早晨都闪闪发光（即使外面阴雨连绵）。每件事——煮咖啡、看书、散步、去超市购物，甚至入睡——似乎都散发出新的意义，都闪烁着新的光芒。那种感觉，就像换了一套新音响（就我而言，是从听CD换成了听黑胶），于是所有听过的音乐似乎都变成了新的，都散发出新的韵味，都让你想重听一遍。

不过，在很大意义上，那的确是一种新生活。一个人生的新阶段。我换了个新的手机号码（只告诉了几个最亲近的朋友）。我买了台新的苹果Air电脑。我结束了一段长达五年的恋情。（她在一年前去了美国。仿佛某种感应，就在我辞职前半个月，她发来邮件说决定嫁给一个美国人。对此我既不太难过，也不太意外——也许是因为，自从她出国后，这场异地恋就开始渐渐变得像一场拖了太久的绝症。）最后，我决心彻底改变以前在报社赶稿形成的那种日夜颠倒、混乱不堪的作息方式，我制定了一个新的作息时间表：每天七点起床，上午九点至十二点写作，午餐休息两个小时，下午两点至六点写作，晚餐，晚上不写作，用来读书、做笔记、查资料或看影碟，十一点上床睡觉。

我把时间表打印出来贴到墙上，设好闹钟。第二天，我在布谷鸟叫声的闹钟铃声中醒来。我做了简单的早餐（烤土司，涂上黄油和果酱），煮了浓黑的咖啡，然后在书桌前坐下来，打开电脑，建立一个新的 WORD 文档，在第一页用大大的黑体写下"极乐寺"几个字。

后来的事你们都知道了。

正如我之前所说，一回到上海，我就准备投入《蓝城》的编辑工作。但一场突如其来的重感冒击倒了我。我在床上躺了整整六天。头痛。低烧。冷汗。也许是因为旅途劳累。也许是因为南方的湿冷（北京室内都有暖气，所以冬天反而比上海舒适）。或者也许，是因为那天晚上的所谓 VR 催眠？是某种副作用？——应该不至于。虽然我确实在感冒晕眩的梦境中再次梦见了那次虚拟场景，只是我醒来看见的不是巨大的兔人面孔，而是暗红色的阁楼屋顶。

第七天感冒突然好了,就像一个不速之客突然不辞而别。接下来我花五天时间编好了第三期的《蓝城》(我总是保持提前两期的节奏)。然后我意识到再过两天就是除夕——街头的行人和车辆都明显减少,仿佛整座城市在慢慢漏空。

春节对我毫无意义。我既不需要假期,也不需要团聚——我是个孤儿,我是在崇明的一家孤儿院长大的。我能想象出你脸上遗憾和怜惜的表情。不,孤儿院没有你想象的那么可怕。事实上,完全可以说,我度过了一个幸福的童年。照顾我们的嬷嬷——我们都叫她"嬷妈"——是世界上最温柔的女人。在我记忆中,她从未大声呵斥过我们,不管我们做了什么。而孤儿院的饭菜,我几乎可以保证,比绝大部分学校和家庭都要健康美味。因为孤儿院有个自己的大菜园,不仅种了各式各样的新鲜蔬菜,还养了一群鸡和山羊。(我们最爱上的是劳动实践课,也就是在菜园里帮忙干活。我还记得,有时我们作业没做,会撒谎说作业本被山羊吃了——除了石头,山羊什么都吃。)

嬷妈也是我的文学启蒙老师。从小到大,几乎每天她都要在睡前读书给我们听(当我们足够大了,她就让我们轮流朗读),从《圣经》到安徒生童话,从狄更斯到托尔斯泰。也是她发现和培养了我的写作才能。当我的第一部小说出版时,她可能是全宇宙除我之外最高兴的人。

每年除夕前一天,嬷妈都会给我打电话,邀请我回去吃年夜饭。但我大多会以各种理由婉言谢绝。(幸好,因为嬷妈照顾过很多孩子，会有很多人回孤儿院过除夕，所以我也不用太内疚。当然，也许这只是一种自我安慰。）不知为什么，我宁愿在平常而不是过年过节时去探望她。也许是因为我讨厌所有的节庆活动。对那些为节日雀跃庆祝的人，我总是感到怀疑，难以理解，甚至可怜。在我看来，每一天都应该像节日般被珍惜，所以节日也应该像平常的每一天那样度过。每一天都是节日。每一天都不该被浪费。也许那才是我辞职的深层原因：我不想浪费生命，我想去做我真正想做的事。只是很不幸（至少就目前的情况来看），那件事恰好就是写小说。

我最近一次回孤儿院吃年夜饭，是和S——也就是我的前女友——一起去的。就在她出国前。她也是在那儿长大的。不过她比我大两岁，因此虽然我们互相认识，但却几乎没说过话，直到多年后因为工作关系——我去采访一家互联网公司，而她是那里的营销负责人——偶然重逢，俩人才走到了一起。无可否认，共同的成长背景是我们恋情的基础，但那同样也是我们分手的基础。我始终记得一次争吵时她说的话。"我感觉好累。"她说，"我不是你妈妈。我也想找个爸爸式的男人。但你要记住，我们生来就没有爸爸，也没有妈妈。"她说得没错。无论如何，希望她能找到一个美国爸爸。或许她已经找到了，不是吗？

我一直没告诉嬷嬷我和S分手的事。当手机如期响起，我几乎脱口而出地说我明天不能去吃饭，因为我马上要去美国看S。嬷妈说那太好了。我们又聊了几句。我问她身体如何（很好，她说）。她则问我们准备何时结婚，问我的新小说进展如何，两个问题我都给予了乐观而模糊的回答。最后我说等我从美国回来就去看她。是的，挂上电话后我对自己说，过完年我一定要去看她——并且要记得去超市买一盒进口的美国巧克力。

虽然我对春节毫无兴趣，但它至少有一个好处：城市会变得空空荡荡。我最爱那时候外出散步。整个城市就像一座被废弃的巨型蜂巢。所有店铺都关着门。街头像深夜般荒凉。枯黄的梧桐落叶和塑料袋在空无一人的林荫道上随风飘滚。偶尔有辆车梦游似的掠过。天气美好，阳光灿烂——但这只能更加重了那种荒凉感。恍如走进了一部科幻电影。有一种奇异的、几乎超现实的仿真效果，仿佛这一切都是某种高科技的三维虚拟场景。

就像VR。幸存者俱乐部。我不自觉地停下来。那晚在VR催眠中的画面像闪电般插入我眼前，然后又瞬间破碎、消散。这样的情形在我从北京回来后已经不是第一次出现。我在百度上查过有关VR的词条。VR是英文Virtual Reality的缩写，中文译成虚拟现实或灵境技术（后者似乎更契合那天夜里梦幻般的经历）。百度百科上的定义是：一种可以创建和体验虚拟世界的计算机仿真系统，它利用计算机生成一种模拟环境，通过一种多源信息融合、交互式的三维动态视景和实体行为的系统仿真，使用户沉浸到该环境中。计算机仿真系统。模拟环境。交互式的三维动态。沉浸。虽然很多地方都提到VR技术有极其广泛的应用前景（医学、军事、工业、教育，等等），但在网上看到最多的还是在电子游戏方面。而就我的理解，VR游戏跟普通的电子游戏并没有本质上的区别。不同之处就在于前者的游戏环境更为逼真，更加栩栩如生，仿佛身临其境。从而更加刺激。（比如，可以想象一下，在运用了VR技术的丛林作战游戏中，当我们举枪瞄准敌方士兵，我们可以感觉到开枪射击的后坐力，以及林中枝叶藤蔓的颤动。）但不管怎样，它们背后的原理是一样的：都是事先设计好的、若干可能性并存的固定程序。

而那无法解释F所说的"机器弗洛伊德"：用VR技术将你催眠，再将你的潜意识场景VR化。这说不通。或者，更确切地说，不完全说得通。用VR来催眠，没问题。但无法想象可以将我们的潜意识场景即时地VR化。那似乎完全超越了我们现有的科技水平，因为那意味着不能依靠事先设计好的固定程序，而要运用某种类似高等人工智能的东西。理论上也许可行，但现在还只能存在于科幻小说中。就像时间旅行。

那么F是在骗人吗？或者至少是在夸大其词？有可能。别忘了他是个书商——他的主要工作就是夸大其词。但问题是，那是我的亲身经历。在我生日的那天晚上（我上半生的最后一天），在那个隐匿在北京胡同深处的神秘剧场，我的潜意识的的确确被VR化了。我进入了那个世界。我能无比真切地看到，听到，闻到，摸到……是的，那很像梦，但那又不是梦。或许，套用我在网上搜索VR信息时看到的一个词，"增强现实"，或许那可以被称为：增强梦境。

增强梦境。我一边在空荡的街头踽踽独行，一边在脑中玩味着这个词。增强梦境。听上去像个不错的短篇小说标题。我突然想起以前一度让我很着迷的一个理论，即认为我们身处的整个世界都只是一种幻觉，一种虚拟现实，一个以假乱真的、增强的梦。换句话说，这整个世界，整个人类历史，我们所有人的生活，我们所有的欢乐、快感、苦难、创造、爱，都不过是一场超级VR电子游戏。上帝是一位程序设计师。一位最高明、最伟大的程序设计师，因为他设计的程序有无限的可能性，无限到让我们几乎无法不产生一种错觉：以为我们真的拥有自由意志。

这一理论其实并不新奇。从柏拉图的"洞穴隐喻"（我们看见的一切并不是真正的世界，而只是它的投影），到罗素的名言，"世界可能在几分钟之前被创造，但却拥有记得虚拟往事的人类"；从电影《黑客帝国》中的"矩阵"，到最新量子力学所暗示的：构成世界的基础不是物质，而是意识。总之，由古至今，这种说法——认为我们看见的世界是一种假象——就像个永生的、挥之不去的幽灵，始终徘徊游荡在人类的文明史中。这是为什么？这才是真正的奇特之处。

第二章 来自1900的陨石碎片

也许正是因为那种若有若无，笼罩着我们每个人，似乎既偶然又必然的命运感。就像我与那张照片的相遇。我不禁放慢脚步，环顾着周围如世界末日般空寂的都市丛林。我想象自己——出于某种原因——被困在一个平行宇宙，被困在一座其他所有人都消失了的城市迷宫。一如那个斜眼女人。她也被困在若干电子芯片的平行迷宫。我不知道究竟是谁将我困在了这里，正如她也不知道困住她的是谁——是我。

我并不想困住她。正好相反，我想释放她，通过为她写一本小说，为她建造一个虚构、想象的世界。一个虚拟的，但又如VR般真实可触的世界（只是我用的是文字）。她可以在其中呼吸，对话，思考，行动。她可以在其中复活。

但我脑中一片空白。我不时在自己的苹果Air上调出那张照片，与她久久地对视。我有一种直觉，我能清晰地感受到那个世界的存在。但我找不到那个世界的入口。

没有灵感，你也许会说。

灵感。我想，所有陷于写作瓶颈的作家都不会喜欢灵感这个词。因为如果灵感真的存在，那么意味着你已经江郎才尽，而如果根本没有所谓的灵感，那么则意味你在逃避，你在偷懒，你在给自己找借口。这两者都同样令人无法忍受。但不管怎样，无法否认的是，写作最大的回馈就在于某种高于你自身的力量的出现。无论你称之为灵感、神，还是其他什么。写作控制了你，而不是你在控制写作。或者用苏珊·桑塔格的话说，一切就像一个礼物那样突然出现在你面前。(没搜到。)对，礼物，一份从天而降的礼物，那就是2012年3月那个倒春寒的下午，当我像往常一样，裹着围巾竖起风衣领在上海街头乱逛时所发生的。我甚至能听见它掉到地上的声音。我甚至抬起头看了看天空，就像那是一块彗星的陨石碎片。我呆立在那里。我突然意识到我知道了照片上那个斜眼女人的名字。她叫李美真。那张照片拍于1900年，那年她四十岁。此外——她是个通灵的神婆。

我小心翼翼地捡起那块来自1900年的陨石碎片，返身回到公寓，写下了小说的第一章。

第三章

李美真（1）

我叫李美真。美丽的美，真理的真。这个名字是师父替我改的。我的本名是李美珍——珍宝的珍。但师父说我命中五行与金相克，所以把珍宝的珍改成了真理的真。师父救了我的命。六岁那年我得了场怪病，连续九天高烧不止，白鹤镇上所有的医生都束手无策，最后母亲只好请来了一位盲眼神婆。她用一包药粉就治好了我。后遗症是我成了斜眼。神婆告诉母亲，是白鹤山的神鹤叼走了我的半个眼珠，因为我开了天眼。她还告诉母亲，正如她后来常常对我说的那样，这是天赋的代价。

但在最初，那更像是噩运的标记。就在我病好后不久——也就是我成为斜眼后不久，父亲的裁缝铺在一天深夜着了火。大火烧了好几个时辰，直到天亮才渐渐熄灭。虽然我们一家三口毫发无损地逃了出来，但其余的一切——楼下店铺的工具布料，楼上住所的家当财物——全都化为了灰烬。失火的原因不明。那是冬天，有人说是因为店铺里用来取暖的火盆残留的火星。有人说是父亲生意上的竞争对手蓄意纵火。也有人说是父亲的风流韵事惹怒了哪个吃醋的丈夫——方圆百里，父亲以相貌俊美和高超的旗袍缝制手艺而闻名。当然，还有人说是因为我，因为我那可怖的斜眼带来了噩运。

没过几天，父亲就自杀了。投河自尽。从白龙溪里被捞上来的时候，他看上去就像睡着了：衣衫齐整，连发际和辫子都没有丝毫紊乱。那是我第一次看见死人。那也是我第一次发觉父亲是多么英俊。他那苍白的肤色，宽阔的额头，高挺的鼻梁。他的剑眉，薄唇和形状漂亮的下巴。而缠在他脖颈上的一根水草简直就像某种特别的装饰。我等着他睁开眼睛，告诉我这是一个玩笑。但是没有。他们用一卷凉席将他裹起来。他永远地消失了。

我几乎没有看见母亲哭。她只是长时间地坐在那里发呆。似乎这一切发生得实在过于突然，以致她还来不及反应。而当她确实反应过来时，已经错过了适合悲伤的时机——债主已经在我们借住的亲戚家门口围成了一堆。

半年后，母亲嫁给了第一个愿意替她还债的男人。一个刚成为鳏夫的木匠。一个矮小、强壮，但却眼神柔和的中年男人。他会牵着我的手，带我和母亲去镇上赶集。他的手布满老茧，摸上去就像柔软的石头。有时候，他会让我站在旁边看他做木工活。他用多余的木料给我做一些小玩具。小推车。小兔子。小房子。他动作熟练地用刨子打磨木头，然后让我去摸，去感觉那些原本粗糙的木头变得多么光滑而平整。屋里弥漫着刨花的香味。我现在仿佛还能闻到。

第三章 李美真（1）

母亲很快就怀孕了。母亲和继父都希望能生个男孩。母亲的肚子神奇地越变越大，大得好像母亲只是那个巨大肉球的多余部分。世界充满了期待。但期待落空了。不仅是落空——期待的结果是一桩悲剧。又一桩。母亲死于难产。即使到今天，那仍然是我见过最可怕的场景。到处都是血。长达一整天的嘶叫，哭喊。突然降临的一片死寂。那是真正的死寂。母亲死了。只生出一半——下半身——的婴儿也死了。是个男孩。

我不知道。也许是为了推诿责任，镇上开始传言，传言接生婆说婴儿不愿意从肚子里出来，因为他害怕看见自己的姐姐。这种说法虽然荒谬，却令人信服。我的脸就是最好的证据。只要看我一眼。我学会了尽量不看镜子，因为连我自己也会被吓一跳。连我自己都开始怀疑，这接二连三的噩运——失火，自杀，难产——是不是因我而起。

镇上的人开始躲着我。大家都对我避而远之。就好像我会传染瘟疫。大人们严禁自己的孩子接近我，更别说跟我一起游戏玩耍。偶尔会有几个调皮的少年隐藏在角落用小石子袭击我，高声重复着大叫"斜眼！斜眼！"，然后等我走近时一哄而散。

我在木匠继父家又待了一年出头。我担负起所有的家务。做饭、洗衣、打扫房屋、种菜浇田。他不再让我看他干活。他会厌倦地挥挥手让我走开。我们会一连好多天不说话，眼神对视更是无从谈起。晚饭时，他酒喝得越来越多。

那年夏天，我开始频繁地做一个同样的梦。我梦见自己变成了一块木头，有人——我不知道是不是继父，我看不到那个人——在用刨子慢慢地、仔细地刨着我的身体。随后有条鱼游进了我的手心。我握住那条鱼。那条鱼在我手里迅速长大，继而变得湿乎乎，黏乎乎……就是那样的梦。但有天半夜我从梦中醒来。月光使屋内明亮如昼。我半梦半醒。我吃惊地看见继父躺在我旁边。他闭着眼睛，发出深重的喘息。随即，似乎觉察到了什么，他睁开眼睛看见了我。我注视着他。在月光下，他脸上露出无比惊惧的表情。我感觉到手中的那条鱼骤然缩小，然后滑出了我的手心。与此同时，他从喉咙深处发出一声怪叫，跌下床去。

多年之后，我才意识到那是怎么回事。而在当时，那更像是梦的一部分。我翻了个身，又睡着了。

过了几天，继父带回来一个艳丽的女人。我看不出她的年龄，因为她脸上涂抹的脂粉太厚——厚得像台上的戏子。一进门看到我，她就发出一声夸张的尖叫，转身扑到继父的怀里。我呆立不动，空气中振动着浓烈的香粉味，让我觉得呼吸不畅。

那天晚饭，继父让我一个人留在后面的厨房里吃。吃完洗碗的时候，我听到他们在外面争吵。"只要那个怪物还在，你就别想碰我！"她厉声说道。我不禁停下手里的动作，侧耳倾听。但其实根本没有必要，因为接着她又提高了嗓音——显然是说给我听——"要么她走，要么我走！"

第三章 李美真（1）

当然是我走。第二天晌午，响起了敲门声。我打开门，看见盲眼神婆那熟悉的面孔。

那年我十岁。已经过去了三十年。再过几天，我就四十一岁了。我为什么会突然想起这些？为什么那些景象会如此生动？简直就像发生在昨天。也许是因为我老了。也许我也应该考虑找个接班人。当年师父带走我的时候，差不多也是我现在的年纪。就像师父以前常说的，人的一生是个圆圈，生和死是同一个重合的点。所以我们越接近终点，也就越接近往事。

不过，应该还有另外一个原因。

那就是明天金悦汉牧师要给我摄影。

"摄……影？"我看着他，"什么意思？"

"就是——把你的模样保存下来。和画像是同样的事。只不过不是用毛笔，而是用机器。"他中国话说得很好，只是发音有点滑稽，就像嘴里含了个小果核。

"机器？"我仍然看着他，"就像洋枪洋炮那样？"

"对，不过……"他耸耸肩，同时摊开双手，嘴角微微下拉——那是他的习惯动作，"它不会伤害人。它是个伟大的发明。它比最好的画家还要好上一百倍。用它做出的画像，跟真的一模一样。"

"跟真的一模一样？"

他用力点点头。他也看着我。很少有人会那样看着我——盯着我。

"你说那叫什么?摄——?"

"摄。影。"

"我只听说过摄魂。"说完,我移开视线,侧身端起茶杯,喝了口茶。

他微微一笑,然后长叹了口气,也端起身边的茶杯。

"那就是我来找您的原因。"他放下茶杯,"你,我,都知道,机器不会夺走灵魂,只有魔鬼才会。"

"但机器会夺走人命。"

"不,不,"他不住地摇头,"这个机器不会。我以上帝的名义发誓。它只会留下美好的……那个词怎么说——回……"

"回忆?"

"Exactly!"他说了句洋文,脸上露出孩子般兴奋的笑容,他有一口漂亮的、玉米般的牙齿。"回忆!对,回忆。对了——"他举起一根手指,似乎突然想起了什么。他从身边黑色的布袋里抽出一叠小画,走过来展示给我看。

那像画,又不太像画。质地比纸要硬,表面光滑。第一幅上面似乎是一家人:一对中年的西洋夫妇和一对少男少女,只有妇人坐着,其余三人围立在她身旁。妇人和少女都身着白色蓬松的裙装,男人和少年则穿着样式奇怪的黑色紧身衣,领口还系着一个类似黑色蝴蝶的东西。除了男人,其他人都

第三章 李美真（1）

在浅浅地微笑。背景处，在男人那一侧，有只巨大的、一人高的中式花瓶，上面隐约绘着亭台楼阁。

我不禁在心中暗暗称奇：的确犹如真的一般。但我脸上没有露出任何表情。

"那是我的父母。"他指着那对夫妇，然后又指指那个少女和少年。"我妹妹。还有我。这是……让我想想……大概二十多年前拍摄的。那年我十七岁。我妹妹十三岁。我父亲去年过世了。我母亲还活着，在英国，今年刚好六十。"

我默然地点点头。

他翻到第二幅。一座两层的楼房，方方正正，看似颇为坚固——可能是砖石砌就，而非木结构。屋前有个院子，有花草树木。斜面屋顶伸出一截烟囱，窗户比我们的房屋既多又大，且窗框被划分成若干白色的小方块。远方有淡淡山影。

"这是我出生长大的房子。那是我的房间。"他指指二楼角落的一扇窗户。

第三幅看上去有点眼熟。是白鹤镇，过了一会儿我才意识到。从方位看，应该是在白龙桥上摄成：中间是蜿蜒的白龙溪，两边是紧挨着的一栋栋木楼，每户都有石台阶通向下面的水岸，尽头能远眺白鹤山。不可思议——简直就像推开一扇窗望出去。

"这张就不用我介绍了。"

我又看了几眼，点点头，将它们递还给他。

他回到对面坐下。"如果您喜欢，"他说，"我将很高兴把这幅白鹤镇送给您。"

"那谢谢了。"我又端起茶杯,抿了口茶,然后眼睛不看他,一边放回茶杯一边说,"那么——金牧师,您今天来……"

"我来是想请求为您摄影一幅画像。"

"为我?"

"是的。这将是白鹤镇有史以来的第一幅摄影画像,我认为——只有您才配得上。"

"哦?是吗?"我冷冷地说。

"当然……"他那张本来苍白的娃娃脸突然变红了——就像被戳穿谎言的孩子——配上他金黄色的络腮胡,很是奇妙。"……还有另一个原因。就是……有人在镇上散布谣言,说我的摄影馆是巫术,是为了摄夺中国人的魂魄,去献给我们的神。真是一派胡言!"他垂下视线,摇了摇头,然后又抬起头,"若真是如此,我们怎么会给自己的父母和家人摄影?再说,上帝不会夺走我们的灵魂,只会拯救我们的灵魂。"

我等着他继续。

"所以……如果您同意我为您摄影,那些谣言就会不攻自破。镇上的居民就不会再对我们感到害怕。"

"然后他们就会去你们的庙里烧香。"

"不,不,我们不是庙。我们是教堂。"他"教堂"两个字的发音倒是很准。

"都是一回事。换汤不换药。"

第三章 李美真（1）

"不，不一样。我们不拜偶像。我们的上帝是唯一的、真正的真神。"

"每个人都觉得自己是对的。"我淡然说道，"我们信菩萨，你们信上帝。不过说实话，我只听从白鹤山的神鹤。菩萨就像皇帝，不可能小老百姓有什么事都去找皇帝，他们只能去找县府衙门。神鹤——"我略转过头，看了看悬挂在中堂的那幅《松间神鹤图》，"就是天界的县府衙门。而我，只是神鹤的奴仆和信使，替她传话，向她求助，靠她的神力穿行于阴阳两界。"

"是的，"他点点头，"您说得极有道理。所以，您看，我们都是神灵的仆人和使者。而且，正如您所说，有各种等级的神灵，掌管着不同的地域和事务。但唯有上帝耶和华是万王之王，万主之主，万神之神。那就是为什么我们要不远万里来到东方。我们就是要把这万王之王，这美妙的真理带给你们。让普天下的人，无论东西南北，都能得到真正的救赎。恰如《圣经》上所说：叫一切信他的，不致灭亡，反得永生。"

说这番话时，他的腰背挺得越来越直，似乎充满了自豪和尊严之感，显得既可敬又可笑。永生？你真的相信永生？你真的相信这种骗人的小把戏？我很想问问他。当然，我并没有问。我只是看着他。

临告辞前，他再次恳求我答应让他为我来摄影一幅人像——白鹤镇历史上的第一幅西洋摄影人像。

我没有断然拒绝，也没有立刻应允，我的回答是要考虑考虑。

"我要问一问神鹤。"我说。

那是两周前。之后第三天，他便差人送来了装裱好的那幅白鹤镇的摄影图。就在同一天，我让小红给他送了封短笺，表示接受他的请求，并指定了摄影的日期——也就是明天。说实话，我不知道自己为什么要答应他。当然不是神鹤让我答应的。根本没有什么神鹤，师父一开始就对我说，那不过是个幌子，就像变戏法的需要一个道具。但与变戏法不同，对我们这行而言，技巧只是辅助性的，我们真正依靠的，是一种经过长期训练而成的直觉。

但这个决定似乎也并非缘于直觉。至少不完全是。当然，还有一个非常重要、必要、不可轻视的缘由：它关乎白鹤镇上各方势力的平衡。在此我不想细说。但即使这个原因很要紧，不知为什么，在我内心深处，它仍然更像一个借口。

不过，既然答应了，就要把事情做好。我在镜前坐下，开始考虑明天的衣装。但我随即就意识到，没什么好考虑的。我就是我。数十年来，我都是这个样子——不需要，也不可能改变。我看着镜中的自己。我丝毫没有遗传父亲的俊美。我的相貌几乎跟母亲如出一辙。齐整的发髻隐藏在脑后，显出高阔的额头。两侧颧骨微凸。浓眉和单眼皮。鼻梁挺拔但

第三章 李美真（1）

鼻翼略有偏斜——可能与我儿时的鼻疾有关。刀刻般的八字纹。如果没有那副耳环，那副师父传给我的金耳环，我很可能被误认为是个清癯的男子。而那正是我所要的效果。中性化。如果说神鹤是我们精神上的幌子，师父说，那么面孔就是我们实际可见的幌子。因此我们首先要去除任何的性别色彩。胭脂粉黛，绣眉点唇，头钗项链，一律严禁。（我现在戴的金耳环，是师父过世前留给我的。她说虽然你命中克金，但如今你的力量已足够强大，戴上它反而可以制衡。）服装和发型也要尽量简单而庄重。是的，简单，但要整洁，不可有丝毫的散乱和污迹。唯有如此，师父说，才能中立如神，才能显得既不像女人那样过于柔弱，又不像男人那样过于刚硬。所有这些，再加上我们的眼疾，师父说，就能塑造出一个完美的神婆形象：既温和又威严，既尊贵又谦卑，既仁慈又残酷，既邪恶又神圣。

此外，还有一点——我们必须学会控制自己的表情。或者，更准确地说，是控制让自己没有表情。师父把我领回家后，教我做的第一项训练，就是照镜子。每天上午和下午，各一个时辰，我必须端坐镜前，直视镜中的自己。那比你想象的要难。尤其是对于我。我说过，以前我尽量不照镜子，因为自己也会被吓到。那可不行，师父说，你要吓的是别人，不是自己。当人们面对恐怖之物，比如你的斜眼，她说，只会有两种反应，要么耻笑，要么敬畏——而那完全取决于你。你的表情。你的表情必须无比镇静、冷酷、自信。超然物外。

你必须用表情告诉他们，我们的眼疾不是一种缺陷，而是一种天赋，一种荣耀。其实，她说，所有缺陷都是一种天赋，或者可以成为一种天赋。但大部分庸人都意识不到这点。对他们来说，缺陷仅仅是缺失、耻辱、障碍。所以说他们是庸人。所以他们需要我们的控制、引导，甚至欺骗——那会让他们觉得更幸福。而这，师父说，便是我们的谋生之道。

就这样，我一照就是三年。除此之外，师父什么也没教我。那是最基本的，师父说，也是最难学的。它是其余一切的基础。只有用好了脸孔这面幌子，别的诀窍才能发挥作用。但面无表情并不是面目呆板。面无表情是一种更高级的表情，一种达到极致的不动声色。我们也有感情——或许比常人更为细密——只是极尽克制，从不表露。我们希望，但不渴望。我们欢喜，但不狂喜。我们宁静，但不寂静。我们就像那冰封的湖面，师父说，冰下活水涌动，但表面一片坚硬——这样才能托住那些庸人。

我很快就适应了自己的新生活。适应得就像从生下来就是和师父在一起。师父住在镇外靠近白鹤山山脚的一个小村庄。独门独院，天井照壁，前院中有一棵金桂，一棵银桂，一口深井。屋后是片田地，一半种菜，一半种着各式草药。平日村里的一名哑巴阿姨会来做饭打扫。我只需接待上门求助的客人，或陪着师父外出办事。不管去哪里，师父都会带着我。渐渐地，在众人眼里，我似乎成了师父的一部分。我不再是那个俊裁缝的女儿，也不再是那个可怜的孤儿，我如

第三章 李美真（1）

今是神婆的接班人，是未来的神婆，是个小神婆。师父仿佛也将自己强大的气场注入了我那小小的躯体。我变得越来越挺拔、自信、镇定。而师父是我所见过的世上最镇定的人。她从来不笑，也从不发怒，从不忧愁。我从未听过她叹气。她似乎已经完全超越了喜怒哀乐。她凝视着喜怒哀乐。只需她的在场，她的凝视，那些向她求助的难题似乎就已经自行解决了大半——虽然实际上她根本什么都看不见，但也许正因如此，她才能看见别的东西，那些常人所看不见的东西。

大家都相信——或者说，我们让大家都相信——我们能看见另一个世界，也就是冥界。由此一来，他们便可以将自己的各种困惑与不安托付给我们，而我们则收取相应的金钱。我很快就发现，上门来找师父的主要分三种：一种是得了疑难杂症，就像我小时候那样；一种是有问题要向冥界亲人询问或求助；还有一种是替人解梦。治病是靠院中的草药和师父祖传的秘方，这不难理解。但另外两种，在那时的我看来，则充满了诡异和神秘。当师父领着来人在神鹤画像前虔诚地跪拜，当师父嘴中喃喃有词地穿越阴阳之界，以及人们离开时的释然，他们付钱时的甘心，这一切都让我疑惑。神鹤到底存不存在？这其中究竟有什么奥妙？

但师父只是让我照镜子。此外，除了给师父做帮手，陪她外出，每周两次，村里的一位老秀才会来教我读书写字。他形容枯槁，但眼神明亮。我学得很快。师父不让——禁止——我做任何家务，用师父的话说，那会沾染太多烟火气。

我唯一要做的是照看种植的那些药草。我也不用缠足。缠足是为了取悦男人，而我们无须取悦任何人。我们唯一需要取悦的也许就是那些药草。除虫，施肥，修枝，防冻。严加爱护。师父说，它们才是我们真正的神灵，它们是植物中的神婆。（说到缠足，哑巴阿姨也没有缠足。我们三个大概是白鹤镇上唯独几个保持天足的女人。而那主要是缘于我们天生的缺陷。由此看来，缺陷的确可以被视为一种天赋——一种恩赐。）

随着识字的增多，我又添加了一项新的任务：为师父朗读。午后小憩，或黄昏夕照，师父与我面对而坐，我手执一卷，朗声读来。有时我会诵读老秀才教的诗词歌赋，但大部分时候，我都是在给师父读小说。从《西游记》到《三国演义》，从《水浒传》到《聊斋志异》。那是她最大的爱好。有时师父会示意我停下，或是纠正我朗读的腔调（不要太抑扬顿挫，但也不要过于死板），或是点评书中的情节人物。师父常说，小说故事，看似胡编乱造，甚至不可思议，但却比史书蕴含更多人间真理。因为世态炎凉，千般人情，我们都可以借由小说化身他人，感同身受——而在某种意义上，那也正是我们神婆要做的。

我突然意识到天已经黑了。镜中一片幽暗。我站起身，走到窗边。一弯新月。黛蓝的天空衬出白鹤山炭灰色的剪影。蓝色在一丝一毫地缓缓加深，仿佛有神在天庭向下一滴一滴注入墨汁。一阵微风吹过。风中已经有一丝极其微弱的春的

第三章 李美真（1）

气息——如预言般微弱。惊蛰一过，春分就快了。不过这几天春寒料峭，乍暖还寒，看来明天还是要穿薄袄。

我当然不信摄影会夺取人的灵魂。怎么可能。而且——不知为何——我对金牧师有种直觉般的信任。也许是因为他会脸红。你很难不相信一个容易脸红的人。但不管怎样，明天都是一个重要的日子，尤其是对白鹤镇来说。至于我，金牧师是怎么说的？留下美好的回忆。是的，回忆。也许正是因此才引发了我那些儿时场景和师父话语的重现，就好像明天是一个标志，一个分界点，而我要为自己之前的人生做个小小的总结。

但那些回忆就像发生在另一个世界。有时我感觉自己仿佛生活在好几个不同的世界。不，我不是指人们所以为的我可以穿行于阴阳两界。我指的是别的：有脑中回忆的世界，有尘世的现实世界，有超越和欺骗着尘世的神婆世界，以及小说中编造的世界。现在金牧师又带来了另一个世界：西方世界。而在所有这些世界之上，我不禁微仰起头，望向已变为墨黑的夜空，是否还有一个控制着所有这一切的世界？

第四章

K 的平行宇宙（1）：圆明园之夜

我把《李美真》第一章的初稿又看了一遍。真的是我在控制这一切吗？回答既是 yes 又是 no。当然，这里的每一个字都是我写的，每一个人物和场景都是我创造——编造的。但似乎又并非那么简单。一切都出现得如此自然，以至于它们根本不像是被凭空捏造的，而更像是被发现的。仿佛那个世界本来就存在。仿佛那个世界一直在等待着我。这或许是一种错觉，但却是一种必要而美妙的错觉。没有那种错觉——不过，那真的是错觉吗？——我就写不下去。（《极乐寺》就是最好的例子。）我甚至觉得，那才是写作的终极快乐和秘密之所在。那种发现感。那种仿佛被某种更高力量，某种真正的创造者所操控、所指引的感觉。仿佛我，小说家，只不过是个敏感的媒介或导体。

那也解释了李美真这个名字奇迹般的出现。它到底来自哪里？我不知道。我只知道它打开了通向那个世界的入口。李美真——你这美丽的真理。于是一切都瞬间联接起来。就像瞬间被接通发光的电路。每个光点都如此清晰：照片，斜眼，真理，神婆，靠近上海的江南小镇，传教士……1900。我同样不知道1900这个年份来自哪里？我大致能推断出那张照片拍摄于二十世纪初的清朝末年。但为什么是1900？也许是因为这个数字本身。也许是因为它听上去像某种开端，正如我身处的2012——预言中即将到来的世界末日——听上去像某种结束。

然而，就在3月上海街头那神启般的一幕发生的当天，在我回到公寓，写下了《李美真》开头几段的那天晚上，我上网搜索1900年的世界大事，不禁感到仿佛有股电流从脊梁穿过。一种颤栗的、几乎掺杂着一丝恐惧的兴奋。1900，它不仅听上去像某种开端，它的确是一种开端。

1900年，农历庚子年（鼠年），清光绪26年，是遗传学奠基年。这一年发生的主要大事有：

中国爆发义和团运动。

八国联军攻陷北京。

意大利拉齐奥足球俱乐部成立。

瑞典政府正式设立诺贝尔基金会。

德国物理学家马克斯·普朗克提出量子理论。

齐柏林飞艇首次飞行。

莫高窟"藏经洞"被发现。

世界博览会在巴黎开幕。

纳粹德国盖世太保头目海因里希·希姆莱出生。

第四章 K的平行宇宙（1）：圆明园之夜

拳击规则创始人，英国的昆斯贝里爵士去世。

尼采去世。

更多的联接正在形成。更多的光点。尼采惊世骇俗的新哲学（"上帝已死"）。颠覆物质现实的量子力学。揭示生命秘密的遗传学。大规模载人飞行。诺贝尔文学奖（所有作家的梦想）。以足球和拳击为代表的娱乐至上。世界博览会所预示的全球化。民族自我意识的觉醒。东方与西方的正面猛烈冲撞。纳粹婴儿。科学、哲学、艺术、文化、政治、过去、未来。一个新世界似乎正在缓缓开启，正如一百一十二年后的今天，它似乎正在缓缓关闭。而在这个巨大闪烁的环形迷宫的中心，是坐在书桌电脑屏幕前的我，和我正在写的《李美真》。

写完小说第一章花了我两周时间。七千多字。这对我来说已是神速——鉴于我过去三年的表现。我的目标是每天五百字。我意识到，一旦进入某种良性循环的写作状态，所谓的日程安排就变得毫无必要。一切都自然而然。早上我睡到自然醒（有时六点，有时九点），做一顿简单丰盛的早餐（全麦面包，奶酪，培根，美式炒蛋），备足热咖啡，然后开始写作。有时写三个小时。有时六个小时。中间不休息（如果实在饿了就吃点牛奶麦片），直至写到五百字。正如海明威和马尔克斯所教导的,我尽量故意留几个句子不写,以便第二天可以接上。

完成每天的份额之后,我便可以想干什么就干什么。我可以去菜场买点新鲜食材,悠闲地做顿晚餐。或者去附近的茶餐厅、小饭馆或日料店。我也可以外出散步。我的散步路线基本上是沿着几家小书店,卖黑胶唱片、CD和DVD影碟的音像店,外贸服装店,古董杂货铺,一路逛到复兴公园。走累了就找个小咖啡馆歇歇脚。而这一切都在我住处的直径两公里之内。

我住在长乐路上一幢老式巴洛克风格的公寓楼。当年我好不容易才找到这里。那也是我报社生涯几乎唯一的遗留物。因为我实在太喜欢这套老公寓——以及它所处的位置。根据我查到的资料,它应该是由英国人建的,时间大约在1895年左右。也就是说,跟《李美真》的故事发生时代差不多。当然,这点我刚刚才意识到。我一直就喜欢老房子,老物件。我喜欢它们所散发的时间感。我经常去逛上海的旧货市场。我房间里的大部分家具都是从那儿淘来的。民国时期的暗绿色皮沙发配上包豪斯风格的黑茶几,带装饰花边的法式旧柚木书桌搭配简洁北欧风格的白色埃姆斯椅,以及具有未来感的银色金属台灯。我喜欢那种时空交错混搭的感觉——正如我所居住的这片区域。它位于市中心,是曾经的法租界,因此布满了古老典雅的百年老建筑,而周边则是一幢幢高层商业写字楼,以及夹杂其中的上海老式里弄的民居。梧桐掩映下的欧式窗户和小阳台上曲线优雅的铸铁栏杆；高耸入云的混凝土玻璃大厦；狭窄里弄里高高挂在竹竿上晾晒的衣物；其间还偶尔点缀着红色的横幅标语。意大利人开的一家小咖啡馆旁边是间老式理发店；本地的快餐面条店紧挨着一家有数百种外国啤酒的小啤酒屋；北欧家具店隔壁是定做旗袍的裁缝铺。有时候，我感觉这里仿佛处于某种时空漩涡的中心：新与旧，东与西，历史与现实，一切都被某种巨大莫名的力量裹挟着，融为一个光怪陆离、近乎魔幻般的整体。还有什么地方比这里更适合写《李美真》？在这里，就像埃舍尔笔下那些互为镜像的错觉画，1900 与 2012 可以神奇而完美地穿插交织为一体。

晚上我不写作。我要么看书（威廉·詹姆斯的《宗教经验种种》和唐·德里罗的《白噪音》，我总是同时看一部小说和一部非虚构），要么听会儿黑胶唱片（巴赫的管风琴作品集），有时也看部电影（我重看了戈达尔的《精疲力尽》）。再配上一杯物美价廉的智利智象葡萄酒。此外，晚间的另一项重要活动是上网查资料。虽然我写的并非传统意义上的历史小说——我的目标是将我偏好的翻译体跟那种半文半白的中文糅合起来，写出一部带有后现代意味的历史小说——但我还是想尽量避免一些常识性的错误。时代背景，人物衣着，专有名词。（比如，当时有"照相"这个说法吗？还是只能叫"摄影"？）当我写到年幼的李美真被神婆带走，她的童年回忆暂时告一段落，那天晚上我决定要查一查她出生那年

的时代大事。我设想1900年她四十岁,那么她就是出生于1860年。我打开百度百科上"1860年"的词条:

> 1860年中国传统纪年年号:清文宗咸丰十年,庚申年(猴年),在这一年中,举世瞩目的圆明园被毁,清政府先后签订了丧权辱国的《天津条约》和《北京条约》,加快了中国半殖民地半封建社会的步伐。

我的脊背再次掠过一阵寒意。火烧圆明园?那是发生在1860年?毫无疑问,我中学时肯定在历史课上学过。但我已经完全忘了。当然,我知道这件事发生过。但我感觉不到它发生过。我感觉它似乎发生在另一个世界。而那个世界甚至比很多虚构的世界——比如《战争与和平》的世界——显得更不真实。

我继续往下看。

在"大事记"中:1860年5月,沙俄出兵侵占中国东北重要海口海参崴,将其改名"符拉迪沃斯托克",意为"控制东方"。10月,英法联军闯入圆明园,疯狂地大肆抢劫,之后为了销赃灭迹,将其付之一炬。11月,亚伯拉罕·林肯当选为第十六届美国总统。在"出生"栏目中:1860年1月29日——俄国短篇小说大师安东·契诃夫出生。在"逝世"栏目中:9月21日——德国哲学家叔本华逝世。

契诃夫?契诃夫是我最热爱的小说家之一。在我眼里,他简直就是文学的化身——他的幽默、温柔、才能和怜悯。契诃夫—文学—虚构。叔本华—哲学—意志。林肯—民主—现实。圆明园—暴力—历史。难道这一切真的只是偶然？我只是出于对照片上的相貌判断，随手选择了四十这个年龄。但现在看来，李美真仿佛本来就出生在1860年。它不像是我随意创造（捏造）的，而更像是我在直觉的指引下发现的。那种奇妙而令人安心的"发现感"又出现了。所以：她和契诃夫几乎同时出生，而就在他们出生的这一年，东方文明的集大成者，被称为"万园之园"的圆明园在西方的火焰中化为灰烬。

我接着往下翻看屏幕。在"历史记载"中有个条目为"《北京条约》签订"。《北京条约》是英法联军焚毁圆明园后的直接产物。在条约条款中，除了割让九龙半岛给英国，还有一句话引起了我的注意：另外，葛罗还指使充当翻译的法国神父在条约中文本中偷偷加入了"传教士在各省租买田地，建造自便"条文。

传教士？租买田地，建造自便？

我突然知道了那张照片——摄于李美真四十岁，不，按中国农村习惯用虚岁的说法，应该是四十一岁，也就是1900年——是谁拍的。

我甚至能看到那幅场景。体积庞大而笨重、用木制三脚架支撑、带暗箱的老式照相机。正襟危坐、面无表情的斜眼神婆李美真。一个身穿黑袍,在照相机旁忙碌调试的外国人——他叫约翰·金(John King),是一名来自英国的传教士。

画面无比自然地涌现。不知为什么,也许是因为小时候看的老电影,在我看到的场景中,在拍摄的一刹那,为了制造闪光灯,将有砰的一声小爆炸,以及由此产生的烟雾和火花。她,李美真,会从这火花和烟雾中看见什么?虽然事先已被反复提醒,虽然她看上去不动声色,仿佛丝毫不受影响,但她心中还是一惊——那让她瞬间想起了幼年的那场火灾。也许我还可以让这也跟拍摄的地点发生关联。我可以让她坐着拍照的地方——金牧师在教堂侧面厢房搭出的一间摄影棚和暗房——就是当年被烧毁的裁缝铺的旧址。为什么不?那听上去很合理,也很有可能:不久前,这位英国传教士在白鹤镇租下了这片闲置多年的空地,雇用当地工匠,仿造江南民居的样式,建了一栋三层楼房高的小教堂。跟民居不同的是,它的外墙被刷成了白色,屋顶上矗立着一个巨大的红色十字架。

我从那烟雾中似乎也看见了什么。我看见了火烧圆明园。它与那场李美真生命中转折性的,导致她父亲自杀的火灾仿佛形成了某种隐约的呼应。但跟教堂的选址不同,这并不是我刻意设计的。我写那场火灾时根本没想到圆明园。我根本不知道火烧圆明园恰好发生在李美真出生那一年。就像我前面说的，我不仅已经忘了它发生的时间，我甚至已经忘了它曾经发生过。或者，更确切地说，我觉得它跟我没有任何关系。几乎没有。对我来说，《战争与和平》中拿破仑入侵俄罗斯引发的莫斯科大火比它更贴近，更真切。为什么？因为皮埃尔。因为通过阅读，我就变成了皮埃尔，我就可以用皮埃尔的眼睛、耳朵和皮肤，去感受当时莫斯科的雪、泥浆、叫喊、火光……这听上去颇具某种反讽意味：一个小说家虚构的人物，却让一个历史事件显得更为真实。同样反讽的是，同样是因为一个虚构的人物（而且是由我自己虚构的），火烧圆明园突然对我变得真实起来。不止是真实，简直是亲密——似乎它与我之间突然产生了某种直接的、近乎生理性的联系。

那天晚上剩下的时间，我一直在网上搜索查看有关火烧圆明园的链接。

不知为什么——这种情况很罕见——那些网络上毫无文学性的文字竟深深撼动了我。电光火石般，那些场景骤然闪现：绸缎被撕裂，瓷器被砸碎，扭曲狂乱的西方人面孔，马蹄声，哭喊声，烈焰与浓烟，轰然倒塌的宫殿，被火舌舔噬成红黑的纸页……我不知道那持续了多久。也许只有几秒。我感到全身被电击般微微发麻。随之而来的是一种莫名的不安和恐惧，就像一个贪玩的孩子突然发觉自己走丢了，而暮色已经降临，四周正陷入黑暗。在震颤和恐惧之后，是一股静静的愤怒。但很快，那股愤怒就被一片无边的悲哀所取代。

这些依次递进的情绪就像不同颜色的雪，一层覆盖着一层。

我从来就不是个民族主义者。恰好相反，我的民族意识极其淡薄。或者，你完全可以说，我是个西方主义者。因为我所有的文化滋养几乎都来自西方。书籍：从陀思妥耶夫斯基、狄更斯、福楼拜、纪德到拉金、卡佛、伯恩哈德、冯内古特、奈保尔、让·艾什诺兹。音乐：巴赫、马勒、拉赫玛尼诺夫、披头士、大门、莱昂纳德·科恩、迈尔·戴维斯、恐怖海峡、九寸钉、山羊皮、汤姆·维茨、鲍勃·马利。绘画：塞尚、莫奈、波洛克、维米尔、基里科、培根、莫兰迪。电影：库布里克、伯格曼、文德斯、大卫·林奇、波兰斯基、贾木许、昆汀·塔伦蒂诺。

我可以一直列下去。

有时候我甚至觉得自己跟中国没什么关系。我不看报纸，不看新闻，不看电视。我几乎不读中国小说。不听中国音乐。也不看中国电影。我喜欢喝咖啡，而不是茶。我与中国最大的关系是：我必须呼吸中国的空气，必须吃中国的食物。当然，还有重要的一点——我必须用中文写作。

但即使是我的中文，也受到了西方的强烈影响。用评论家的话说，我的小说语言翻译腔过于浓重（虽然也有人认为这是一种风格和特点）。事实上，我的长篇处女作，《不失者》，读起来就像一部被翻译成中文的外国小说（近二十万字，通篇没有出现过一个中国人名和地名）。故事发生在近未来的一座大都市，主人公是一名跨国公司的小职员，过着朝九晚五的平庸生活，但由于一个偶然的机会，他发现自己其实是个大脑记忆被某神秘组织所控制的傀儡杀手，于是他踏上了一场寻找真正自我的冒险之旅。一部典型的包裹着科幻和侦探糖衣外壳的后现代小说。它真正的核心在于，从本质上说，对于生活和命运，我们每个人都和小说主人公一样——既是侦探又是凶手。

小说出版后销量一般（卖了大概七八千册），而文学评论界则几乎毫无反响。主要原因是因为它看上去实在不像一部中国小说。或者可以说，它像世界上随便任何一个国家作家写的小说，除了中国。有人甚至开玩笑，说如果把作者名字换成个外国名字肯定会卖得更好。

两年后出版的短篇集，《火山旅馆》，情况也差不多。（虽然它为我赢得了一个小小的——迄今为止也是唯一的——文学奖，但也很快被迫不及待地遗忘了。）标题小说讲的是有一座神秘的位于火山口景区的旧旅馆，每天深夜都会出现一个移动的时间虫洞，可以通向过去和未来——无一例外的是，总是通向某个正在发生暴力革命的时刻。同样，它摒弃了所有具体的中国元素，那可以是世界上任何一座旅馆，历史上任何一次革命。其中唯一的具体地点是麦当劳：一个遍布全球的西方标志。

那就是我为什么感到如此悲哀的原因：西方。这是一种双重悲哀。我既觉得自己是个背叛者，同时又觉得自己被背叛了。我背叛了自己的民族和文化（至少在某种意义上），但同时又被自己投靠的另一种文化所背叛：我精神上赖以生存的西方，却对我的祖先犯下过难以置信的可怕罪行。（而且那些罪行的证据，比如当年从圆明园被劫掠的无数珍宝，仍被公然地、毫不知耻地展示于西方的各大博物馆。）那种感觉，就像你突然发现，正是那个一直用乳汁喂养你的女人，谋害了你的生母。不，我知道这个比喻不恰当。它过于狭窄、简单化。真正的悲哀（及可怕）或许在于，人类的善与恶，文明与暴力，竟能如此完美地嵌为一体。但这已是老生常谈，不是吗？最有名的例子就是纳粹在白天将犹太人扔进焚尸炉，晚上却和家人和朋友一边悠然地喝着葡萄酒，一边欣赏歌德、巴赫和贝多芬。同样，毫无疑问，那些焚毁圆明园的英国和法国人，也曾是优雅的绅士，慈爱的父亲和热心的邻居，他们也必定读过莎士比亚，听过莫扎特，他们都自小就熟读《圣经》，礼拜天上教堂，笃信全知全能而全善的上帝，当然，他们也不可能不熟知《圣经》中的"摩西十诫"：不可杀人。不可偷盗。不可贪恋人的房屋；也不可贪恋邻人的妻子、仆婢、牛驴，并他一切所有的……但结果呢？

　　我突然想到，牧师约翰·金的父亲（一如李美真，约翰·金这个名字同样不知来自哪里，它只是极其自然地浮现在我脑海，同时出现的还有他为自己取的中文名，金悦汉），应该正是当年火烧圆明园的那些英国士兵之一。从时间上完全说得通。从情感上。也许正是因为他父亲早年在中国的经历（以及缠绕其余生的梦魇和愧疚，或许），导致了他对东方文化的迷恋，让他从小便开始学习中文，并最终以上帝的名义，带着某种隐秘的、也许连他自己都没有意识到、似乎源自血液中的赎罪心理，远渡重洋来到中国。也许他父母家中的客厅里还一直摆放着某件来自圆明园的"战利品"。比如那种一人高、上面隐约绘着亭台楼阁的中式景泰蓝花瓶。我甚至能够想象，他们一家四口（我决定让他有个妹妹），以那只大花瓶为背景，曾拍过一张合影。

我仿佛能看到那张照片。照片上的约翰十七岁。只有他母亲坐着，他和妹妹及父亲围立在旁边。他和父亲都穿着合体的黑色西装和白衬衫，打着黑领结。母亲和妹妹是一袭白色带蕾丝花饰的旧式裙装，上身紧裹，下摆蓬松。父亲表情严肃，其余三人则面带微笑。在父亲背后，是那只巨大的景泰蓝花瓶。

跟那个时代所有的老照片一样，他们的表情、微笑和眼神都显得格外有生命力。穿透力。而那显然不是因为照片本身的清晰度。这是为什么？——我不禁又想到李美真的表情。那张照片。它也给人同样的感觉。为什么？这里有什么秘密？是跟早期的摄影方式有关吗？我抓过桌上的红色皮面笔记本，潦草地记下这个问题，并在后面打了个括号，在里面写上：待查。

但在那晚，那个圆明园之夜，我还有个更紧迫的问题需要解决。虽然我能清楚地看到约翰·金十七岁的模样（一个留着分头、脸庞方正、眼神明亮的英俊少年），但我却怎么也想象不出他为李美真拍照时的样子（那年他三十八，不，三十九岁，按中国农村的算法）。我能看见他黑色的牧师长袍，他在大型相机后熟练忙碌的背影，甚至能听见他的声音，但我看不见他的脸。他的脸部是一片虚空。一片空白。

在我写前两本书时，这从来都不是个问题。那时我的人物不需要面孔，正如他们不需要名字。他们也不需要时代——因为在那些故事中，记忆都是缺席的。（有时记忆缺席本身便是故事的核心，比如《不失者》。）但《李美真》不同。它有明确的姓名，明确的时代，明确的记忆——它也必须有明确的面孔。

但我看不见。

就在这时我想起了弗伦佐。弗伦佐是我认识的一个意大利作家。那是四年前，就在我的短篇小说集《火山旅馆》出版后不久，我受邀参加了一个在北京举行的、为期两周的国际写作计划。我们就是在那儿遇见的（也正是在那期间，我认识了出版商F）。弗伦佐和我年纪相仿，经历也类似。（他在都灵的一家宠物杂志社做编辑，已经出版了两部小说，正在写第三部。）但真正让我们成为知己的，是我们共同的对书的狂热。在北京的两周里，我和弗伦佐逛了大大小小十几家书店。我们乐此不疲。虽然我们的英语都很差，但这似乎反而减轻了我们交流的心理障碍。我们给对方看手机上自己家的书房照片（都是整整一面墙的书架）。我们向对方描述自己的作品。借助手机上的英语词典，我们津津有味地谈论着喜爱的作家、音乐、绘画和电影（哦，加缪！哦，马格里特！哦，希区柯克的《晕眩》！哦，黑盒子乐队！）——就像两个兴致勃勃地交流各自珍藏玩具的小男孩。（遇到对方推崇而自己却不知道的名字，我们就拿出本子记下来。）两周后，我们已经亲如兄弟。而我们亲密的基础也的确跟血缘一般古老，那就是文学。

一想到弗伦佐，我眼前便浮现出他的笑容。这么说毫不夸张——他是我见过最温柔的人。但不是那种女性化的温柔，而是某种超越性别的，仿佛与生俱来的，本质上的温柔——天使般的温柔，你可以说。它与怯懦、克制、牺牲毫无关系。与之相关的是孩子般的天真、善良，和充满知性的好奇与谦逊。他身上没有丝毫强加于人的气息。他身上没有一处会让人想到"暴力"这个词：他的体型（不高不矮，不胖不瘦），他的姿态（敏捷而优雅），他的笑容（温暖，但从不放声大笑——近乎失控的大笑，尤其在公共场合，总让我觉得有某种暴力性）。

于是我突然看见了金牧师的笑容。或者，更确切地说，是我看见了弗伦佐身穿牧师袍的笑容。当我几乎下意识地，在想象中用牧师袍替代他常穿的那件咖啡色灯芯绒西装时，我发觉那幅画面极其自然而真实。在气质上简直浑然天成。毫无疑问，他就是我要找的，三十九岁的约翰·金。我只需原样照搬他的面孔：苍白的皮肤，明亮友好的眼神，微笑时露出整齐漂亮的牙齿，英俊的娃娃脸配上浓密的络腮胡，顶上的头发已经稀疏。当然，我做了一点小小的改动：拿去他的眼镜，把他须发的颜色从黑色变成金黄色。这是一种作家的秘密游戏，但同时，更重要的是，我意识到，我想把弗伦佐那温柔的天性赋予这位牧师。而且这种温善，会形成多个角度的对比与呼应：与他祖辈的残暴，与他的名字本身（King，意为"国王"），与镇定而冷静的李美真。

　　我甚至在想要不要让他变成一个意大利人，而不是英国人。但我很快就否决了这种想法。因为烧毁圆明园的是英法联军。不过，我在网上的很多相关文章上看到，圆明园其实被烧过两次，一次是在1860年，另一次则是在1900年（又一个巧合），但第二次远不如第一次严重，而且，参与第二次的除了八国联军，据说还有大量趁火打劫的中国人。然后我忽然意识到自己不知道——至少是不确定——八国联军到底是哪八个国家。有意大利吗？以前历史考试上一定考过。但考试的目的似乎就是为了快速彻底地遗忘。我再次打开百度。

　　英、美、法、德、俄、日、意、奥。

　　果然有意大利。

第五章

K 的平行宇宙（2）：图书馆的幽灵

写完《李美真》第一章后，我没有立刻开始写第二章。我决定给自己放两天假，让思维机器冷却一下，同时趁机去图书馆查点资料。我需要了解早期照相机的历史：它们的大小、外形，如何操作，如何洗印照片。因为第二章我要写一个重要场景：金牧师给李美真拍照的场景。正是他拍的那张照片，引发了整个故事。从某种意义上，那张照片是《李美真》这个平行小说宇宙的大爆炸奇点。我也想探寻一下早期的摄影方式与现在有什么区别，而这种区别又是怎样影响了人物在照片上显露出的气质。最后我还想查一查义和团。正如李美真在第一章中所说，她答应拍照的一个关键理由，是因为"它关乎白鹤镇上各方势力的平衡"。而所谓平衡，至少需要三个支点，才能形成某种张力。所以那就是：神婆，牧师，义和团。

当然，我也可以上网查。但网上的资料看似丰富，实际上却平庸而混杂，缺乏深度和系统性。除了一些泛泛而谈的表面信息，你很难找到什么真正有价值的东西。

而且我喜欢去图书馆。对我来说,图书馆就像一种特殊的书店。除了书量庞大,可以免费把书带回家,图书馆还有一个迷人之处:你会在那儿发现一些在书店里永远看不到的书。昙花一现的旧书,发行渠道不畅的好书,印数极低的绝版书,高度专业的专业书。(有次为了写一个短篇小说——标题叫《搜集蓝色的人》——我在图书馆找到了二十六本关于蓝色的书。)

　　我也喜欢图书馆那种书籍铺天盖地的感觉。就像一座巨大的书的城堡。有一种特殊的安全感。但那些不对外开放的特种藏书室除外——里面悄无声息,空无一人,只有一排排书架上密密麻麻成百上千的书脊。伫立其中,你似乎能听见那些书在静静地呼吸。你仿佛被什么包围了。图书馆的幽灵。你觉得似乎有什么东西正从你的背上长出来。你转过身。什么都没有。只有清冷的日光灯下几张空荡荡的书桌。

　　然而那天——写完《李美真》第一章后的第二天——当我独自流连在图书馆的古籍藏书室,当我再次神经质地,不由自主地从书架间转过身,我看见书桌前坐着一个真的幽灵。

　　我们对视了几秒。然后她似乎做了个决定——决定对我微笑。

　　"对不起……"我嗫嚅道。

　　"好像应该我说对不起。"她看着我,她戴着一副玳瑁框的眼镜。"我好像吓到你了。"

我略微耸了耸肩。"刚才……这里好像没有人。"

她稍稍坐直身体,手指交叉,双臂平放在桌上,似乎要发表小小的宣言。

"我已经在这儿坐了快一个小时。"她说,"你觉得我像幽灵吗?"

"不像。"我立即回答。我终于也让自己露出了微笑。

的确不像。她看上去就像个优雅的大学教授(事实证明她的确是)。大约四十来岁,染成栗色的卷发,皮肤白皙,五官精致,不着痕迹的淡妆。她穿一件合体的烟灰色呢西装外套,黑色高领薄毛衣。她整个人,包括她的幽默,都散发出一股冷静而超然的气息——知识的气息。

我把之前在外面公共借阅处借的几本书——《简明摄影史》《旧日影像:西方早期摄影与明信片上的中国》《摄影百年》——放到桌上,然后在她斜对面的椅子上坐下。

她面前也摆着两堆书。一堆是线装书,显然来自古籍室。另一堆是普通的书,最上面一本是《万国公报:近代传教士在上海》。两堆书中间是一本摊开的又旧又厚的棕皮笔记本,上面写满了又小又黑的字。我又看了一眼那个书名。传教士?

我很想就此再跟她说几句,但她的视线和注意力已经回到那个肥厚的旧笔记本上:她不时翻动手边的线装书页,在笔记本上写下什么。她似乎已经彻底忘记了我的存在,就好像我是一个幽灵。

但还有另一个幽灵在我脑中游荡——那个书名。又一个空中闪烁的光点。自从开始写《李美真》,这种闪烁的联结点就不断出现。而我要做的,就是凭直觉不失时机地去抓住那些光点。就像捕捉萤火虫。我决定要捉住这个光点。具体地说,我决定一小时后——我看了看手表,现在十点半——邀请坐在我对面的她,去图书馆边上的尤利西斯咖啡馆共进午餐。

"所以,"她从奶酪焗千层面上抬起头,"你在写一本有关传教士的小说?"

"也可以那么说。"

"也可以那么说。"她重复道。

"因为……小说里最重要的人物不是传教士。"

"是一个女人——中国女人?"

"对。你怎么知道?"我放下刀叉。

"直觉。"

"直觉?"

"你知道吗?——"她重新拿起刀叉,"也许我们可以互相帮助。"

"互相帮助?"

她笑起来。"你让我想起我儿子——不,sorry,"她轻微挥了下手,然后用那只手托住下巴,"我的意思是,我们的这种说话方式。"停顿一会儿,她接着说,"我记得有次,那时他还在上幼儿园,他一整天都用这种方式跟我说话。重复我说的每句话。"

"每句话?"

"每句话。"

"就像这样?"

"就像这样。"

我们同时露出微笑,就像对上了密码。

"奇妙的是,我发现那样居然也可以沟通。你有孩子吗?"她问。

"没有。"

"你看,我同时犯了两个错误。"她微笑着抿了抿嘴,并象征性地摇了下头,"我不该跟一个男人谈论另一个男人,我也不该跟一个还没孩子的人谈论自己的孩子。"

"那……他到底是男人还是孩子?我是说,他几岁了?"

"十三岁。介于孩子与男人之间。他跟他爸爸在美国。纽约。"

"你先生在美国?"

"前夫。"

"我的前女友也在美国。纽约。"然后我接着说,"所以我们又多了一个共同点——除了传教士。"

"以及图书馆的幽灵。"

我们再次同时微笑。"你怎么会也有幽灵通行证的？"她说。古籍藏书室不对外开放。"整个历史系也只有几张特种阅读卡——大家要轮着用。"

我告诉她因为我以前在报社时采访过图书馆。他们给了我一张超级 VIP 卡。

"现在所有机构都想讨好媒体，不是吗？"

"我辞职了——前工作。"

"也就是说，"她停顿片刻，"你从一个备受欢迎的大众媒体，转向了一个越来越没落，越来越边缘化的古老媒体。"

我点头表示确认。

"佩服。"她叉了块焗奶酪递进嘴里。她吃东西的时候你看不到她的牙齿。

不知为什么，每次听到别人称赞我辞职，我就感到某种轻微的屈辱。

"你刚才说互相帮助——"我说，"我能理解你可以帮助我，你知道各种史实，历史背景，等等。但我不明白我能帮你什么？说到底，我不过是在……"我一时不知该怎么说好。

"胡编乱造？"

"胡编乱造。"

"你听说过量子纠缠吗？"她用餐巾纸擦了擦嘴。

"知道一点。"

"两个相互作用过的粒子，被分开后无论相隔多远——

哪怕几万光年——都仍然能瞬间感应到对方的变动。这么说理论上可能很不严密。但大致就是这样，对吧？"

我点点头。

"听上去不可思议，不是吗？甚至爱因斯坦也强烈反对，因为它违反了光速最快这个真理。至少在他看来这是真理。但如果稍微想想，你不觉得，其实这种超越光速的现象自古就有？"

"自古就有？"我发觉自己似乎染上了某种话语重复症。不过她好像没在意。

"心灵感应。心灵感应不就是某种意义上的量子纠缠吗？同样是两点间的感应，同样可以超越光速，同样打破了物理法则。最常见的例子就是双胞胎。相距千里的双胞胎同时给对方写信，而且写下的第一句话一模一样。其中一个受伤，千里之外的另一个立刻在同样部位感到疼痛。我本人也有过类似的经历。"

她停下来。我做出感兴趣的样子——我确实感兴趣。

"那时我还在美国。有天半夜我突然惊醒过来，心口感到一阵剧痛。但只持续了几秒。几乎同时我儿子也在隔壁大哭起来——他那时大概三岁。我意识到一定出了什么事。第二天接到上海的长途电话，我妈妈心脏病突发去世了。正是在我半夜惊醒的时间。"

"但其实我并不太吃惊。"她接着说，"也许是因为……因为我母亲经历过同样的事情：她母亲去世时她也有感应。

那是某种家族遗传。我们家族的女人都有点通灵。"

"通灵？"我突然警惕起来。

"怎么，吓到了？"她露出略带讥讽和顽皮的微笑。

"你母亲，或者你祖母，或者你祖母的祖母，有当过神婆吗？"我能感到自己脸色发白。

"你是说那种村庄、小镇上的神婆？"她耸了耸肩，"我母亲肯定没有，她很小就跟我祖父母从浙江乡下搬到了上海。再往前就不知道了。或许。怎么了？"

我摇摇头："……你所说的通灵……"

"其实也没什么。"她说，"就是对环境特别敏感，直觉力特别强。比如走进一个房间，如果那里发生过什么极为特殊的事件——凶杀案，比如说，我们——我们家族的女人——就会有感应。我们会觉得莫名的不适。如果在那个房间过夜，我们甚至会梦见凶杀的场景或受害者。"

"所以真的有幽灵？"

"我觉得幽灵只是一种说法，一种不太准确的，拟人化的说法。准确地说，那更像一种意念的感应。当然，一般的意念我们也感觉不到。然而当意念强烈到极致——比如被谋杀时——我们就能瞬间感应到，甚至能看见导致那种强烈意念的图像，即使它发生在遥远的过去。就像某种超越时空的量子通讯。可以说，所有幽灵现象都是一种不自觉的量子纠缠。"

"奇妙的解释。"

第五章 K的平行宇宙（2）：图书馆的幽灵

这时一个下巴留着山羊胡的英俊侍者过来问我们要不要上咖啡。我们说要。于是他撤去我们的盘子。我们都点了尤利西斯套餐。奶酪焗千层面加卡布基诺。

"总之，"她继续说道，"我们完全可以把量子纠缠笼统地理解为两个世界间的瞬时感应。不管那两个世界相距多远，也不管隔开那两个世界的是空间还是时间。因为，就像老爱因斯坦所说的，时间和空间可以互相转换，它们在本质上是同一样东西。所以—— 一切的核心就在于感应这个词。正是围绕着这个核心，谢谢——"她对端来两杯卡布基诺的山羊胡嫣然一笑，"正是以两个世界间的感应为核心，我想建立一种全新的历史学研究方法。我称之为量子历学，不过这里的历是历史的历。"

我们各自喝了口卡布基诺的白色奶泡。

"那就是为什么你可以帮助我。"她说。

"你的想法很有意思，"我说，"但我还是不太明白……"

"感应。"她打断我，"传统历史学最让我不满意的地方，就是它缺乏感应。无论什么事件，最终都是些干巴巴的年代、数字、地点和人名。你感觉不到自己跟那些事件有任何关系——就算其实有很深入的关系。没有十月革命就没有今天的中国，不是吗？事实上，从古至今的所有历史都与此刻的现实有着直接的、量子纠缠般的关系。从山顶洞人到人类登月，从克隆羊多利到深蓝电脑。"

"从钻木取火到火烧圆明园。"我几乎是脱口而出。

她愣了一下。"对,火烧圆明园。焚书坑儒。广岛原子弹。奥斯威辛的焚尸炉。"

"火焰。温度。尖叫。绝望。"

"对,这就是感应。温度。声音。情感。你爱读历史小说吗?"

"如果《战争与和平》算的话。"

"不仅算,而且是最伟大的。你一定记得那个著名的场景:尼古拉在申格拉本战役中受伤跌下马背。"

"当然——我只要一闭眼就能变成尼古拉。"我假装着闭上眼睛,"马的体温,空气中的硝烟味,仰面跌倒在地后扎在皮肤上的松针,以及天空中那朵著名的云。"我睁开眼睛,她正看着我微笑。"这也是一种量子纠缠,对不对?我的意念跟托尔斯泰创造的那个世界的某一刻,发生了感应。"

"那就是我想要做的事。"她说,"量子历学——量子历史学。用一种新的研究手法,在历史学中唤起读者真正的情感共鸣。你不觉得这很讽刺吗?打着真实旗号的历史学却感受不到真实,反倒是公开宣称虚构的小说能做到。就好像,真实不是来自历史,而是来自……"

"胡编乱造。"

"胡编乱造。"

"所以,你需要我胡编乱造的帮助?"我半开玩笑地说。

"差不多。"她笑起来,"我是事实的专家,你是虚构的专家。而事实与虚构可以——也应该——互相帮助。"她收起微笑，接着说，"而且，我们有个共同的主题，至少在某种程度上。那就是十九世纪末二十世纪初西方传教士与中国的关系，与中国的风景、气候、食物、男人、女人，以及神。"

"不过，我还没真正开始写。"她轻叹了口气——轻得不留痕迹，"我还处于搜集资料的阶段，我还没找到具体的感应点。不过应该快了——你呢，你写了多少了？"

"我也才刚开始，"我说，"才刚写完第一章的初稿。而且……我几乎完全不知道接下来会发生什么。"

"接下来会发生什么——你指的小说还是现实？"

我耸耸肩："都是。"

"你不写提纲或者故事梗概什么的？"

我摇摇头："我习惯在完全不知道故事走向的情况下写。不知为什么……"我喝了口咖啡，"我总觉得那样会让小说更有生命力。完全凭直觉。让故事自行发展。"当然，故事也很可能自行中断——就像《极乐寺》，但这句话我没说。

"也许那就是问题所在。"她说，"直觉。传统的历史学写作里没有直觉的位置。而直觉是感应的基础。其实所有历史事件的真正原因都是复合性的，充满了直觉、偶然、巧合之类的非理性因素。对这些非理性因素，传统历史学完全无能为力。所以福柯反对将历史学视为一门科学，他认为历史学对因果关系的研究不过是一种幻觉，一种自欺欺人的假象。"

我点点头。"不过，我还是有点好奇，"我说，"要怎么才能把直觉运用到历史学上？"

"的确，实际操作上有很大困难。简单来说，我的大致想法是——"她端起咖啡杯，喝了一小口，"围绕某个具体历史事件，比如上海某个传教士被杀事件，根据那一时期及相关人物的各种文献，一方面，是像传统历史学那样去理性地研究，而另一方面，则运用我的通灵能力，也就是直觉，在那些文献资料的线索中寻找某种感应，从而发掘出事件隐秘的非理性因素……是不是听上去有点疯狂？"

"听上去有点像后现代先锋小说。"

"真的？"她微笑着放下咖啡杯，"我很少看那种先锋的后现代小说，倒是看了很多历史小说，能找到的都看了，大概看了好几百本。对了，你觉得你的小说——你的传教士和中国女人的小说，算是历史小说吗？"

"很难说——我不知道——至少不是正常的历史小说。"

"简单说来听听？当然，如果你不介意的话。"

"没问题。"不知为什么，我对她有种天然的信任感。

接下来我花五六分钟向她简述了《李美真》的缘起和第一章。

"我必须说，在我看过的几百本历史小说中，你的最独特。"她说。

"谢谢。"

"不过，不知你有没有想过，"她沉吟片刻，"可以把遇见那张照片和灵感从天而降也写进小说。这样现实和历史就能发生某种感应——量子纠缠般的感应。一部量子小说。你觉得呢？"

一部量子小说。听上去不错。F想必会喜欢，他也许会要求把它印在书的腰封上。

"听上去不错。"我说。

"一部量子小说。"她看着我的眼睛。

"一部量子小说。"

临走前她从大大的棕黄色皮挎包里掏出一本书递给我。如果要写1900年的传教士，她说，那么一定要看看这本书。《义和团研究》，戴玄之著，北京大学出版社。我向她道谢。我们互留了手机和电子邮箱，约好找时间在图书馆再碰面，交流各自的写作成果——互相帮助。

那天下午回到公寓，我一边用黑胶唱机听巴赫的b小调弥撒曲，一边慢慢地整理书架。我把自己觉得跟《李美真》写作相关的书都放到一起。图书馆借的那几本有关摄影的书和《义和团研究》。藏书中关于图像、宗教的一些重要著作：本雅明的《摄影小史》，罗兰·巴尔特的《明室》，苏珊·桑塔格的《论摄影》，W.J.T. 米歇尔的《图像理论》，费尔巴哈《基督教的本质》，威廉·詹姆斯的《宗教经验种种》，以及约翰·希克的《宗教之解释》。

然后我意识到我竟然没有《圣经》。

整理完书架，我把唱片换了个面，泡了杯红茶，走到外面的法式小阳台。我把胳膊搭在巴洛克风格的铸铁栏杆上。世界正处于昼与夜的交界：一片回光返照似的金碧辉煌。一阵微风吹来。它似乎专为我而来。它似乎携带着一个小而确定的预言：春天即将到来——我能清晰地感觉到一丝极其微弱而微妙的春的气息。就在那一瞬间，我所有感官都变得无比精确、灵敏。金亮天空中的一道飞机尾气。大厦玻璃幕墙的反光。马路对面的红砖石库门小巷。街上的车辆和行人。几个放学儿童的喧闹。电车电线与梧桐枝条的刮擦声。隔壁阳台上的兰花香。楼下飘来的炸鱼条香味。某辆汽车里节奏铿锵的电子乐。我身后屋里隐约的巴赫弥撒曲。我手中红茶升起的芬芳和热气。一切都完美地彼此独立，又彼此呼应。仿佛有无数看不见的线把无数立体穿插的世界切片有序地联结在一起。

量子纠缠。我想起她的话。两个世界间的遥相感应。就像现在。此刻。我突然感应到了李美真。同样的3月，同样的微风，我们同样站在楼上，眼望天色沉入整片幽蓝。我们的影像叠加在一起。我突然涌起一股写作的渴望，一股渴望明天快点来临的渴望。我甚至有点分不清那到底是我的渴望还是她的渴望。显然，出于某种原因，这两个世界——上海与白鹤镇,2012与1900——间的关系,犹如爱丽丝镜中奇遇,正在由单向变为双向:如果不是因为李美真,我今天就不会认识李玫。对,她叫李玫,木子李,玫瑰的玫,就发音而言,与李美真只有一字之差:只少一个真——真理的真。

第六章

李美真（2）

消息已经传遍了白鹤镇。

即使坐在轿子里，我也能感觉到从街道各个方向投来的目光。没有人不认识我的轿子——轿子的正面和背面都画着神鹤像。

快到教堂的时候，听上去就像走进了集市。人声鼎沸。不过，轿子一放下，如釜底抽薪，喧闹声就去了大半。我步出轿子，环顾四周。教堂前对着白龙溪的空地上已经密密麻麻集聚了一堆人。男女老少，好事之徒，各色人等。

看着眼前的景象，我突然意识到，这里上一次挤满这么多人，还是在我六岁那年家里失火的时候。是的，这座新建的教堂，恰好就座落在我家老屋被烧毁的原址。这里视野开阔，水路便利，只因当年我家的裁缝铺被大火夷为平地，加之父亲自杀，附近的店铺都逐渐搬迁，于是不知不觉，这里就成了一片荒芜。直到一年前，胡县令亲自来找我，说有个英国人要买下这块空地——而且，胡县令还暗示我，根据天朝跟外国人在北京签订的条约，如果他们要买，我们就必须卖。

那个英国人，自然就是此刻正从教堂内出来迎接我的金牧师。

我冷冷地扫了一圈眼前的众人。他们的目光像被镰刀挥过的麦穗，纷纷落向地面。但就在我正准备转身之际，右边的街角转弯处突然响起一阵锣鼓和叫喊。一队人马，正朝教堂逶迤而来。就像舞龙灯，那队人擎着几面黄底红字、犹如风帆的大旗，不时发出整齐划一、军队操练似的叫喊，其间还辅以锣鼓助威。有人在四处分发红纸传单，儿童和狗沿着队伍来回奔跑雀跃。

我和金牧师对视一眼，站立不动，等他们过来。

他们大概有二十来人，几乎全是陌生的少年面孔，都身着露出手臂的黄色练功衫，腰部系块红肚兜，头上包着黄头巾。他们在溪岸边正对教堂一字排好。共有四面大旗，上面分别写着：义和神拳，天兵天将，收灭邪教，扶清灭洋。他们一直在齐声高诵的，也正是这几句话。

为首的是个看去年纪略长的壮硕汉子。他举起一只胳膊，四下立时噤声。连那几条狗也停止跑动，伸着舌头，只将头扭来扭去。他向我们走来。

"在下山东义和团李虎，向白鹤神姑问好请安！"他略微垂首作揖。

"山东义和团。"师父很早就教我，无话可说时，就重复对方的话。

"正是！我们的义和神拳馆已择良日，即将开张，还请

第六章 李美真（2）

神姑大驾光临！"说完，他双手递上一张红色请柬，同时抬起头，狠狠盯着我身边的金牧师，"也欢迎洋人邪教前来参观，以便知难而退，迷途知返，省得大祸临头却不自知！"

我看着他，过了好一会儿——直到那张请柬似乎变得越来越重，重到他已经托持不住——才伸出手若无其事地接了过来。

"好。"我说。然后看也不看就递给旁边的金牧师。

"谢谢。"他嗫嚅道。我不知道他这是对我还是对李虎说。

我和李虎又对视了片刻。对视是我的长项。我能看出他在强忍怒火。他相貌方正英武，但却透出一股浅俗狂躁之气。

接着，在他垂下眼睛，我转身进教堂之前，像是突然想起了什么，我轻描淡写地说："南方湿冷，穿这么少，别感冒了。"

不等他回答，我已转过身去。

像是要印证我的话，他打了个响亮的喷嚏。

围观者发出一阵哄笑。

那是我第一次进教堂。厚重的大门在身后关上，世界瞬间寂静。外面的嘈杂仍依稀可闻（义和团的口号声又开始了），但听去就像模糊的松涛。也许是因为高度和光线，这里有一种别处没有的肃穆和宁静。我沿着中间的通道向前走去。房子的面积并不大，筑造方法也与普通民居无异，只是空间没有任何间隔，上面也没有二层和三层，因此显得格外空旷。白色的空旷——一切都被漆成了雪白：所有墙壁，原木的横梁、支柱，天花板，两边的一排排长座椅，舞台般的祭坛和讲台，甚至脚下宽大的木地板。唯一的例外是高悬在祭坛后方墙壁上的红色十字架。十字架上有一名栩栩如生的洋人男子塑像。他双臂展开，两腿并拢，被钉在十字架上。除了裆部有一卷白布，他几乎全身赤裸，从手掌、脚背和右侧肋骨处留下殷红的血迹。他瘦骨嶙峋，脸面低垂，表情痛苦，头上还戴着一顶由树枝编成、犹如鸟窝的冠冕。

左右两边的墙壁上方——大概分别在二楼和三楼位置——各开了四扇窗，白色的正方形格子窗框，清冷的早春阳光从中射入，在这空荡的白色空间中形成交织的光柱。其中一缕光线恰好打在塑像的脸上——使他的痛苦看起来更加逼真与可怖。

我不禁微微皱了皱眉头。难怪被称为邪教。

站在我身边的金牧师正低头对着十字架祷告。祷告结束，他右手熟练地在胸口划了个十字，然后转向我，柔和而庄重地一笑，做出请的手势，领我走向祭坛左边的一个侧门。

出了侧门，经过一个玄关似的通道，我们来到一座小庭院。庭院显然用心修整过。地上覆着一层白色的碎砾石，中间有条大石块铺成的弯曲小径。小径通向一座两层的小楼。跟教堂不同，从颜色到窗户（深褐色，小开窗），它完全跟白鹤镇上的民居毫无二致，只是更为小巧玲珑。掩映着小楼

第六章 李美真（2）

入门两侧的，是一棵高大的虬松，一块太湖假山石，一株芭蕉和一株腊梅。贴着围墙，种着一排修竹。

"用来听雨。"他指着芭蕉，微笑着说。

"用来赏月。"他指指松树。

"用来闻香。"他又指指腊梅。

我差点被他的样子逗笑了。当然，实际上我只露出了些微笑意。我摸了摸那棵老松。"我还记得它。"我说。不知为什么，当年它奇迹般地没有被烧死。在这个庭院里，它是我唯一还能认出的东西。不，我突然想到，应该还有那口井。

"那口井，"我说，"还在吗？"

"在——在这里。"

我跟着他转到屋后。与小楼相连，后面又搭了半间平房，屋顶的烟囱飘出几缕灰烟。大概是厨房。那口老井就在后面的院角。旁边还种着几块菜地。井口不大，因为年代久远，石头边缘已被磨得滑亮。有人从厨房进出，看到我们便停下微笑致意。大多是镇上穷困人家的中老年人，他们看去似乎跟以前大不相同，个个眼神闪亮，显得既从容又欢喜。

不约而同地，我们都探头朝井中张望。井水水位很高，水面清亮如镜，于是我们的倒影清晰可见——就像一张我们俩人的合影照片，不过边框是圆的。

看着那幅倒影，我们俩都愣了一会儿。然后我抬起头说："我们开始吧。"

后来，我常常想起那句话。那个瞬间。那个场景。我们开始吧。开始什么？当然是开始摄影。可那句话里似乎有某种更深的寓意——尽管我当时并没有意识到。就像某种预言。事实上可以说，后来所发生的一切，一切变化、纠缠、混乱、死亡，都是以那句话——以我们在井水中的合影——为开端。镜花水月。正如他后来常对我说的，汉语是多么优雅、微妙而又精确。是的，最终，一切都不过是镜中花，水中月。

但还是让我们先回到那天。

我在一张圆凳上坐下。我有一种即将被行刑的错觉。这要归功于正对我的那个怪物机器。它看上去就像个巨型蜘蛛。三根细长的支架，上面一个正方形的蜂箱似的蜜色大木盒，木盒朝我的这面，伸出一个黄铜镶边的圆筒，像极了缩小的洋炮。大木盒的背后连着块黑布，金牧师的整个上半身都被罩在那块黑布中，仿佛他正在被那只巨型蜘蛛吞噬。旁边摆着一张大理石面的小方桌，桌上是一叠厚玻璃片和各种奇形怪状的工具器皿，一个体形瘦弱的十几岁白衣少年——大概是他的助手——正在桌前忙碌。

金牧师从蜘蛛腹中逃脱出来。他一言不发，径直走向我——他的神情如此专注，似乎他的灵魂正从另一个世界指挥着他的身体。我还没来得及反应，他的双手已经向我袭来：

第六章 李美真（2）

一只手搭在我的肩膀，另一只手握住我的下巴，微微地调整了一下我朝向的角度。他的动作轻柔、坚定而迅捷。等我意识到时，他已经又回到了蜘蛛肚子里。我全身僵硬。幸好，我现在什么都不用做。我要做的就是坐着一动不动——尽可能久地一动不动。我感到一丝近乎本能的恼怒：我还从未如此受人摆布。（他竟敢碰我的脸！）但矛盾的是，同时我又感到一丝莫名的快意。我的身体也是：既无比僵硬，又无比放松。既恍惚，又冷静。我进入了一种完美的状态。仿佛又回到了小时候的照镜子训练。一个时辰像一秒钟。一秒钟像一个时辰。我似乎听到他从木盒中发出沉闷含糊的话语，但我已无暇顾及——我必须盯着镜中的自己。

直到金牧师突然消失到地板之下。

地板上有一个暗门，那个少年助手正在快速将其合上。虽然事先金牧师已经跟我反复说过，摄影完毕后他要立刻去地窖的暗室制作照片（并恳请我在这里等候片刻——大约半个时辰），但眼看他倏然隐入地板上的黑洞，我还是吃了一惊。

"请神姑移步书房休息。"白衣少年微笑着对我说。

这个房间位于屋子的左后角，有两扇门，一扇直接通往室外的庭院，一扇通往里侧的书房。来到书房，案几上已摆好一杯香茗，飘出的丝缕热气就像是用毛笔绘于空中。书房不大，开着一扇南窗，正好框住院中的芭蕉腊梅山石，宛如一幅画作，窗下是条长案，案上有张还没写完的书法，旁边笔墨纸砚，一应俱全。靠墙立着一面博古书架。另一面墙上挂着一幅山林隐士的古画，进门墙角的高几上放着白瓷盆的兰花，隐约有暗香浮动。这里完全就是一间中国文人雅士的书房——如果不是因为几样显然来自西洋的物件：一个挂在墙上带繁复花饰的木十字架；一台奇怪的机器（一个正方形的深色盒子，旁边有摇柄，上头有个巨大的铁喇叭花，放在靠窗墙角的另一个高几上）；书架上三张裱在银框里的摄影照片（其中两张是他给我展示过的，另一张是个年轻的西洋女子），几部洋文书，以及一部平放着的黑皮硬壳厚书（封面上有烫金的隶体"圣经"二字）。我又看了看书架上别的书：《周易》《论语》《道德经》《庄子》《聊斋志异》《幽梦影》《山海经》《梦溪笔谈》。架上还摆着块固定在红木底座上的雅石。

我取下那本《圣经》，坐下翻开第一页。

元始 上帝创造天地。地乃虚旷混沌，渊际晦冥；上帝之神煦育乎水面。上帝曰：宜有光，即有光。上帝视光为善，遂判光暗。谓光为昼，谓暗为夜。有夕，有朝，是乃一日。

上帝曰：水中宜有穹苍，使水判乎上下。遂作穹苍，以分穹苍上下之水。有如此也。上帝谓穹苍为天。有夕有朝，是乃二日。

第六章 李美真（2）

突然，我心有所动。重新合上书本，我略一停顿，然后将手指随意搭至某一页翻开，又将手指随意按上某个字。那句话是：

(　　　　　　　　　　　　　　)

我把这句话又看了几遍。不知为什么，我觉得这句话中似乎隐含着什么讯息。似乎有什么秘密要通过这句话转达给我。但那究竟是什么秘密？究竟又是谁在向我转达？这既像直觉，又像错觉。我是纯粹出于偶然翻到了这页，还是受到某种力量的指引？

这实在不是一个神婆该问的问题。

我又看了一遍那句话，合上《圣经》，把它放回书架。我又仔细看了看那几张照片。特别是那张西洋女子。那是他长大的妹妹？还是他妻子？放下照片，我走近那朵巨大的铁喇叭花。它是作何之用？完全看不出所以然。

这时我听到外面有动静。我转过身：金牧师出现在书房门口，手里挥舞着一张照片。"Perfect!"他看上去兴奋得像个孩子，"这是我拍得最好的照片！"然后他径直朝我冲过来。然后他一把抱住我。然后他向后跳开去，就像迎面撞上了一堵墙。他涨红了脸，高大的身体几乎站立不稳。

"对不起，神姑，我……"

我一动不动。我全身僵硬。我全身放松。我恍惚。我冷静。

"照片拍得很好？"至少我的声音没变。

"对——你看……"他立刻把照片递给我。

我并不觉得有多好。不过确实很像。任何画师都没有这样的本事。对着它，简直就好像在对着镜子，或对着水井。

我把照片递还给他。

"你裱好再给我送过来吧。"我看着他的眼睛，"现在我要走了。外面的人，都在等着看我活着出去呢。"

那仿佛是我这辈子第一次被人拥抱。我说仿佛，因为那不可能真的是第一次。小时候父母亲应该抱过我。但我已经毫无印象，毫无记忆——它们似乎随那场大火一起消失了。

师父从没抱过我。我们最亲密的接触，是外出时我总要牵住她的手——我代替了她的盲人手杖。但随着我越长越高，我们牵手的角度也在渐渐变化。到了十四岁，我已经跟师父差不多高，于是她转而改成扶着我的胳膊。

那时我已来过月事。我并不惊慌。师父早已提前教过我该怎么做。师父还会配一种甜涩的药剂，缓解我月事期间的不适。与此同时，我的胸部也开始慢慢隆起。师父让我穿上一件特殊的紧身胸衣——有点紧，一开始甚至会觉得有点透不过气，但慢慢就习惯了——目的是抑制这种隆起。

因为正如我说过的，做我们这行，必须尽可能地去除性别特征。并非要不男不女，而是要超越男女。既然要超越，就要洞察。男女之情，男女之事，我们都要了然于胸，方能超然其上，不为所困。

第六章 李美真（2）

有天师父让我从衣箱底找出一卷图册。我一打开，便不禁脸红心跳。

师父空洞的灰白眼膜直视前方，嘴角溢出一丝嘲讽的微笑，"男女之事，其实不过如此。世人往往将其神秘化，但说到底，那不过是传宗接代的手段而已。就像人活着就要吃饭。所谓食色性也。不过凡事都有代价，都有两面。火能焚毁所有，也能烧饭取暖。水能覆舟，亦能载舟。都是一个道理。"

我继续默默翻看，继续脸红心跳。

师父接着说，"你注定这辈子不能成婚，不能生子，也不能尽享鱼水之欢。但这未必不是一件幸事。想想你母亲好了。纵然是平常妇人，也不免要受尽折磨——更别说像我们这样。你无法想象，做一个普通人，更别说一个普通女人，会有多痛苦。"

的确，我无法想象。我无法想象那有多痛苦，正如我也无法想象那有多快乐。

我既不痛苦，也不快乐。唯有平静。

凡事都有代价。

于是，作为代价，在白鹤镇这个世界里，我成了一个没有性别的符号。就像一张能驱邪的灵符，或一尊会走动的神像。他们对我崇拜、恐惧、信服，但不认同。仿佛我是由另一种材料做成。但其实不然。我跟他们一模一样，几乎一模一样，也许除了眼睛。

只有他会——敢——那样盯着我的眼睛看。在他的目光下，我似乎不再是没有生命的灵符或神像，而只是一个人，一个跟他一样的普通人，一个普通的斜眼女人。虽然从外表看，我们是如此不同。但正像他所说，我们有一个重要的共同点：我们都是神的代言人。也许正因为这种职位上的对等，才将我打回了人形。

后来，甚至很久以后，我都会问自己：我爱他吗？他爱我吗？这是爱情吗？这是真正的爱情？说实话，我不知道。因为我之前没爱过，之后也没再爱过。我没有参照，或比较。当然，有小说。不过，小说都是假的，不是吗？

而且，跟小说中描述的不同，我几乎从未感到过心碎或心醉，嫉妒或迷乱，我只是感到莫名的充实和活力，而那又源自一种近乎本能的愿望（而非欲望）：我要保护他。他激发了我身上每个女人都会有的，天生的母性。为什么？因为他温柔天真的个性？他偶尔流露的孩子气？我不知道。总之，那天从教堂回来，我脑中就不时浮现出他的模样。他苍白的皮肤，蓝色的眼睛，头顶稀疏的金发，他那动不动就涨红的脸，再加上他所肩负的几乎不可能完成的任务——推广他那可怕的神。这一切都让他在我眼里看来像个孤单、幼稚而又奇异的孩童。此外，如果说要保护他的念头最初只是一团朦胧的雾霭，那么李虎的出现就是一阵狂风，让那个念头瞬间变得如同云雾散去的山峰，赫然耸立，无比清晰。

第六章 李美真（2）

权力。让我们来说一说权力。记得当年，师父曾给我详细讲解过白鹤镇的权力结构。很简单，她说，所有的权力关系，都会自发地希求平衡和稳定。如同房子，住在里面的人都希望房子坚固，谁也不想被倒塌的房梁砸死。就白鹤镇而言，这幅关系图是个稳固的三角形：官府，乡绅，恶霸。他们互相勾结，互相保护，也互相制约。换句话说，他们谁也离不开谁。而在这三者中，最不可靠，最容易出乱子的，就是恶霸。因为他的利益根基最为混杂和多变——除了金钱，还有江湖义气，酒，以及女人。

具体来说，在白鹤镇，这个恶霸就是镇上的地头蛇江龙飞。跟名字的威武正好相反，他看上去更像一条虫，一条白白胖胖的毛毛虫。他最大的特点是心狠手辣和好色。他控制了镇上及周边乡村的所有茶农，他们被迫以最低价将茶叶卖给他，再任由他高价倒卖到外地。如有不从，不是茶山被烧，就是田地被毁。官府对他也无可奈何，唯有睁只眼闭只眼。被他糟蹋的采茶女更是不计其数。

但在我二十九岁那年，他犯了一个错误：他奸污了镇上乡绅白天福的小女儿白冰洁。这件事的个中原委不明。有好几种说法——醉酒；他的副手想夺权，而白冰洁正在和这个副手恋爱；他想抢白家的木材生意。但这些都不重要。重要的是，被侮辱的白家小女儿留下一封遗书，投河自尽了。整个事件经过口口相传，添油加醋，从白鹤镇直到德清县，都闹得沸沸扬扬。

白鹤镇的权力之屋岌岌可危,眼看就要屋顶坍塌,三败俱伤。

一天深夜,师父接待了两位神秘的访客。一位是胡县令,一位是白天福。胡县令马脸薄唇,身着便服;白先生则愁眉不展,仿佛一下子老了十岁。我也参加了这次密谋。在我看来,他们的计划似乎既缜密,又充满变数。计划分成若干环节,环环相扣,任何一个环节出错,一切便将付之东流。而这个计划的最不可思议之处,是它竟将由我来执行!

我面无表情地听着师父的安排,一边希望他们不会听到我的心跳。

借着油灯的光线,他们的脸孔犹如泥塑。外面传来窸窣的雨声。

"这下,你就可以正式出师了。"师父最后说。

时间定在三天后的正月十五元宵灯会。

但事实上,计划在元宵前一天就开始了。首先要设法让人在他的酒水中放入一小包师父配的药粉。第二天,一觉醒来,他将开始头痛。及至傍晚,他已经痛得生不如死。而这时,师父和我就会应邀而至。

显然是中了邪魔。察看一番后,师父得出结论。

然后由我出场。先让他平躺于长榻,我在他头部这端的小竹凳上坐下。命众人——他的妻妾、手下——肃静,退后。灯火调暗,角度巧妙,让房内墙上黑影幢幢。只听他呻吟阵阵。我将双掌置于他额头,分别向左右按摩,直到耳根,而

第六章 李美真（2）

后又用指肚轻抚其眼盖，同时口中念念有词。少顷，呻吟顿消。这时我的呓语声开始越来越响，我的身体也随之前后摇摆，我身下小竹凳的凳脚有节奏地跷起又落下，犹如伴奏。接着突然，一切戛然而止。我收回手掌，睁开眼睛，默坐不动。少顷，呻吟又起。

是白小姐。我说。众人都倒吸一口冷气，面露惊惧之色。

白小姐说，必叫他到白龙溪边她投河之处前去谢罪，否则将百般纠缠，不取其性命，绝不罢休。我话音刚落，几个妻妾已哭成一片。

至此一切顺利。

下一幕：斜对白家大宅的正门，临着白龙溪边，有一座白家专用的小码头。码头四周，已挂起一圈红红绿绿的元宵彩灯。如同一个小舞台。周围每个角落，每个房屋间的缝隙，甚至对岸，都已被挤得水泄不通。舞台中央，是瘫坐在一把太师椅上，呻吟不已的江龙飞，旁边摆着一条长案，案上有一碗清水，一张用圆石压住的灵符，及一炷檀香。我立于案前。四下喧哗。我高举起檀香——四下骤然寂静，仿佛所有声响都被瞬间吸入我手中（除了我身旁的呻吟）。我朝向溪边，执香深拜。随后在碗上方用香点燃灵符，纸灰溶于水中。

我放回檀香，对着那碗纸灰水拜了几拜，然后拿起碗，走到江龙飞身边，先蘸了些水点在他额头，再用手指蘸水绕着他向地面空中弹了一圈。碗中剩下的水，则徐徐洒入白龙溪。

现在到了关键时刻。将空碗放回长案，我来到太师椅的后方站定。跟之前一样，双手搭上他的前额，开始左右上下分向抚摩，同时口中喃喃自语，念念有词。呻吟渐止。他的身形也不再瘫软，而是缓缓挺直腰背，就像皮影戏中的纸人被线绳提起。虽然在场人数成百上千，但全都鸦雀无声。突然起了一阵大风，四周的彩灯在风中晃动，发出咯噔的声响——可谓阴风阵阵，真乃天助我也——我低下头，在闭目端坐的江龙飞耳边细语片刻。

只见他猛地睁开眼睛，霍然起立。围观者发出一片惊呼。他目光呆滞，伫立不动，犹如僵尸。突然，他似乎活了过来——但却是以一种出乎意料的方式：他那肥胖的身躯开始像女人般翩翩起舞，扭腰，碎步，水袖，转身，脸上的表情也与之配合，显出某种娇羞之态。其行状丑陋、可笑，而又可怖。众人哗然。间或还夹杂着嗤笑声。这时他忽然停下来——仿佛是要对周围作出回应——右手捏成兰花指，指向前方某个点，用模仿女声的假嗓清晰地说道，"看什么看？难道不认识白家的大小姐吗？"

四周瞬时变得寂静无声。连我也起了一身鸡皮疙瘩。很显然，所有人现在都明白了是怎么回事：他被白小姐上身了。

所有人都盯着他。放下兰花指，他又掩面吃吃笑了几声（同样是用假嗓），然后一扭身继续开始婀娜多姿。那本该是极其滑稽的场面：一个肥硕的壮汉用娘娘腔的表情和动作手舞足蹈，风情万种。但没人觉得滑稽。四下里弥漫着一股无比阴森诡异的气氛：夜色，彩灯，人群，寂静，鬼魂附体之舞。

第六章 李美真（2）

我站在一角，不动声色，冷眼旁观——虽然实际上我万分紧张。

这时他发出一声低叫。手捂住嘴，他睁大眼睛，兰花指再次指向前方某个虚空的点，同时踉跄着退后几步。"你……你想干什么？"他用假嗓喊道，"你知道我是谁吗？你敢！……你敢……"他"啊"了一声，跌跌撞撞奔向溪边。在低矮的石头围栏前，面对溪水，他身形顿止，突然立定。随后，他缓缓转过身来，掩面做垂泣状，如此又过了片刻（这片刻对我犹如千年），他毅然决然地猛一扭身，跃入水中。

周围仍然悄无声息——大家都仍在屏声息气。甚至能听见重物落水后的水波荡漾（水中倒映的灯笼也在随之荡漾）。我双腿发软。随即，人群开始骚动——大家终于反应过来。与此同时，官府官兵及时出现，迅速押走了聚集一处的江龙飞家人和手下。这是计划的最后一环。不，不对，最后一环是掌声：人群中有人带头开始鼓掌叫好，一刹那间，如同随风蔓延的野火，整个白鹤镇都被掌声淹没。

我一举成名。

根据后来官府的说法，江龙飞是咎由自取，畏罪自杀。而根据民间广为流传的说法，是含冤自尽的白大小姐借助斜眼神姑的法力，让自己的幽魂控制了恶霸的身体，从而复仇成功。当然，这个世界上只有我和师父知道，那到底是怎么回事。总之，那个元宵夜，已成为白鹤镇，乃至整个德清县的传奇。对于所有亲历者，那都成了一辈子的谈资。从此以后，白鹤镇的权力三角就变成了官府、乡绅和神婆：白天福接管了江龙飞的茶叶买卖（收购价格自然也更合理）；我们的通灵生意日益兴隆；官府的治理游刃有余。虽然近十多年来洋人入侵，鸦片盛行，南北各地多有动乱，但总的来说，白鹤镇仍可算平静无事，安居一隅。而这都要归功于它权力结构的稳固。

但如今，这个结构出现了两道裂缝——以金牧师为代表的基督教，以李虎为代表的义和团。而且，眼看着，这两道裂缝正变得越来越大。

"过来，帮我给胡县令送封信。"我对小红说。

第七章

红色笔记本（1）

两个世界（量子纠缠）
  a. 虚构 vs 现实
  b. 历史 vs 现实
    （对历史的改写）
  c. 西方 vs 东方
  d. 可见世界（物质世界—斜眼、照片、VR）
         vs
  不可见世界（意识、暗物质、宗教、存在之谜）
  e. 表象 vs 真理

为什么有暴力?
↓
火烧圆明园
德国纳粹
原子弹
南京大屠杀
9/11
……
↓
暴力与爱（艺术）的平行和对立
↙
人为什么需要宗教
因为需要安慰（？）

        神婆（基督教）→ 骗人 & 安慰人

宗教是"人类心灵之梦"（费尔巴哈，《基督教的本质》）

摄影不会使人忆起往事（照片中没有任何普鲁斯特式的东西）。照片对我的作用，不是重现已经消失了（由时间和距离造成）的东西，而是证明我眼下看到的东西真的存在过。……照片让我吃惊，那种惊愕是持续的，反复出现的。很可能，这种惊愕，这种挥之不去的惊愕，已经沉浸到滋养我成长的宗教意识中。……照片有某种与复活相关的东西。说到照片的时候，能不能像拜占庭人提到耶稣圣像时说的那样，即能不能说：照片如同都灵的耶稣裹尸布上印着的耶稣圣像一样，不是人手制作的？

……凯尔泰什1931年拍摄的埃内斯特，当时是个小学生，如今可能还活着。（可是，他现在在哪里？生活得怎么样？有多少故事可遐想啊！）我是一切照片的坐标，而正是在这一点上，照片令我惊讶，它向我提出了那个带根本性的问题：此时此刻我为什么生活在此地？当然，摄影比任何其他艺术，都更能把一种即时存在——一种共同存在——立即呈现到世人面前；但这种存在不仅仅是政治范畴的（"通过图像参与当代重大事件"），也是玄学范畴的。福楼拜嘲笑（但他真是在嘲笑吗？）布瓦尔和佩居榭思考起苍天、星辰、生命和无限等问题来了。摄影向我提出的也是这类问题：那些属于"愚蠢的"或简单的（复杂的是答案）玄学问题。这很可能就是真正的玄学。

——罗兰·巴尔特，《明室》

极妙的一段,简直可以将其视为《李美真》的秘密核心
这段里的大部分地方都可以把"摄影"或"照片"替换为"虚构"(即写小说)

↓

我是一切虚构的坐标,而正是在这一点上,虚构令我惊讶,它向我提出了那个带根本性的问题:此时此刻我为什么生活在此地?……

玄学问题 = 你那美丽的真理(李美真)

Things to do:　　　**超市购物清单:**

1. 超市购物　　　　面包　蜂蜜　鸡蛋　牛奶　面粉
2. 给李玫写邮件　　意面　沙拉酱　奶酪　黄油
3. 编第四期《蓝城》　果汁　麦片　水果　蔬菜　培根
4. O.N.L　　　　　牛排　肉末　鸡翅　鸡胸肉
5. 购书 / 黑胶唱片　冷冻水饺　保鲜袋　抽纸巾
6. 其他　　　　　　洗手液　洗衣液

然而,明智的做法是开始便提出开始的问题:首先,为何有想象力,人的想象力的动机与其最终所得到的形象之间有何关系。

——爱德华·萨义德,《福柯与想象力》

《论摄影》 苏珊·桑塔格

弗罗曼曾在 1895 年至 1904 年拍摄亚利桑那州和新墨西哥州的印第安人。他那些漂亮的照片都无表情、不屈尊、不滥情。
　　　　　　　　　　　　　　　（李美真的照片）

在美国，摄影师并不只是一个记录过去的人，他还发明过去。诚如贝伦尼斯·阿博特所言，"摄影师是一个绝妙的当代人，透过他的眼睛现在变成过去。" 小说家
　　　　过去变成现在

任何照片都是一次超现实主义蒙太奇的演练和超现实主义对
　（小说）
历史的简略。

照片制造的着迷，既令人想到死亡，也会令人感伤。照片把过去变成被温柔地注视的物件，通过凝视过去时产生的笼统化的感染力来扰乱道德分野和取消历史判断。

戴玄之《义和团研究》（降神附体的真相）

　　自光绪十三年（1887）以后，义和团变成仇教团体，为鼓励拳民对抗官府与洋人计，遂借神灵保护，以消除恐惧心理。号称"得有神助，能避炮火"，"降神附体，刀枪不入"。起于光绪十八年（1892）。戴详加研究后认为，所谓"降神附体"，就是"催眠术"。

　　证明：催眠术家将不会跳舞的人催眠，让他唱歌，他就会唱歌；让他跳舞，他就会跳舞。文雅须眉，亦能扭动腰肢臀部，大跳其草裙舞，在万目共睹之下，怡然自得；用两张凳子，一张放头，一张放脚，他会凭空睡在那里，体

若僵尸。将目不识丁者催眠，暗示他是读书知礼的人，他能文质彬彬，出言成章。<u>此皆催眠前所不能做到者</u>。(why?)与降神附体（即催眠）同为失去平时意念，发挥出潜在精力（拳民谓之神术）所致。

施术者伸两手指触被术者前额，就按摩而分向左右，到耳边为止，再集两手指于前额，分左右向后轻摩……又用两手指轻抚两眼盖，或将他的头部和足端轻摩之，便能速于催眠。（欧阳礼编《最新催眠术速成法》）

关于拳民降神附体后，自称孙悟空的爬树，翻跟斗；自称猪八戒的在地上爬，用嘴巴啃草根；自称武将的耍枪弄刀等等的现象，在催眠术里称之为"人格变化"。男变女，女变童，幼童变老翁，老翁变幼童……人变牛，人变狗等等，是极为平常的，毫不足奇。

佐原笃介，《拳事杂记》：又闻练拳之时，聚无知童子数人，立向东南，传教者手提童子右耳，令童子自行念咒三遍，其咒言为："我求西方圣母阿弥陀佛"数字。咒毕，童子即仰身倒地，气几不续。迟即促令起舞，或授以棍棒当刀矛，两两对战，如临大敌，实则<u>如醉如梦</u>。久之，师向该童子背心用手一拍，唤童本名，即豁然醒，立若木鸡，拳法亦尽忘，与战斗时判若两人。

《旧日影像：西方早期摄影与明信片上的中国》
民间指责西方传教士派发毒丸、挖去中国人心脏和眼睛做实验的流言，煽起了排外情绪。最耸人听闻的是1870年的"天津屠杀",人们指责神父**性堕落**,修女乱交,还吃孤儿院的婴儿。其中一个引生误解的原因,可能来自天主教慈善修女会的善行,因为她们接收弃婴,还付钱鼓励人们把孤儿送来。

几张照片:
1. 一只只塞满婴儿的竹筐。(照片说明:修女正检查送到罗马天主教育婴堂的中国婴儿。爱德华·彭斯德鲁约于1891年摄于九江。)
2. 穿中国服装,持中国油布伞的外国男子——河北的比利时圣芳济会传教士德尔布鲁克神父。1898年12月11日被义和团折磨致死。他的尸体被挖空,手脚挂在树上示众。后来装在简单的棺材中送还传教团。右边的照片摄于官方验尸现场。周围是地方官员和外国教士。(围观者表情凝重,敞开的长木箱中是一具干瘪的灰色皮囊。)

摄影史:
墨子发现小孔成像原理(公元前四世纪,《墨经》,比欧洲早两千年)——宋代沈括,《梦溪笔谈》,"小孔成像匣"——法国,尼埃普斯,日光蚀刻法——法国人达盖尔,银版摄影法,标志着摄影术正式诞生(1838年的《寺院街》,世界上第一张拍到人的照片)——1851,湿版摄影法——1871,干版摄影法——1888,发明胶卷(最早使用胶卷的相机:柯达相机)——二十世纪末,数码相机——现在,手机拍照

第七章 红色笔记本（1）

李美真照片 → <u>湿版摄影法</u>？
　　　　　　　　↓
来自十九世纪的古老摄影术
在玻璃板上涂上火棉胶溶剂，浸入硝酸银，趁湿将玻璃板底片
放入大画幅相机拍摄，随后即刻快速去暗房进行显影、定影

{美国女摄影师 Joni Sternbach 湿版摄影作品}
她 2011 年的"冲浪手"肖像系列：泛黄古旧；神态，眼神（同样是现代人，但似乎跟用数码或胶卷拍摄出的感觉不同——why？），表情带有某种<u>超脱感</u>
　　　　　　　　　　　　　　李美真

最近要看的书：
《十九世纪的催眠术》《重估一切价值》《林中路》《冬灰录》《文艺复兴时期的艺术》《拣尽寒枝》《白鲸》《山静居画论》《万历十五年》

最近要听的唱片：
巴赫 b 小调弥撒曲　巴赫平均律
弥赛亚（亨德尔）　巴赫勃兰登堡协奏曲
布鲁克纳第九交响曲　马勒第五交响曲
拉赫玛尼诺夫第二钢琴协奏曲
十首新歌（莱昂纳德·科恩）
奇异的天气（玛丽安娜·费丝弗尔）

罗兰·巴尔特,《明室》

眼神(神情) 爱(和恐惧) 怜悯 真实(非现实性) 疯狂

和我们在日常生活中有时看到的相比,照片里的眼神有某种不合常情的东西……矛盾在于:望着那架用一块黑色电木做成的照相机,不想点有灵性的东西,脸上怎么可能出现有灵性的神情呢?这是因为,目光没有落在景物上,它好像被某种内在的东西克制住了。这里有个穷苦的小男孩,手里捧着一只刚出生的小狗,还把脸颊贴到小狗身上(凯尔泰什1928年摄),他正在用一双悲伤、猜忌和惊恐的眼睛望着镜头:那副思绪万千的神情是多么值得怜悯、多么让人心碎啊!而事实上,他什么也没看;他在内敛自己的爱和恐惧:**这个,就是眼神**。

然而,如果眼神盯着不动(尤其是,如果眼神通过照片持续着并**穿越**"时间"),它事实上就总是异常的、不可思议的:那既是真实所产生的效果,也是疯狂所产生的效果。

在摄影、疯狂和我不知其名的某种东西之间,有着某种联系(纽结般的联系)。起初,我把这种联系称之为爱的苦恼。……难道我没有爱上某些照片吗?(观赏普鲁斯特朋友圈子里的照片时,我爱上了朱利亚·巴尔泰,爱上了德·吉什公爵)然而,又不完全是这样。

　　这是一种比爱的情感广泛得多的情感。在由照片(某些照片）激起的爱里，响起了另一种悦耳的声音，代表的是一种异样陈旧的情感：**怜悯**。……透过每张照片，我都必然地走得更远，超出照片上显现的那个东西的非现实性。我会发疯似的**进入那个场景**，进入图像，张开双臂拥抱已经死了的和将要死去的，就像尼采所做的那样——1889 年 1 月 3 日那天，尼采哭着扑向一匹被鞭打的马，抱住马的脖子：因为悲悯，他疯了。

**把一件事物当作美来体验意味着：
错误地体验它，而这是必要的。（尼采）**

第八章

李美真（3）

那天晚上，我梦见了师父。

我们走在淡淡的晨雾中。我十多岁，牵着师父的手。一条既熟悉又陌生的乡间道路。右边是稻田和青翠的白鹤山，几缕棉絮般的云雾挂在半山腰。左边是潺潺流动的白龙溪。空气新鲜而湿润。我们边走边说话。我问，师父回答。一切都完整、确定、美好。但不知觉间，雾变得越来越浓。很快，我们就被浓雾完全吞没了。突然，我意识到，自己已经变成了现在的我——四十一岁的我，我手中牵着的也不再是师父，而是金牧师。雾实在太大，我们不得不停下脚步。虽然近在咫尺，我也只能依稀辨认出金牧师的长袍和金发。就在这时，雾中传来隆隆的锣鼓和呼号。声音由远而近：义和神拳，天兵天将，收灭邪教，扶清灭洋。我心头一紧，连忙想拉着金牧师离开。但拉不动。口号声越来越响，而且来自四面八方，仿佛要将我们包围起来，仿佛在叫喊的是浓雾本身。快逃！我在心里叫道（不知为何，我发不出声音）。我再次用力想拉他走，但却被他反手拉了过去——他一把抱住我。

我呆立在那儿,动弹不得。我觉得自己既坚硬又柔软,既寒冷又温暖——就像,就像一块正在融化的冰。雾变得愈加浓重。喧闹声杳然远去。仿佛我们正被那团云雾托着飞起来,飞向空中,飞向白鹤山。我不由地闭上眼睛,在心里叹息一声,将自己交付给他和云雾。但同时,就在这一刹那,我意识到出了问题。有哪里不对。是衣服。抱着我的(以及我抱着的)不是黑色的长袍,而是黄色的练功衫。李虎!惊骇之下,我拼命想挣脱,却被他抱得更紧,我越挣扎,就被箍得越牢——就像孙悟空的紧箍咒。我开始呼吸不畅……

我醒过来。

天还没亮。周围一片幽寂。外面在下雨。我听了好一会儿雨点打在瓦片上的声音,气息才慢慢平定。

这是师父在给我托梦吗?不,师父从不相信托梦。或者,更确切地说,师父从不信任托梦。托梦之事并不是没有,师父曾对我说,但可遇不可求。要靠这种不可捉摸的缥缈之事来做生意,无异于缘木求鱼。神灵之事也是同样。天上当然有神,不信神的,做恶事的,最终必有报应,这毫无疑问。但要说可以随意使用神,可以随时随地与神连接,传达神意——正如所有神婆(包括我们自己在内)对外所宣称的那样——也同样荒谬可笑。神之道,神之奥秘,岂是我辈血肉凡人所能参透的?更别说要加以支配了。

所以,你可以说我们是骗子。但我们是好骗子。我们说谎,但那是善意的谎言,必要的谎言。人们喜欢、需要,甚

第八章 李美真（3）

至渴求我们的谎言。我们的谎言能让他们活得更幸福。是的，我们经常要故意吓他们，让他们恐惧不安。但我们不得不如此。因为安慰与恐惧紧密相连——恐惧导致依赖，依赖导致安慰。

由此说来，安慰也与欺骗紧密相连。

但那要怎么做呢？要怎样才能让人们对你既恐惧又依赖？或者，说得难听点，要如何行骗？这其中有何秘门和诀窍？最初，我问过师父几次，她总是漠然不答。她只是让我继续照镜子，继续练习那没有表情的表情——直到那个酷热无比的溽暑。

那年我十七岁。

向晚时分，仍然溽热难熬，没有一丝风，空气凝固如泥。我和师父对坐在平常专用来接待顾客的偏房。对我来说，那是有生以来最热的一个夏天。即使坐着不动，也汗流不止。我不知道师父叫我来干吗。

热吗？师父说。热，师父，我说。想不想让神鹤帮你凉爽一下？师父又说。我有点吃惊，我看了看师父，又看了看挂在墙上的那幅神鹤图。想，师父，我说。好，说完师父拿出一把折扇，霍然打开。我以为她要替我扇风，但她却让我凝视扇面——上面同样画着一幅松间神鹤图。

一边微微晃动扇面，师父一边开始口中念念有词，声音

虚弱而清晰：天圆地方，日月神光，太极八卦，神鹤下凡，道法玄妙，飘然若仙，清风徐来，通体凉爽。 随着师父的反复吟诵，声音渐渐变得忽远忽近，时而清晰，时而模糊——我眼前扇面上的图案也是一样。我开始觉得晕晕乎乎，昏昏沉沉，就在似梦非梦中，我突然感到一阵凉风拂来，瞬间暑气顿消，世界清凉。我环顾四周，发现不知怎么自己来到了一座山林之中。奇松怪石，溪涧流水，远处可以看见两只白羽红顶的仙鹤正游戏般翩翩起舞，还发出动听的鸣叫。放眼望去，林间四处都点缀着奇花异草，阵阵凉风徐来，暗香浮动，令人神清气爽。这时我听见背后传来笑语声。我转过身，看见不远处的松下有两位须发皆白的老者，正面对面坐在一块石棋盘前下棋。我朝他们走去。看见我，其中一位老者抬起头，朝我微微一笑，递给我一只竹杯。我正觉干渴，于是立刻接过饮了一大口。那像是溪水，清洌纯净，带有淡淡的甜味，喝完通体舒畅。我又连饮几口。然后我发现了一件奇事：两位老者面前的棋盘上摆的不是棋子，而是松果、卵石和花朵，但他们却似乎浑然不觉，依旧煞有介事地你来我往，凝神鏖战，并不时发出我听不懂的唏嘘评论。观看片刻，我觉得无趣，便继续在林间漫游。不知为何——难道我喝下的是神水？——我的身体越来越轻盈，几乎像是在毫不费力地随风飘荡。

直到突然有人在我背上轻拍了一下。

我睁开眼，一时不知身在何处。我也不知道过了多久。

既像一瞬，又像千年。随即我意识到，天已经黑了，屋内已点起灯烛。师父从背后转到我面前。她看着我。我也看着她。我不自觉地用手触摸自己的脖颈和面颊，一片干爽，没有一丝汗。但紧接着，我便感到炙热的空气从四周向我涌来——就像从清凉的冰窖猛掉入火窑。

那是我第一次体验摄魂术。

当然，之前我经常帮师父打下手，也常陪她外出作法。所以那应该并非我第一次接触到摄魂术。但那却是我第一次亲身体验。而且，那也意味着我学徒生涯进入了一个新阶段。我终于不用再照镜子。

第二天，师父让我仔细查看那幅扇面。果然，除了两只在松间溪涧旁戏舞的仙鹤，画面角落还有两个黄豆大小的人形，似在对座而弈。难道我昨天看见了这两个豆大的人形？绝无可能。那时暮色昏暗，而且扇面摇晃，我还根本没看清就已飘然移形。但如果我没看见，为什么我会在扇面幻境中遇见那两位下棋的老者？更奇异的是，我是如何进入那幻境的？那幻境为何如此逼真，竟能在三伏酷暑让人清凉无汗？

因为你有两个灵魂，师父说，每个人都有。每个人都有两个灵魂：表面的和底下的。前者千人千面，各有不同；后者却千人合一，变幻莫测。打个比方，她说，若将万千众人看作一片大森林，虽然其中每棵树无论其形状或枝叶、花果都外表各异，但在黑暗肥沃的地下最深处，它们的根系却都已紧密纠缠，难分彼此。这两个灵魂，就像树的叶与根，相辅相成，缺一不可。

所以，进入幻境的是我底下的灵魂，树根般的灵魂？

师父点点头。并且那个灵魂的力量极为强大，她说，但在平常往往隐而不现，以至于很多人根本没意识到它的存在。而我们的摄魂术，简单地说，就是让平日清醒的表面灵魂睡去，同时让平日沉睡的底部灵魂醒来——并加以引导。一旦成功，顺势利导，很多表面的疑难杂症便可不治而愈，更有高明者，甚至可以随心所欲地操纵对方——上天入地，七十二变，三百六十行——无所不能。

虽然听上去匪夷所思，但其实这种法术古已有之。摄魂术只是新近的叫法，听来更为蛊惑而已。古时它被称为"祝由术"。据说此名为轩辕黄帝所赐，"祝"者咒也，"由"者病之缘由。当时能行此术的，都非平常百姓，他们是巫、医、官三者合一，既善用神农百药，更能不借针石，单用符咒偈语便可治病救人。当然，他们还号称可以知天地，通鬼神。

后来此术渐渐衰落，一方面是因为药理日渐昌明，但更主要的原因是它难以广泛传授。因为它更多依赖的不是草药和医术，而是人。它也有自己的医书，或曰秘籍——《祝由十三科》，内中多有手势、画符、咒语及仪式。但正如其扉页上所写：不信者不医。关键便在于这个"信"字。这个"信"，意味着完全的信任、信赖和信仰。意味着你要完全控制住病人的表面灵魂，同时引导出他体内深处的另一个灵魂。这个"信"，乃是祝由术——摄魂术——的根本所在。其他

第八章 李美真（3）

的符咒也好，手法也好，都不过是辅助手段。

那也正是为什么师父要让我照镜子。而且一照就是七年。因为她要让我自然而然地散发出一种镇定威严，肃然笼罩的"信"之气场。有了这种气场，再加上我天生斜眼，能叫人触目震慑，行起摄魂术来自会事半功倍。

当然，我还有很多要学。各类草药秘方，用来做障眼法的法度仪式，催人入定的咒语动作，如此等等。除此之外，更紧切的是，我要学会根据自己的直觉行事，学会根据不同情形随机应变，从容不迫——就像水与石随波相依，宛如一体。总之，术无止境，我跟从师父学了十二年，终于完满出师：我成功地让江龙飞自溺身亡。

正因如此，我一眼就看出了李虎的伎俩。就在几日前，他的义和神拳馆大肆开张，白鹤镇所有的官绅名流——包括金牧师——都悉数到场。围观者更是不计其数。拳馆开阔的庭院中央搭起了一个戏台，四角插着我上回见过的四面黄底红字的旌旗条幅：义和神拳，天兵天将，收灭邪教，扶清灭洋。一帮黄衫红兜，头裹黄巾的参差少年肃立台上，旁边还摆着一排大刀缨枪。

我早已从各处——从胡县令处，从白乡绅处，从小红处——听闻义和拳来到白鹤镇后的所作所为。他们不仅设立拳馆，招揽拳民，而且如同流动戏班，多次在商贾墟市、人群聚集之所散发传单，高呼口号，并表演所谓的"义和神功"。他们装神弄鬼，借关武帝、黄天霸、托塔天王之名，号称"降神附体，刀枪不入"。单凭传闻的一些细节（比如先让人倒地如死，而后猛醒，即能舞刀弄枪，技法娴熟，或力大无穷，左右无敌，甚或能叫人悬空横躺于两椅之间不至坠落，状若僵尸），我就能猜出个八九不离十：那定然也是祝由之术。手法或有不同，但本质无异。

不过，如果不是因为李虎的一番话和他展示的那张照片，我可能也不会拆他的台。至少不会下手那么狠。

一阵鞭炮连天、锣鼓喧嚣之后，李虎登上戏台。他昂首挺胸，对各方拱手作揖，然后如同背书般朗声道："各位大人，各位父老乡亲，在下李虎，山东人氏，为弘扬我中华神威，特不远万里，将义和神拳带至江南宝地，得到各方人士鼎力相助，李某感激不尽。众所周知，去年至今北方数省大旱，颗粒无收，民不聊生，乃百年未遇之灾。为何如此？——"他略作停顿，将眼神有意无意地投向坐在前排的金牧师，"实乃洋人作孽之故！正因近年来洋人邪教盛行，他们信邪神，行恶事，设电线，筑铁路，伤及龙脉，引得天神震怒，才降下天灾。故而我等应万众一心，歼灭洋鬼，以平天怒。功成之日，自当风调雨顺。正所谓——杀了洋鬼头，猛雨往下流！"

"固然，"他继续道，"江南富庶，自古即鱼米之乡，无干旱之虞。但各位同样应当警醒。哪里有洋人邪教，哪里就

第八章 李美真（3）

有天灾人祸，连绵不断。以本镇为例，近日即有洋人建教堂，拜邪神，并公然大行摄魂之术，摄我中华百姓之魂魄，以敬拜西方恶灵。其手法高超，就连有些道外高人——"他朝我看了一眼，"也为之迷惑。说到洋人的摄魂邪术，我这里正好也有张照片，可供大家鉴赏。"他朝台侧做出请的手势。

一名黄衫少年郑重其事地捧着幅装裱过的照片，让我们坐在前排的逐一过目。

"此具尸首，"李虎面带得意的微笑，"乃是直隶河北的比利时洋人邪教头目布鲁克。此人借教堂仪式之名，行各种淫乱邪恶之事，罪不可赦。故此我义和神团将其鞭挞至死，并挖空其尸，挂于树头示众，以张我国威，显我神怒。"

照片传到我面前。我定睛凝视，周身顿生一股寒意。画面中央一只敞开的长木箱，内中一具干瘪的灰色皮囊，周边站立一圈中国官员和洋人教士，皆表情木然。李虎的话引得围观人群一片唏嘘。

"此惩戒一出，当日即天降甘霖，普天同庆，神人共喜。"李虎继续道，"就连朝廷皇太后也龙颜大悦，鉴于义和神拳之勇猛忠信、精忠护国，指示各省为我等广开方便之门。此外，邪教头目布鲁克罪有应得，将其就地正法，也是对各地邪教的大大提醒，希望他们——"即使不看，我也知道他此刻一定是将目光对准了台下的金悦汉，"希望他们——"他重复一遍，"切勿胡作非为，切勿存侥幸之心，否则布鲁克的下场就是他的下场！……"

我没听到他后面说了什么。他的声音突然被一团云雾包裹了，我耳中回荡的只有两句话：鞭挞至死，挖空其尸。我眼前则不断闪现出刚才看的那张照片，只是躺在棺木中的变成了金牧师。直到周围突然爆发出一阵叫好——我回过神。我看向台上，只见先前那些黄衫红兜肃立不动的少年正在一个接一个地，直挺挺地，扑通扑通地仰身倒地，就像一截截被砍倒的树桩。就在这时，出乎众人意料（说实话，也出乎我自己的意料），我霍然起立，轻喝一声道："且慢！"

接下来发生的一切犹如梦幻。我既宛若梦游，却又无比镇定。既如本能般含糊，又如药方般精确。一切都已失控，一切又尽在掌控之中。我仿佛分身为两个人——就像灵魂出窍。一个我继续一动不动地坐在那儿，看着另一个我起身，移步，在众人目光下不慌不忙地走上台去。我究竟要做什么？

我首先要做的，便是把握时机，先发制人。我知道，那些倒地的少年一旦被李虎唤醒，事态就很难扭转。换句话说，我必须抢在李虎之前唤醒他们。

"不知神姑这是要……"李虎皱起一对剑眉。

"我见这台上突然间污毒之气弥漫，恐有不妙。"我低头打量一番四下躺倒在地的少年，他们毫无声息，气几不续，真如死了一般。

第八章 李美真（3）

"我看这些黄口小儿，"我接着说道，声音开始不大，但清朗有力，且声调越来越响。"分明是不知哪里来的一群野狗的孤魂上身——你们这些疯狗野犬，快给我出来！"

话音刚落，那些少年便骨碌碌张开眼睛一跃而起——不，应该说一跃而伏，因为他们并没有站起来，而是四肢着地，舌头长长地伸出口外，喉中发出低吼。随即是一片犬吠。模仿得惟妙惟肖。四下哗然。"你……你……"李虎又惊又惧，他脚步踉跄，看看地上变身为一群野狗的少年，又看看我，似乎不敢相信自己眼前所见。

即使站在台上，台下围观者有数百之众，我仍能清晰地感受到台下两个人的目光。一个是金牧师。一个是师父。师父坐在我原先的位置，用她那没有目光的目光看着我，守护着我，就像当年江龙飞那次一样。但正如之前所说，坐在那儿的也像是我的分身，是另一个我，或者说，是我与师父的混合体。

于是，在记忆中，接下来的场景似乎变成了我看见的，而不是我参与的。我（或者说我和师父）看见台上的我面无表情，嘴唇开合；我看见台上的李虎，连同那群爬来跳去狂吠不已的少年，突然全都瘫倒在地，状如昏死；我看见他们又醒转过来，但都表情惶然，站立不起，只能像乞儿无赖般坐在地上——有几个孩子甚至开始哇哇大哭；我看见台下围观的人群发出哄笑声、喊喊喳喳的指点评论声（跟以往一样，他们不像是几百个人，倒像是一大团东西，比如一群蜜蜂，一块布料，或一片树林）；我看见台下坐在前排的那几个镇上的头面人物，他们嘴角露出微妙的笑意，互相交换着眼神——只有金牧师除外，他正呆呆地、目不转睛地盯着台上的那一个我。

最终，一场突如其来的春雨结束了这场闹剧。人群一哄而散。老爷们抬脚上轿。瘫坐的李虎和少年们被人抬回屋内（根据我的指令，他们要过了当日午夜才能恢复行走）。庭院戏台瞬间变得空空荡荡，只剩淋湿的旌旗耷拉着裹住旗杆。原本声势浩大的义和神拳馆开馆大会，如今却成了街头巷尾的谈资笑料。

而那完全是因为我。或者，用白鹤镇通行的说法，是因为我的法眼戳穿了北方神汉骗人的巫术。

那天晚上，我独自坐在油灯下。白天的场景一幕幕闪过眼前。我盯着灯芯。虽然自小斜眼，但我的视力并未受到什么影响。（或者，即使有影响我也习惯了，习惯到已经意识不到。）我今天为什么会那样做？——我那样做对吗？我在心里问师父。不管为什么，也不管对不对，你都已经做了，师父说，你现在要想的，是接下来该如何应对。是的，应对。应对李虎必然的反击。所以，半个月后的一天夜里，当小红奔进屋来，告诉我李虎和一帮手下闯进了院子，我并不感到吃惊。

第八章 李美真（3）

令我吃惊的是，李虎是躺着进来的。

据他手下说，开馆大会之后，李虎就回了趟山东，三天前才返回白鹤镇。回来当晚歇下后，便一直沉睡不醒，至此已经睡了近两天两夜。请大夫看过，除了怎么都叫不醒之外，脉相体征全都正常。就在众人束手无策之际，突然听到他说梦话般地连呼"神姑！神姑！"于是商议一番，他们便用夏日乘凉的竹床做成担架，将他抬到了这里。

我让他们放下竹床，都退到外间。然后我围着李虎转了一圈。他纹丝不动，酣睡如死，只有仔细察看，才能发现其胸口在些微起伏。我知道，这其中必有名堂。略作思忖，我拉过椅子，在他身旁坐下。我手指轻轻搭上他的手腕。

脉相平缓。但几乎与此同时，就在那一瞬间，他蓦然醒来！我惊得倒吸一口凉气。不过我随即意识到，他并没有真的醒——只是睁开了双眼，他身体的其他部位仍一动不动，而他那呆滞的眼神我很熟悉：那是阴魂上身的标志。

他开始张口说话。

"有劳神姑，"那个声音说，"接下来半个时辰，神姑将无法动弹。"那显然不是李虎的声音。它尖细，苍老，分不出男女，但字正腔圆，明显是北方口音。无法动弹？我一时没反应过来。等我反应过来，我惊惧地发觉自己真的已经无法动弹：无法挪开手指，无法移动视线，更无法站立起身。我只能定定看着李虎的面孔，它宛如一张人皮面具，虽然睁着眼睛，嘴巴开合，但里面却是另一个人。

更可怕的是，就在这时，我感觉到他那只被我搭脉的手腕缓缓翻转过来，握住了我的手！他的手掌宽厚、粗糙。不知怎么，我突然想到了小时候的木匠养父。

"听说你是个斜眼，"那个声音说，"而且本事了得。不过小虎也的确太容易对付。他那点三脚猫功夫，本来就只能凑合着用。唉——我羡慕你师父，能有个你这样的徒儿。我和你师父指不定还认识，年轻时我在南方混过一段日子。说起来，我这点小本事，也是当年在南方学的。"他（或她）停顿片刻。还是听不出男女。语气虽然轻佻随意，却透出一股阴森，我被握着的手变得冰冷。现在，我知道，握住我手不是李虎，而是那个声音。

"所以，你看，你跟小虎，指不定还是同门兄妹。再怎么也是同行。义和神拳也好，神机妙算也好，我们玩的都是同一套把戏，你说是不？我们骗得了别人，可骗不了自己人。这祝由之术，自古即有，本源自咱们北地，但你们南方人心思细密，倒腾出更多花样。最近我听说洋人也有这玩意儿，他们叫催眠——催人入眠之术。"

"对了，说到洋人——"那声音干笑了两声，"听说白鹤镇上建了个白不拉叽的教堂，而且据说——"他（或她）故意稍作停顿，"神姑你本人还跟那个洋鬼子牧师来往甚密。要我说，这可犯不着。犯不着为了个外人伤了自家人的和气。为了个洋鬼子！洋鬼子可不是什么好东西。这边是教堂，那边是鸦片，这边是洋枪洋炮，那边是割地谈和，连瞎子都看

第八章 李美真（3）

得出他们想干吗——何况你眼还不瞎，你只是眼有点斜嘛，是不？"

我等着他（或她）继续。

"不过——"那声音继续道，"你虽然眼斜，但想必神态非凡。不然我们小虎怎么会放着那么多俏姑娘不要，偏偏看上了你？而且你还把他整得那么惨。说实在的，要不是他拼命替你说好话，事情可不会这么简单。本来照我的脾气……算了，不说也罢。总之就这么回事。神姑请好自为之。我们小虎虽然天资不高，却也算得上相貌堂堂，配神姑应该是够了——"他（她）又干笑两声，"再说，你们二人若齐心合力，让咱义和团在江南立稳脚跟，弘扬光大，将洋鬼赶尽杀绝，也是美事一桩。"

我唯一能做的就是身体微微颤抖。

"但我也丑话说在前头。"那声音又阴沉下去，"若是神姑仍执迷不悟，可就别怪我不客气。义和团可不是任人随便捏的软柿子。上次的事就算了，但下不为例。我再提醒一句，那些邪教洋鬼个个淫乱无度，且手段高明，还望神姑洁身自好，别着了他们的道儿。要是——要是闹出什么丑事，大家可就要看笑话了。"

沉默。过了一会儿我才意识到声音已经消失。那个人已经离去。李虎的嘴巴不再开合，眼帘也悄然闭拢。世界一片寂静。我全身仿佛被冰冻住了。整个世界仿佛都被冰冻住了。

是李虎打破了这冰冻。他动了一动。他醒过来——这次是真的。他看看四周，看看我，又看看我们还握在一起的手。他脸上露出既惊讶又惊喜的愚蠢笑容。那笑容解除了我的魔咒。我梦中惊醒般霍然起立，气喘吁吁。他也坐起身来。他看看自己突然空掉的手，又看了看我，脸上还残留着一丝蠢笑——就像呕吐过的人嘴角还挂着些许秽物。

"来人！"我打开门朝外低吼道。

一阵杂乱的脚步和问候声。我背朝他们。我的下一句话是："快滚！"

那天晚上我梦见了师父。

第九章

K的平行宇宙（3）：尤利西斯谈话录

写小说就像谈恋爱，开始总是最美妙的：一切都充满了兴奋、期待、可能。但一越过某个临界点——就像食品过了保质期——魔力就会骤然消失。一切似乎突然都在瞬间恢复了本来面目：苍白、平庸、乏味，不管是你所爱的人，还是你所写的东西，你所身处的世界（现实的或虚构的）。随之而来的便是争吵、怀疑和厌倦。不同之处仅在于，对作家而言，那是自己跟自己的争吵，自己对自己的怀疑，自己对自己的厌倦。我完全理解为什么有些作家，比如契诃夫、博尔赫斯和雷蒙德·卡佛，只写短篇小说（或者，更确切地说，只能写短篇小说）。因为写短篇就像不停地谈恋爱（而写长篇则像结婚）。因为他们都是完美主义者。他们想永远停留在恋爱最美妙的阶段。他们必须抢在魔力消失前结束。

也许你已经猜到了我为什么要说这些。写完《李美真》的第三章，它的魔力——那种写作的冲动和兴奋——突然消失了。消失得和降临时一样突然。一样不知所踪。一样神秘——不，也许没那么神秘，当我反复浏览写好的那几章，我能清晰地感受到一种失望，一种正在渐渐滑向绝望的失望。关于 1900 年的中国我究竟知道什么？甚至，再进一步，关于中国我知道什么？就像之前说过的，在可选择的范围内，我都已尽量远离中国：阅读，电影，音乐，饮食。但我现在居然要写一部如此中国的小说。为什么？凭什么？最初的狂热冷静下来之后，我不禁感到一阵恐慌，那既是出于某种对自己能力的不自信，同时也源于某种缺乏兴趣的厌倦。（正如罗兰·巴尔特所说，有谁能真正区分无能和缺乏兴趣呢？）

我应该继续写下去吗？我能继续写下去吗？已经写下的这些有存在的价值吗？我问自己，也问李美真。我坐在桌前对着电脑，在那张照片和小说文档之间来回切换（我的电脑桌面图片就是那张照片）。我感到一片茫然。然后我突然想到了一个人。李玫。也许我们可以互相帮助，她说。我依然不清楚我能帮她什么，但我现在可以很清楚地确定：她能帮我。我需要她的帮助。

我给她发了封邮件。没有正文，只附上了《李美真》的前三章。

第二天清晨手机响起的时候，我还以为是李玫的电话。结果是孤儿院打来的。嬷妈死了。我一直想去看她，但一直拖延。一直拖延到错过见她最后一面。怎么会呢？愣了一会儿，我几乎像是自言自语地对着手机说，我们过年时还通过电话……她心脏不好已经有一阵子了，对方——一个沉静的中年女人的声音——说，但她不让我们告诉别人，不过，她接着说，上帝一直护佑她，她去得安详美好，没有经受任何痛苦。她是在睡梦中离去的。我们沉默了一会儿。最后那个声音说，她打电话来，是因为嬷妈有一件遗物留给我。

去孤儿院要先坐地铁，然后再坐两个小时的大巴车。从双重意义上，这段旅程都像是一段时光隧道。从我住的市中心到孤儿院所在的小镇，简直无异于从二十一世纪回到上世纪七八十年代，同时也就是从我的中年回到我的少年和童年。虽然变化很大，但小镇仍然散发出城乡接合部那种独特的，拼贴式的，带有某种后现代风味的混杂、脏乱和勃勃生机。超市、加油站、街头菜场、老式的杂货铺、理发店和小吃店，崭新丑陋的镇政府，褪色的红色横幅标语，晾晒着衣服和海带、鱼干的民居，其间还不时掠过几块菜地，一片树林，几条懒散的狗。孤儿院在镇子的边缘，下了车还要走十几分钟。春天的气息扑面而来——几乎能把人撞倒。跟这里相比，市中心的春天就像某种精致、虚假的人造品。远远地就能看见一大片金黄色的油菜花地，在菜地中央，被那片明亮的金黄色包围着，是一幢孤零零的、高大老旧、犹如废墟般的灰色建筑物。

那就是孤儿院。沿着乡间小道朝它走去时，我心里涌起一股复杂的感觉。一方面，是嬷妈去世带来的忧伤，是死亡的阴影，而另一方面，是周围充溢的生命力，一切仿佛都在生长、吸取、绽放，也许只有人——只有成人——除外。四月是最残忍的季节。我似乎突然领悟了艾略特那著名而费解的诗句。因为这是生与死交相辉映的季节。人类的脆弱与必死，和自然的强大与永生，两者的对比从未像春天表现得如此鲜明。生动。残忍。而另外，还有那个一路盘旋在我脑海的疑问：嬷妈到底留了什么给我？

答案很快就揭晓了。是一本《圣经》。是那本嬷妈用了大半辈子的旧《圣经》。厚重的精装大开本，黑色封皮上两个烫金的繁体隶书大字：圣经。虽然硬壳的边角都已经磨得发白，书页也微微泛黄，但看得出书的主人一直很珍爱它。不知为什么，我觉得它很眼熟。是的，当然，因为我从小就经常看见嬷妈手捧着它——自己读，或者读给我们听。但不，不仅如此，似乎还有别的原因。然后我突然意识到：这就是《李美真》里的那本《圣经》。这就是李美真在金牧师书房里看到的那本《圣经》。完全是下意识地、无意识地，我把嬷妈的《圣经》放进了虚构的《李美真》的世界，而这一点，如果嬷妈没有把她的旧《圣经》留给我，我可能永远都意识不到。我把书小心地放回原先的红丝绒布袋，又小心翼翼地把布袋放进背包。我有一种错觉，觉得红袋子里装的是嬷妈的骨灰盒。

"谢谢您。"我对院长说。打电话给我的就是她。

"你嬷妈经常跟我们说起你。你是她最大的骄傲。她说你将来一定会成为一个大作家。不过，你已经是大作家了啊，对吧？"她笑吟吟地说。

第九章 K的平行宇宙（3）：尤利西斯谈话录

"不，不，哪有……"我苦笑着摇摇头。

这时她桌上的手机响了。

"你坐一下，我接个电话。喂——你好……"她走到外面的阳台上。

这是二楼的院长办公室。日光灯开着，但仍然光线昏暗。只有通向阳台的老式对开的格子玻璃门在流光溢彩，仿佛科幻电影里通向另一个世界的入口。屋里塞满了家具市场那种常见的、丑陋的办公家具（配套的大班桌椅，文件柜，我坐的黑色人造皮沙发），但还是可以随处发现过去留下的痕迹：漂亮的老地板，窗框和门框周围美丽的纹饰，一个废弃的石砌壁炉，壁炉上方的墙上曾挂过一个十字架——现在已经拿掉了，但因为已经挂了太多年，在白墙上留下了清晰的印子，就像挂着一个隐形的空气十字架。

这里大概是当年神父的起居室。我还记得嬷嬷说过，孤儿院的前身是一座英国人建的教堂，及其附设的收养中国孤儿和弃婴的育婴堂。建国后改成了福利孤儿院。

院长回到屋里。我从沙发上站起来。

她看着我，叹了口气："又是来催拆迁的电话。"

"拆迁？"

她点点头，又摇摇头。"这里要开发房地产。说要建度假的别墅和排屋。"

"那孩子们呢？"

"去年就都转走了。转到市里的福利院去了。这里的设施太老旧了。只剩下我们几个老的——现在你嬷妈也去了。拆迁已经说了有一阵子了,不管怎么样,我们一直在想办法留住这里。毕竟有一百多年的历史了。市里的教会也在帮我们申报国家级文物保护建筑。"她拉开抽屉,拿出一本导游图似的小册子递给我,"这是一个教会的义工帮我们做的,介绍这里的人文历史,你是作家,你看看,提提意见。对了——"她犹豫了一下,"你嬷妈不让我烦你,但我还是想问问,你以前不是在报社工作过吗,能不能找记者帮这里呼吁一下?你是在这儿长大的,如果这里没了,你所有的记忆也就没了,不是吗?"

回去的车上,我随手翻看着那本小册子。封面是张孤儿院的正面照,看上去似乎比现实中更为庄严宏伟,也许是因为屋顶上那个现实中并不存在的十字架——照片中的显然是用电脑P上去的。封面上写着:百年老教堂——英国内地会崇明福音堂。小册子总共只有七八页,里面散布着些老照片和说明文字。一个穿长袍马褂的西方男子(英国内地传教士高胜逊牧师,上海崇明福音堂的创建人)。白衣白帽的修女护士和一长列并排躺着的婴儿(福利孤儿院的前身,圣爱育婴堂)。进入新中国后的孤儿院场景:孩子们在田间劳动;孩子们坐在课堂上听课;一个女老师在读书,孩子们仰头——像一群嗷嗷待哺的小鸟——围在她身边。那个女老师有点像年轻时的嬷妈。但我不能确定。不过嬷妈确实经常读书给我们听。而且每个周日都会给我们读《圣经》——就是此刻放在我背包的这本。上帝一直护佑她。我想起刚才院长说的话。所以，其实嬷妈一直都是个基督徒。也许潜意识里我一直都知道，只是没有留意。或许甚至我在婴儿时也受过洗，我在哪本书上看到过，修女会给收养的孤儿受洗——不，应该不会，我出生时孤儿院已经早就被收归政府，早就与教会毫无关系。但无论如何，跟同龄的正常孩子相比，我与基督教的关联显然更为密切。（我熟悉《圣经》；我从小生活成长的空间曾经是座教堂；从小养育我的女人是个基督徒。）而后，随着我离开孤儿院去上大学，走上社会，这种关联渐渐被冲淡了，消失了——不，也许并没有消失，而只是隐形了，隐入了我意识的最深处，隐入了我的潜意识。只有在特殊的情况下，通过某种特殊媒介，它才会悄然显现。比如，当我虚构另一个世界时。也许那就是为什么，当我开始写作《李美真》，当我想象那张照片拍摄的缘由，我会自然而然地想到传教士。

我一边来回浏览着手中的小册子，一边这样胡思乱想。然后我突然直觉自己看到了什么，或者说看漏了什么，什么重要的信息点。于是我定下心，开始从头仔细看。崇明福音堂，前身为上海崇明爱心福利孤儿院，是一座文化悠久的优美历史建筑，该建筑将西式哥特风格与中国江南园林宅邸完美地加以结合，于1900年由英国内地会的高胜逊牧师主持建造，至今已有一百多年历史……

1900？

从孤儿院回来的那天晚上，我打开嬷妈的旧《圣经》，发现里面夹了一张硬纸片。纸片已经发黄，是一幅儿童画——更准确地说，是一幅我画的儿童画。虽然我对它没有任何记忆，但画的下方有我歪歪斜斜的签名。是那种线条笨拙的简笔画：一个小男孩牵着一个女人的手。看不出那个女人是谁。是嬷妈？是我想象中的妈妈？是我真正的妈妈？不，也许只是一张普通的美术作业。但为什么嬷妈一直保存着它？也许她只是顺手把它当作书签，结果用了几十年。书签——那说明嬷妈去世前最后看的是这一页。我拿开纸片。是《哥林多后书》。第4章第18节那句话下面划了条杠：原来我们不是顾念所见的，乃是顾念所不见的，因为所见的是暂时的，所不见的是永远的。

我突然心有所动。我把这句话又看了几遍。不知为什么，我有一种直觉，那是嬷妈离开这个世界——这个我们所见的，暂时的世界——前读的最后一句《圣经》。她是在睡梦中去世的。也许她已经预想到自己的离开。但还不止如此。这句话似乎是特意对我说的。它似乎在向我传达什么讯息。我站起来，走到书桌前打开电脑，调出名为《李美真》的文档，很快就找到了下面这段话：

> 我把这句话又看了几遍。不知为什么，我觉得这句话中似乎隐含着什么讯息。似乎有什么秘密要通过这句话转达给我。但那究竟是什么秘密？究竟又是谁在向我

转达?这既像直觉,又像错觉。我是纯粹出于偶然翻到了这页,还是受到某种力量的指引?

这段内心独白是李美真在金牧师的书房里翻看他的《圣经》时出现的。而在某种意义上,那本《圣经》就是我手边的这一本。当时我不知道该选哪句话,所以干脆就先空在那儿。(我突然意识到李玫看到那儿一定会感到有点奇怪。)现在我知道了。毫无疑问,李美真用手指随意——如同某种占卦,或游戏——指中的那一句就是它:《哥林多后书》,第4章第18节。不过,根据时间,那本《圣经》应该是文言版。我立刻在网上找到了那句话的文言版:以我侪非顾所见之事,乃不见之事,盖所见者暂,不见者久也。

"所以,这么说,有好几个呼应——"她眼神闪亮地看着我,"好几对量子纠缠。"

我耸耸肩。我低下头,看着自己的咖啡杯。

从孤儿院回来后又过了一周,我终于接到了李玫的电话。老样子,我们约了第二天中午在图书馆旁的尤利西斯见面。这次我们都点了芬灵根套餐(白汁蘑菇鸡肉通心粉配拿铁)。

"问题是,"我抬起头,"不管有多少对应,我还是突然觉得……写不下去。总觉得有哪里不对劲。"

"那就是你找我的原因,对吗?"

"对。你看了吗?"我毅然问道。

"当然!一收到就看了。我觉得很特别,很……有意味。但怎么说呢,我有点明白你的感觉——某种怪异感……这样吧,让我们具体点说。你知道为什么我等了一个礼拜才给你电话?"

我摇摇头。

"因为我在围绕你的文本追查线索。就像私家侦探那样。"

"查到了什么?"

"有好消息也有坏消息。你想先听哪个?"

"坏的。"

"OK。"她喝了口咖啡,"坏消息是:金牧师给李美真拍照的那个场景描述有重要缺陷和事实性错误。我特意问了一个研究摄影史的专家,根据故事发生的时代和里面提到的玻璃底片,金牧师用的应该是湿版拍摄法。然后你写到了早期那种带有小型爆炸效果的闪光灯——是的,那段很精彩,通过闪光灯闪回到她儿时老房子的火灾,同时也让场景更有画面感。但问题是,湿版摄影是不使用闪光灯的,它只能利用日光来感光。而且,撇开这个不说,根据你对李美真那张照片的描述,根据那张照片的效果,我跟那位专家讨论了一番,觉得它应该用的是一种更古老、更精美、需要更长曝光时间的拍摄法。"

"达盖尔摄影法?"

"没错。也就是通常所说的银盐照片。用这种方法拍出

第九章　K的平行宇宙（3）：尤利西斯谈话录

的照片影像更为精致细腻，光影的层次也更丰富微妙。而且，最重要的是，银盐肖像照中的人物常常会散发出一种超然的灵光——就像你的李美真那样。"

"但根据我查的资料，1900年照相馆广泛使用的都是湿版法，达盖尔银版法已经被渐渐淘汰，因为成本太高，而且拍出的照片只有一张，无法复制。"

"但那并不意味着银版法已经完全退出了舞台。据我那位专家朋友说，直到二十世纪三四十年代，拍摄银盐肖像在当时的上流社会仍十分盛行。他本人就收藏了一张阮玲玉的银盐照。"

"所以如果假设金牧师拍照时用的是达盖尔银版法，也完全说得通。"

"当然。"她扬了扬眉毛。

"那么这就是个好消息。"我说，"达盖尔法显然更适合这篇小说。你知道吗？其实这篇小说的起源，我之所以想写它的最重要的原因，就是照片上那个女人的表情。也就是你说的那种超然，那种镇定，那种散发的光晕。它与我的焦虑——我们的焦虑——形成了无比鲜明的对比。我想探寻产生那种表情的秘密。我一直在想，那种表情的消失是否跟摄影方式的改变有关。从银版法到湿版法到胶卷到数码再到现在的手机，拍照变得越来越简单、迅捷，但与此同时我们似乎也失去了某种本质而神秘的东西。我们观看和领会这个世界的方式发生了某种质的改变，质的……堕落。"

"光和时间。"她说。就像在读一首诗的标题。

"那就是最大的改变。"她接着说,"光和时间。首先,银版法,跟之后的湿版法一样,都无法使用人造光,只有自然光能让它们的材料感光。所以照片必须在明亮的自然光线下拍摄。而银版法的另一个特点,也是它最大的缺点,是曝光时间长。至少要二十到三十分钟。想象一下,为了拍张照片,必须一动不动地端坐二三十分钟。所以那时拍人像照需要在背后放置一个特制的金属支撑架来支撑头和腰。有点像今天汽车座位上的颈垫。有点像乐队指挥的乐谱架。也有点像电椅。"

我想象了一下李美真靠在那种支撑架上。我必须重写那一段。

"这也可以被视为一种隐喻。"她继续说,"光塑造了空间。因而光和时间,就是空间和时间。因而归根结底,这种改变,这种堕落,就是时空观念的改变和堕落。关于这点,没有人比本雅明说得更好。你看过他的《摄影小史》吗?"

"我有那本书,"我自我辩解似的说,"但还没看。我在看罗兰·巴尔特的《明室》和苏珊·桑塔格的《论摄影》。"

她从包里掏出一本蓝色封面的小书。"看看这段。"她打开书页递给我。有几段话下面用红笔划了波浪线。

> 欧利克在谈到早期照片时曾说:"这些照片虽然朴实单纯,却像素描或彩绘肖像佳作,与晚近的照片比起

来能产生更深刻更持久的影响力，其主要原因是被拍者曝光的时间很长，久久静止不动而凝聚出综合的表情。"曝光过程使得被拍者并非活"出"了留影的瞬间之外，而是活"入"了其中：在长时间的曝光过程里，他们仿佛进到影像里面定居了。这些老相片与快照的浮光掠影形成了绝对的对比：快照表现的是改变中的情境，……而早期的相片，一切都是为了留传久远……1850年代的摄影家在掌握工具方面已达到了最高境界——这是有史以来第一次，也是长久之间的最后一次。

"往后再翻几页。"她说，一边用眼神指示我。

早期的人相，有一道"灵光"环绕着他们，如同一种灵媒物，潜入他们的眼神，使他们散发出一种充实与安定感。这里，也可轻易地在技术方面找到对等的情况，因早期摄影技术的基础就在于光影的绝对连续性，从最明亮的光持续不断渐进至最幽暗的黑影。……光线慢慢从黑影中挣扎而出。欧利克曾提到，因长时曝光的结果，"光的聚合形成早期相片的伟大气势"。

"光和时间。"我把书递还给她，"的确——精妙绝伦。我回去要好好看看。"

"再来听听这段。"她开始轻声朗读，"不管摄影者的技术如何灵巧，也无论拍摄对象如何正襟危坐，观者却感觉到有股不可抗拒的向往，要在影像中寻找那极微小的火花，意外的，属于此时此地的；因为有了这火光，真实就像彻底地灼透了相中人——观者渴望去寻觅那看不见的地方，那地方，在那长久以来已成过去分秒的表象之下，如今仍栖荫着未来，如此动人，我们只要稍加回顾就能发现。"

"此时此地。"我听出了她的重读。

"对。此时此地。过去与未来。这让我想到了你的小说，你说过，一切都是从那张老照片开始的。"

"罗兰·巴尔特好像也说过类似的话。"我说（我记得还在笔记本上摘抄过），"大意是……摄影能呈现出一种即时的共同存在。照片在向人提出一个根本性的问题：此时此刻我为什么生活在此地？他还说，我是一切照片的坐标。"

她耸耸肩，双手朝上摊开，脸上露出微笑："这句话简直是为你而写，你不觉得？就你而言，自我不仅是一切照片的坐标，自我是所有一切的坐标——对了，这正好跟我要说的好消息有关。"

"但听上去像坏消息——我有那么自恋吗？"

"我花五天时间看完了你迄今为止出版的所有小说。"

"哇哦。"

"还好不多。"她笑着说，"一部长篇和一部短篇集，对吗？不过，说实话——这并不是恭维——我期待看到更多。我很喜欢你的小说。非常喜欢。它们……精美，优雅，微妙。跟我看过的所有中国小说都不一样。是的，它们根本不像是中国人写的小说。我也看了一些网上的评论，说你模仿西方，翻译体，不接地气，诸如此类。但我觉得他们只看到了表相。他们没有看到你小说中所蕴含的那种神话气质。也就是荣格说的原型：它超越了具体的民族、国家，甚至历史，那是隐藏在全人类内心黑暗深处、来自远古的共同经验和记忆。而你在叙事上的去中国化，正是为了更纯粹地提炼出那种共同性。"

"去中国化。我喜欢这个词。你要是去当文学评论家就好了。"我是说真的。去中国化。

"别急，"她将微笑扩大了三分之一，"精彩的还在后面。你听说过美国神话学家坎贝尔吗？"

"好像在哪里看到过，好像跟卢卡斯的《星球大战》有关。"

"据说《星球大战》三部曲就是受他的神话学理论启发而来。总之，他也是荣格神话原型说的追随者。在他的代表作《千面英雄》里，他指出，全球各地的原初神话几乎都表现为一种类似的故事原型，即一位英雄为了完成某项任务而踏上历险之旅，由此最终达到某种净化、变形和升华。"她从包里掏出那本旧得很漂亮的棕皮厚笔记本，翻到其中一页，"听听我摘录的这几句，"她说，"一旦跨过门槛，英雄就会进入一种奇异的、变幻不定的、模棱两可的、梦一般的景色中，在此，他必须要经历一连串的考验才能活下来。那里有着怪异的、变幻不定的人物,有着难以想象的折磨……以及无边的喜悦。"读完她啪嗒合上本子。"是不是很像在描述你的小说?"

"谢谢。听上去很酷。不过——我的主人公都不是英雄。"不如说正好相反。

"在英语里,主人公跟英雄是同一个词。Hero。"

"所以,千面英雄也可以译成千面主人公。"

"或者千面自我。因为你的英雄——主人公——总是在追寻自我。每个伟大作家都有自己的母题。在我看来,你的母题就是我。我是谁?哪个才是真正的我?一切的人物、故事、奇遇都由此开始。自我,是你所有作品的坐标。在你的神话中,你笔下 hero 的任务,就是追寻真正的自我。但与坎贝尔的原型神话不同,你的任务一开始就注定了不可能完成。"

"因为根本不存在真正的自我。"

"对!因为自我有一千张面孔,有千万种可能。用你小说中的话说,所谓的自我就像水,没有固定的形状,它的形状完全取决于盛它的容器——来自《不失者》。"

我举起咖啡杯:"敬最佳读者。"我觉得既幸福又尴尬。我必须加以掩饰。

"所以你看,"她放下咖啡杯,"也许应该将你的小说视为一种后现代风格的原型神话:结局是开放式的,任务注定要失败,自我之谜永远都无法解开。你神话中的英雄,是直到最后也没找到凶手的侦探。是永远被困在迷宫中的战士——他走出了迷宫,但却发现置身于一座更大的迷宫,迎接他的不是无边的喜悦,而是……"

"无边的迷茫。"

"对——无边的迷茫。自我与迷茫,是你所有作品的秘密核心。它们实际上是同一样东西,前者作为形式,后者作为情感,两者熔为一体,成为一个强大的辐射源,你小说中所有的冷漠、幽默、激情、暴力、温柔、迷幻、形而上学、迷宫式结构……全都源自于此。最明显的例子,当然就是你的长篇处女作,《不失者》。"她低头又打开面前的本子,"一个大都市的公司小职员突然发觉自己其实是个意识上的傀儡,他的记忆被某个神秘的地下组织定期清空,于是他展开了逃亡之旅,他想成为真正的自我——无边的自我,随后,用坎贝尔的说法,他经历了一连串的考验,他活了下来,但问题是:他的记忆再次被清空了,一切都回到了起点。起点就是终点。再来看看《火山旅馆》,主人公在不同时代的暴力场景中来回穿梭,自我身份则不停地在受害者、施暴者和旁观者之间变幻不定。还有那个有趣的短篇,《苏联》。乍一看这个标题不像你的风格,然而当看到这里的苏联指的不是苏维埃,而是苏醒者联盟—— 一个类似 New Age 的宗教团体,一切就不言而喻了。"她抬起头,对我绽开微笑,然后停顿片刻——那种将要宣布重要发现前的停顿。

"诡异却又非常自然的是,"她说,"你这种自我之谜的母题,同样出现在《李美真》中。"

"《李美真》?"

"还记得吗,我说过《李美真》有种怪异感。我想那也是你老觉得不对劲的原因。因为你的神话气质跟你的中国化尝试发生了冲突。它们不兼容。但也许事情并没有你想的那么糟。你知道,那就像……就像某种独家特制的鸡尾酒——以前我在纽约一家著名的鸡尾酒酒吧打过工——虽然其中的各种配料密度不同,无法融为一体,但却正因此才形成了色彩缤纷的分层效果和独一无二的口味,而作为灵魂的基酒也由此焕发了新生。贯穿你所有作品的我之谜,就是《李美真》的基酒。你明白我的意思吗?"

"你是指……催眠?"我突然意识到了什么。

"祝由之术。我有点好奇,"她说,"你写的时候意识到了吗?意识到催眠与自我的游离不定有关?"

我摇摇头。"我刚刚才意识到。我也刚刚才意识到,自己那些小说竟然有如此的……连贯性。简直不可思议。我写的时候完全是无计划的。我完全是凭直觉在写。"我也是凭着直觉不写的,我突然想到,比如《极乐寺》,比如陷入停滞的《李美真》。

"也就是说,这种关联完全是自发形成的。其原因是神秘的直觉和潜意识。"

"以及偶然,或者说命运。"我说,"比如,要是没遇见你,《李美真》里可能就不会出现催眠。"

"我?"

"戴玄之。《义和团研究》。"

"啊——"她露出恍然大悟的表情。

"如果你没送我那本书,我就不会发现他的奇特理论:认为义和团的刀枪不入是一种催眠现象。看到那儿的时候,世界仿佛瞬间被照亮了。那一刻我突然知道了:李美真的神婆职业也是一种催眠。"

"你被催眠过吗?"她突然问道。

"没有。你呢?"

她若有所思地微微皱紧眉头。"我本来也觉得没有。但看了《李美真》,我变得不那么确定了。它让我想起很久以前的一件怪事。"

"那年我二十一岁。"她说,"大三。那年暑假我留在北京的大学没回家,在一家跨国公司实习。有天一个教导处的老师来找我——当时我是学生会的干部——说他有个朋友周末要借用一下学校的小礼堂,让我负责去开门锁门。结果我发现那是个所谓的香功发功会。你知道,那时有很多这种带点宗教性质的气功团体。来了一百多号人,大概出于礼貌,他们一定要请我坐在下面第一排。台上坐着一个他们说的香功大师,看上去跟普通的中年男人毫无区别,有点发福,有点秃顶。我百无聊赖,但又不好意思走,直到我突然听到台上说,接下来,你们的双脚将无法挪动。我先是觉得好笑,然后觉得又惊又怕——因为我突然发现自己的脚真的动不了了。这时台上那个声音又说,现在,你们将闻到一阵香味。

他话音刚落,我就闻到一股奇异的香味,而且那香味越来越浓,很快就充满了整个礼堂。那是一种我从未闻过的香味。既像花香又不像花香。既自然又不自然。我不知该怎么形容,那简直就像……就像来自另一个世界的香味。"

"但这还不是最奇怪的。"停顿片刻,她接着说,"散会之前,那个香功大师又说了一句:记住——明天早上醒来,你们会再次闻到一阵香味!那天下午刚好有几个以前的高中同学来北京玩,我匆匆赶过去,陪他们逛了故宫,又一起吃晚饭唱卡拉OK,折腾到很晚,回来倒头就睡了。第二天醒来,躺在暑期空寂的寝室上铺,我已经彻底忘了前一天的事,然后突然——我闻到一股奇异而浓郁的香味——这时我才想起昨天听到的那句话。"

"你说,这要怎么解释?"她盯着我,"无法解释。我从来都不是无神论者,但我也无法相信那个香功大师真能通神。两者都是出于直觉。但那到底是怎么回事呢?我百思不得其解。那简直就像某种神迹,不是吗?奇异的香味。预言。这么多年,这个谜题,就像理性世界的一条裂缝,始终都藏在我心里,直到看了《李美真》,我才突然明白过来。"

"那是……一种催眠?"

她点点头。"那是最好的解释。最有可能的。当然,催眠这件事本身也有各种神秘难解之处。但至少那是一种被广泛观察和应用的行为。对催眠的定义是——"她低头翻动笔记本,"这是我根据一些资料整理的:就本质而言,催眠是一种心理现象，而不是一种治疗；就实践方式而言，催眠则是指两个人之间的一种相互作用。其中一个是催眠师，另一个则被称为被催眠者——当然，在进行群体催眠时被催眠者可以不止一人。催眠师操控着催眠的指导语及被催眠者的反应。我们可以将催眠行为分成主要的两大部分——或者说步骤，即暗示和催眠体验。暗示是一种从催眠师到被催眠者的交流，其目的是为了让后者以特定的方式进行感觉、思维和行动，而后者会完全以一种无意识的方式对暗示产生反应。"

"最常见的就是，"她抬起头，"控制被催眠者的肢体状态。比如被暗示抬起手臂，或手脚无法动弹，或身体感到变热或变冷，就像李美真十七岁时第一次体验到的摄魂术——也就是催眠术。"

"那是我根据网上的资料乱编的。"我说，"据说以前在南方的乡村很盛行，民间叫请扇仙。"

"那么李虎的千里移魂呢？那个诡异的老人借他昏迷的身体说话。"

"那也是我乱编的，而且是毫无根据的乱编。是不是有点不太可信？"

"确实不可思议——但理论上完全可能。我就是看到那儿想起了大学时的那件怪事。它们有个共同点：都带有某种时空上的转移。所以，说不定你编的那种事真的发生过，或者会发生。"

"你知道吗，马尔克斯讲过一个故事。他写过一个短篇，描述了一名大主教去巡视一个偏僻落后的小镇，结果引起了骚乱。当然，他是乱编的。然而几年之后，真的发生了类似的事件。因此马尔克斯说，不仅是小说在模仿现实，现实也在模仿小说。"

"就像量子纠缠。"她说，"小说和现实互为镜像，遥相呼应。"

"所以写小说很危险。好的、伟大的胡编乱造会改变现实。"

"同理，读小说也很危险——因为好的、伟大的胡编乱造会产生催眠效果。我看过一篇报道，说美国至今已有近百起恶性犯罪事件跟塞林格的《麦田守望者》有关，罪犯都是那部小说的铁杆书迷，他们把那本书随身携带，就像它是某种圣物或迷幻药。这可以被看成一种典型的催眠行为，不是吗？它几乎完全符合我之前说的对催眠的定义，只不过催眠师不是一个人，而是一本书。事实上——"她对前来收餐盘的侍者送上一个迅捷的微笑，"事实上，从某种意义上说，我们每个人都有过催眠体验：看爱情小说时心碎流泪，看恐怖电影时头皮发麻全身发冷，看到，甚至想到情人时会心跳加速……这些都可以说是某种程度较轻的催眠。还有宗教。宗教更是个最好的例子。"

"费尔巴哈。宗教是一种心理状态。"

"火溪——费尔巴哈在德语里的意思是火之溪。在他之后，每个严肃的神学家都要先趟过这条火溪。虽然没有指明，

第九章 K的平行宇宙（3）：尤利西斯谈话录

但其实他的意思很明显，基督教就是一种心理催眠。即使是普通人，无神论者，走进大教堂也会油然而生一种肃穆和崇高感，更别说那些信徒，那些神秘主义者，那些狂喜、幻象、显灵。甚至可以说，整部《圣经》，就是一部催眠案例的大集锦。"

"《圣经》？"

"《出埃及记》，上帝让摩西在法老面前行各种神迹：让手杖变成蛇，把水变成血，使众人身上生疮。这不是催眠是什么？《新约》里耶稣的表现就更明显了：几块饼就喂饱几千人，瞬间治愈瘫痪和麻风病。甚至他的复活也可以用催眠来解释——他在十字架上并不感到痛苦，因为他被上帝催眠了，三天后，他醒了过来。"

我听得目瞪口呆。我不知说什么好。观点新颖而震撼。但要在中世纪，她很可能被当成女巫烧死。

"也许上帝就是个最伟大的催眠师。"她接着说，"也许，我们的人生，这整个世界，都不过是一场催眠。也许整个宇宙就是一种心理现象。咖啡，桌椅，城市，大海，星空，托尔斯泰，《尤利西斯》，你，我，一切，一切的一切，都不过是一种催眠体验。"

"那……什么时候会醒？"沉默片刻后，我说。

"死去或发疯。"

"醒来……会怎么样？"

"天堂或地狱。"

一走出咖啡馆，她就戴上一副巨大的墨镜。这让她看上去更娇小。而且，这非但没有起到隐蔽的效果，反而让她显得似乎更加赤裸，更缺乏保护。她一边走一边四下张望。我们要一起去乘地铁。

"有人跟踪吗？"我开玩笑说。

"最近要小心点。"她对着前方轻声说。

"怎么了？"

"我的研究取得了重大进展。"

"研究？量子历学——历史的历？"

"嘘！……对。到处都有人监听。所以我不敢在咖啡馆说。我们去地下再说。地下安全点。"

我不知道她在说什么。我怀疑自己是不是听错了。

地下人潮汹涌。大概刚来过车。五颜六色的服装，面无表情的面孔，匆忙急促的脚步。我突然觉得他们都被催眠了。仿佛我们在尤利西斯咖啡馆的这几个小时，整个世界发生了某种本质性的、表面看不出来的深刻变化。我突然感到一种莫名的恐慌和孤独。

"你看过塔可夫斯基的《镜子》吗？"

"没看过。"我回过神来，"我只看过他的《索拉里斯星球》。"那是部科幻电影。我特别喜欢。

"我最爱的导演。"她说，"一定要看《镜子》。第一个镜头就是催眠。"

"是吗？——好。"我们在站台中间站住。我们的方向相反。

"听着，"她摘下墨镜，看着我——她的眼神和声音都如此柔和，一种刻意的柔和，就像母亲要交待孩子什么事情。"听着，"她低声说，"我不能透露太多。我只能告诉你，我的研究跟世界的秘密有关。真理。极其美丽，但又极其可怕的真理。"她又神经质地看了看周围。

"我只能告诉你一个词——"她轻声说，"救赎。一切都跟救赎有关。"

救赎？

"救赎。"她脸上绽放出一种天使般纯洁——纯洁得几乎令人感到邪恶——的微笑。"记得看《镜子》。等我的邮件。"她朝我伸出手，她的手意外的小而柔软。最后她说，"祝我们一切顺利。"

可惜，她的祝福没有生效。我从未收到她的邮件。再见到她，已是四个月之后。那将是我最后一次见她。而且，在很大程度上，那已不再是她。那已是另一个人。或者，用她的话说，是另一个自我，因为自我有一千张面孔，有千万种可能。

第十章

红色笔记本（2）

Things to do:（5-7月）：
a. 编辑《蓝城》
b. 继续《Y. B. T》（MUST!）
c. 阅读、做写作笔记
d. 修养身心（散步、做饭、冥想）
e. 至少完成一个短篇小说

量子历（史）学
↓
关键词：<u>感应（救赎？）</u>
↓
历史的意义（作用）
历史是什么（真相）
历史与历史小说
历史与叙事
历史与虚构

相关参考书：

　《火山情人》（苏珊·桑塔格历史小说）

　《王氏之死》《胡若望的疑问》（史景迁）

　《我们赖以生存的隐喻》

　《一切坚固的东西都烟消云散了》

　《世界历史与救赎历史》

　《从黑格尔到尼采：19世纪思维中的革命性决裂》

　《元史学：19世纪欧洲的历史想象》

　《红书》（荣格）

他们的精神似乎深入到问题里面,就像手插进手套一样。

——古诺德·霍顿(研究创造行为的科学家)

伍尔芙:写出"带根的词"
　　　　　↓
　　　　带根的句子(小说)

接地气?写现实? (中国现实)
不,是指更深层的生命力 → 文学的生命力

金牧师给李美真听黑胶唱片?
　　　　　↓
　　　　　　　　巴赫?莫扎特?贝多芬?

黑胶历史: *1877年爱迪生发明用机械录音和重放——1887年埃米尔·伯利纳发明扁平圆盘式留声机(现代电唱机雏形)——1893年扁圆形虫胶唱片开始量产——1919年贝尔实验室的马克·麦斯菲尔德和哈里森发明全电子式留声机——1945至48年,CBS实验室的戈德马克通过缩短槽纹间的距离及转速的减慢来延长唱片的放音时间,从而发明LP(Long Playing)唱片,从此唱片转速由78转经16转、45转直至现在通用的33又1/3转而定型——1948年,美国哥伦比亚公司开始大批量生产新一代密纹唱片——1963年,荷兰开始生产音频盒式磁带,唱片黄金时代结束——光碟、CD、MP3,从唱机到随身听到iPod到手机软件……*

第十章　红色笔记本（2）

{电灯和留声机，是爱迪生最伟大的两大发明，而且其基本原理和应用至今几乎没有变化，从某种意义上可以说，是爱迪生——或者说是**西方**——发明了现代的**光和音乐**}

Y. B. T 需要修改场景：

1. 自然光线：不用闪光灯
2. 长时间曝光：支撑架　　because 湿版摄影法 → 达盖尔摄影法
3. 冲洗方式改变（拥抱场景？）
4. 是否删除书房中的留声机？（1900 黑胶未发明）

Y. B. T 未来将写场景：

1. 5月至9月 春夏的江南小镇风情
2. 李美真与金牧师的情感确立（but how？ → 省略性过渡 → 黑暗中，暗房中{吻？}）
3. 时代背景（动荡 世界的 中国的）→ 1900：既是开端又是结束
4. 怎样写出既古典又西化的中文（湿漉漉的雨季　青石板路的小巷……）
   　　中国化尝试
5. 李＆金关于宗教的对话（讨论）→ 东西方宗教的区别与联系

　　　　　　　（宗教的本质—世界的秘密—你这美丽的真理）

　　　　　　　　　　　　　　　↙

　　　　　　　　　　　　《李美真》 Y. B. T
　　　　　　　　　　　　You Beautiful Truth

6. 最后的崩溃、高潮　一切的聚合

对情节运用的警惕（但<u>必要</u>）

⬇

> 我跟萨克雷的感觉差不多：我能感到一个作家多么需要叙事和情节压在他的肩上，就像一副担子。
>
> ——V. S. 奈保尔

斯托拉罗说，光是一种最重要的东西，它给你一种世界观，它造就你并改变你。比如，住在列宁格勒的人和出生在非洲的人就完全不同，因为光决定了我们理解世界的方式。

光和时间——世界观

《摄影小史》：

英国肖像画家希尔，借助自己拍摄的银版相片来辅助绘画，没想到这些照片竟让他留名后世，在摄影史上占了一席之地，而他的画家身份却早已被世人遗忘。他拍了一些关于头像的照片，这样的头像在肖像绘画中早已存在。肖像画若留在自己家里，隔了很久要打听画中人物的姓名身份，总是不难。可是经过两三代之后，探知姓名的好奇心变淡了，画像如果还在，能见证的也仅仅是画家的技艺。可是相片隔了数代以后再观看，却让我们面临<u>一种**新奇而特别**的情况</u>：比如这张照片，上有纽黑文地方的一名渔妇，垂眼望着地面，带着散漫放松而迷人的羞涩感，**其中有个东西留传了下来，不只为了证明希尔的摄影技艺**：<u>这个东西不肯安静下来，傲慢地强</u>

问相片中那曾活在当时者的姓名，**甚至是在问相片中那如此真实仍活在其中的人，那人不愿完全被"艺术"吞没，不肯在"艺术"中死去。**

如果久久凝视这张照片，可以看出其中有多么矛盾：摄影这门极为精确的技术竟能赋予其产物一种神奇的价值，远远超乎绘画看来所能享有的。不管摄影者的技术如何灵巧，也无论拍摄对象如何正襟危坐，观者却感觉到有股**不可抗拒的向往**，要在影像中寻找那极微小的火花，意外的，属于**此时此地的**；因为有了这火光，"**真实**"就像彻底地灼透了相中人——观者渴望去寻觅那看不见的地方，那地方，在那长久以来已成过去分秒的表象之下，如今仍栖荫着**未来**，如此动人，我们只要稍加回顾就能发现。

只有借助摄影，我们才能认识到无意识的视像，
就如同心理分析使我们能了解无意识的冲动。
……因此，希尔的拍照对象离**真理**不远了，
因为那时"摄影现象"对他们看来仍是一个"**伟大奥秘的经验**"。

什么是"灵光"？
时空的奇异纠缠：遥远之物的独一显现，虽远，犹如近在眼前。

当时肖像照上的人面容散发着宁静祥和，*眼神*安歇在这宁静的氛围中。简言之，当时肖像照之所以具有这门艺术的一切

可能性，是因*时事*与摄影尚未建立关联。

→

整个世界的被*时事*化

Y. B. T note：

现代（后现代）世界的一个重要（主要）特征：一切都被**时事化**。时事化意味着什么？意味着快捷、简明、肤浅，意味着用速度代替深度，用牺牲品质来换取便捷。科技几乎是在不由自主地削弱艺术及我们对艺术（及生活）的感受力。摄影就是一个最好的例子（本雅明已就此做了完美的阐释）。音乐是又一个例子。从黑胶唱片到 CD 到 MP3 到未来不管什么，这种变化不变的特征是：信息储存量越来越大，操作越来越简便，而相对应地，音乐品质越来越差，对聆听感受的要求越来越低。阅读也是如此：从书本到电子书到手机。书写：从需要研墨的毛笔，到吸墨水的钢笔，到一次性的签字笔，到根本不用笔。从写信到电子邮件到微信。当然，科技的好处无庸置疑，但我们为此付出了什么神秘而珍贵的代价——在不知不觉中？这是不是一场浮士德式的交易？因为很显然，我们所付出的——我们所失去的——跟**灵魂**有关。

这种代价的病理表现：现代人的（我的）浮躁、焦虑、异化
　　　　　　　　　　广泛存在的、亚健康式的精神（人格）分裂症
　　　　　　　　　　低俗的快餐式文化的流行

唱片播放的音乐有灵魂，正如银盐照片散发出"灵光"。有科学研究表明，人耳对唱片音乐的感受与对CD和电子格式音乐的感受有质的区别，后者更容易让耳朵觉得疲惫，而前者更接近自然声。就像我们永远听不厌鸟鸣和海涛。人眼对纸质书与电子书的感受也是一样。这种区别也许比我们想象的更为神秘。我甚至觉得它和存在与意识之谜有关。它关系到我们与这个世界的<u>联接方式</u>。它事关真理。

这个时代的风潮（趋势）是快和易
但这个世界的秘密（美妙）在于慢和难

慢，但不要停止！（for Y. B. T）

管风琴 → 一种神圣<u>颤栗</u>的表达
世人的心，是上帝敞开的伤口。（E. M. 齐奥朗，《眼泪与圣徒》）

心理现象就是精神疾病。（勒维纳斯）
催眠和宗教都是一种心理现象。
所有精神疾病（心理现象）都与<u>自我</u>有关。

↓

关于经济的哲学涵义，人们可以参考《整体与无限》的整个第二部分，它精确地描绘了<u>自我</u>在其世界中的生活，把它描绘得如同一种经济。
（《上帝，死亡和时间》注释 p200）

关于催眠术（来自百度）：

催眠术 hypnotism，源自于希腊神话中睡神的名字 Hypnos
催眠术是<u>绕过表面意识</u>而<u>进入潜意识</u>输入语言或肢体语言的行为

a. 1775 年，奥地利医生弗朗茨·梅斯梅尔发明神奇疗法，可以治愈各种怪病：通过一套复杂的方法，用磁铁作为催眠工具，应用"动物磁力"治疗病人，其中包括能使病人躺在手臂上

b. 1842 年，英国眼科医生詹姆斯·布莱德根据希腊语的"睡眠"一词发明英文单词"催眠"。19 世纪，印度医生成功地运用催眠术作为麻醉剂，甚至用于截肢手术，直到发现麻醉用的乙醚后这种做法才弃之不用

c. 催眠术在 19 世纪曾引起研究的热潮，包括精神分析学派的创始人 <u>弗洛伊德（？）</u> 也曾深受催眠术的影响

d. 中国"催眠术"历史悠久，在《内经》中也有提及。古代的 **"祝由术"**，一些宗教仪式如 **"跳大神"** 等都含有催眠的成分，只不过当时多是用来行骗，或是一种迷信活动

e. 催眠术长期以来为宗教神职人员所掌握，又为一些江湖术士所利用，使其声誉受损，遭到非议

电影 list：

塔可夫斯基 《镜子》《乡愁》《潜行者》《牺牲》

希区柯克 《晕眩》《精神病患者》《后窗》

大卫·林奇 《蓝丝绒》《妖夜慌踪》

格伦·古尔德纪录片　**菲利普·格罗宁纪录片**《遁入寂静》

香特尔·阿克曼 《让娜·迪尔曼》：事物既定的完整性
如呼吸般完美精确的明晰性

大卫·柯南伯格 《暴力史》《东方的承诺》

阿巴斯 《希琳公主》《特写》：正在模糊，甚至取消剧情片与纪录片，或者说虚构与现实之间的界限

泰伦斯·马力克 《天堂之日》："你能看见岸上的人们，但是太远了，你看不见他们在干嘛。他们可能在喊救命之类的——或者他们可能正在埋葬某个人。"

夏日沙拉油醋汁调法：

a. 油醋比例 3:1（若用柠檬汁则减少橄榄油比例）

b. 任何醋（红酒醋、白酒醋、苹果醋）

c. 第戎芥末酱（作为乳化剂）

d. 加入糖、盐（海盐）& 胡椒粉（现磨）

2012 年 7 月—9 月计划

1. 继续 Y. B. T
2. 联系：《蓝城》采访，北京 F，李玫（？）
3. 完成短篇小说（《增强梦境》）
4. 坚持做饭 提高厨艺
5. 阅读（中国古代文学）电影 音乐（集中巴洛克时期）
6. 修心养性 控制 O. N. L
7. 其他

中国古代文化的后现代性

A. 张潮《幽梦影》的碎片化、格言式写作

(呼应罗兰·巴尔特、本雅明、齐奥朗,甚至尼采)

在结构上的嵌套式:嵌入朋友的评注,形成互文和对照

文章是案头之山水,山水是地上之文章。

春雨如恩诏,夏雨如赦书,秋雨如挽歌。

五色有太多,有不及,惟黑与白无太过。

酒可以当茶,茶不可以当酒;诗可以当文,文不可以当诗;曲可以当词,词不可以当曲;月可以当灯,灯不可以当月;笔可以当口,口不可以当笔;婢可以当奴,奴不可以当婢。

B. 中国最独一无二无法替代的艺术——书法

一个奇特现象:

公认最伟大的书法作品都非正常和标准意义上的作品

《祭侄文稿》、《兰亭集序》、《寒食帖》都具有草稿、即兴,甚至涂鸦的特性,充满了涂改的痕迹｛渴笔——多么漂亮的说法(中文)!｝

(呼应了西方后现代艺术中的元小说　拼贴和涂鸦绘画

如约翰·巴斯,安迪·沃霍尔,巴斯奎特

不同点:西方艺术家是特意的、自觉地

　　　　中国书法家是无意的、不自觉地)

[也许真正的后现代性在时间上是非线性的,是时间虫洞式的真正的后现代性可以在任何一个时代被发现,现代、近代、古代,甚至远古和史前时代(想想那些极简的洞穴壁画)]

C.　中西方绘画（雕塑）的一个几乎令人惊骇的区别：

西方随处可见**裸体**（从耶稣受难图到大卫雕像到波提切利到高更）

中国画中裸体的彻底缺席（山水、花鸟、竹石、云雾，不仅没有裸体连人物——如果有的话——都小如米粒）

为什么？（李美真对十字架上耶稣裸体的惊讶&反感）

↓

东西方文化、思维方式最本质上的差异
东西方对自我的认知方式有本质区别
真实与气韵 逻辑与情感 结果与过程 有我与无我
导致了一切：艺术、经济、战争

* 艺术是对偶然的一种征服方式。
* 写作给人的礼物正是"像丢骰子般的必然"。
* 写作……始终是一个秘密。
* 写作的根源是超语言的，它的发展像一个胚胎，而不是一条直线。它表现一种本质，并以秘密作为威胁。

一位画家如果不能被他的绘画所改变，为什么他还要画呢？（福柯）
一位小说家如果不能被他写的小说所改变，为什么他还要写呢？

第十一章

李美真（4）

一切都是在黑暗中发生的。

他称之为暗室。先是他的暗室。后来是我们的暗室。只有在黑暗中，他说，影像才能够显现。或许灵魂也是。

在黑暗中，一切都是平等的。因为一切都消失了。你不存在了。但却正因此而变得愈加存在。另一种存在。一种更纯粹、更轻盈、更真实的存在。更快乐。极乐。如释重负。如卸盔甲。如同死。一切都化为乌有：面容（斜眼），衣裳，身份，种族，甚至男女。如此之后，假若还有什么剩下，还有什么没死，那还会是什么——除了灵魂？

灵魂不分彼此。正如风不分彼此。没有你的风和我的风。风就是风，融为一体，不可分割，我中有你，你中有我。不知不觉，自然而然，无拘无束。仿佛御风而行。为所欲为。心醉神迷。即使飘然坠落，也有黑暗稳稳地托住我们，让我们安然隐入虚无。

我不禁常想，要是能永远留在这片黑暗中，该有多好。

但那不可能。他的上帝不允许，我的白鹤不允许——哪怕既没有白鹤，也没有上帝。在我看来，也许只是我们的肉身不允许。我们的重负。我们的盔甲。它们需要面容（就算斜眼也行），衣裳，身份，种族，性别。它们需要形状，重量，声响。它们需要光。而它们的武器是恐惧。于是我们被迫不得不回到光之中。那一瞬间，即使是淡淡的月光，也能把我刺穿。刺痛之下，我微微眯眼，躯体骤然沉重，灵魂顷刻就缩回了原状：胸口小小跳动的一团。

我又变成了我。

但我又已是不同的我。当然，我还是李美真，我还是面无表情，我还是那个名闻白鹤镇，甚至德清县的斜眼神婆，但只有我自己知道，我变了。这种变化的一个直接表现是：我感觉更加活力充沛——仿佛肉身因为灵魂的偶尔逃逸而变得无比警醒。恍若有股热气在我后背的脊柱经络间上下游走。有时我觉得自己就像头精壮的母豹，看似步伐放松而散漫，但同时又高度警觉，随时准备出击。静如处子，动如闪电。而另一个变化是，我开始常常——情不自禁地——用他的目光去看周围。一花一草，一石一木，市集、天气、食物。一切都焕然一新。或许也是出于同样的原因，我开始重新翻阅师父和当年老秀才留下的那些书本。我甚至托白老板在省城帮我购置了一批新书。其中既有他钟爱的张潮之《幽梦影》，也有名传四方的长洲沈复之《浮生六记》和余杭蒋坦之《秋

第十一章 李美真（4）

灯琐忆》。后两者虽儿女情长，温柔琐碎，读来却大有悲从中来之感——且越是温馨，越是悲伤。但这是为何？是因为它们留存的目的？字里行间，著者之所以写下那些场景似乎纯粹是为了记住它们，重温它们，为了不让它们随逝者一同逝去。因此，对于置身那些场景中的著者，未来（不幸）仍未发生，而对于正在写下那些场景的著者，未来已成过去。于是，不知觉间，那些美好场景，因未来——不幸——宿命般的确定，而令人肃然心碎，甚至恐惧。

有时我想，如果由我来写，我会怎么写？我会写哪些场景？当然，我不会真的去写。我也写不来。那只是我在心里跟自己玩的一个游戏。我想象自己置身于不幸已经发生的未来，我想象自己在重温往事，我想象那种悲凉——但事实上，我感受到的却是一股暖意，以及随之而生的迷惘，和决心。

在我想象的场景条目里，最靠前的，是几个月前的一个下午——距李虎被抬到我家的那个诡异夜晚过去没多久。那夜之后，一连几天，我都心有余悸。但渐渐地，一切似乎都风平浪静。所谓的义和神拳馆已变成了普通的武馆兼店铺（售卖一些北方药材和特产）——在那次出尽洋相的开馆大会之后，本来别有用心暗地资助李虎的几个乡绅全都四散而去。小红还告诉我，镇上都在传言，说李虎跟翠花楼那个徐娘半老风韵犹存的老鸨张妈勾搭上了——听到这个消息，我不禁长舒了口气。

清明之后,便是谷雨,莺飞草长,春色横溢。我让小红买了半斤上好的明前茶,装在云纹青瓷小罐里,送去给金牧师品尝。我常想到的那个下午——那个金牧师前来回访的下午——其实并没什么特别。只不过天气和煦无风,我便让小红将茶点移至屋后的园圃,就在那几畦药草和一垄月季之间。那里既显清幽,又视野开阔,远眺白鹤山,简直有如盆景,仿佛触手可及。

他带来一小罐黑色粉末,作为我送他茶叶的回礼。

"渴飞?"

"考飞。"他说,"相当于你们的茶叶。我们每天都喝。"

"我可不敢喝。"我合上罐子,"怎么看都像你们洋枪用的火药。"

"不,不,no,"他认真地连连摇动手指,"跟火药毫无关系。它是由考飞豆磨成的。能提神醒脑。"

"据说鸦片也能提神醒脑。"

"不,不,"他的脸孔开始泛红,"它们……完全不同。考飞有益健康。考飞这个词源于古希腊,意为力量与热情。传说最早时人们用这种豆子磨成的粉末制成药丸,专供出征的战士食用,以令他们精神振奋。"

"你看——这就是我们的区别。"我试着让语气轻描淡写,"你们的渴飞是力量、热情、战斗。而我们的茶叶呢,是宁静、清淡、悠然。你们的渴飞来自战士。我们的茶叶来

第十一章 李美真（4）

自诗人。陆羽的《茶经》，听说过吗？"

他若有所思地点了点头，然后，仿佛为了求证我的话，他端起眼前的蓝釉茶杯，珍惜地啜饮了一小口。"你说得很有道理——"他小心地放下茶盏，"那也许就是我热爱中国的原因：悠然、柔和、宁静。"

但宁静都被你们这些洋鬼子打破了，我本想说。但我没说。我懒得再开他玩笑，虽然我喜欢他听不出我在开玩笑的那副傻样子。

"对，陆羽的《茶经》，我要去找一本。"他望着远山，仿佛在喃喃自语。

"我这有，可以借给你。"

"真的？那太好了——谢谢！"他停顿一下，转过头看着我，"谢谢……"他嗫嚅着，就像犯了什么错，"真的……谢谢你……谢谢你所做的一切。"

随后，我们一时都不知说什么好。这沉默里有几分尴尬，也有几分默契。花香和鸟鸣仿佛见缝插针地填补进来。

"你来中国多久了？"过了一会儿，我问道。

"快三年了。"来白鹤镇之前，他说，他还在上海崇明的一座教堂做过一年宣教士。

"你不想家吗？"

"想——很想。有时我会梦见在英国的家里，然后醒来不知身在何处。不过……感谢上帝，一切都还顺利。"

"你为什么要来中国？"

"因为……我父亲。"

"你父亲?"

他点点头,轻轻叹了口气。"我父亲来过中国。1860年。他是当年火烧圆明园的那些英军士兵之一。"

我感到脊背掠过一阵寒意。1860年——正是我出生的那年。

"父亲当时是名低级军官。跟别人一样,他也带回了一堆从圆明园抢来的金银财宝。其中最珍贵的是一只巨大的、足有一人高的景泰蓝花瓶。它成了我们家的镇宅之宝。还记得我给你看过的那张照片吗?上面就有那个花瓶。

"父亲回到英国后我才出生,虽然出征前他就已与母亲成婚。那是1862年。四年后他们又生下了妹妹。虽然父亲表面上很严肃,不苟言笑,但其实他是个非常温柔、软弱而又没有主见的人。而母亲则正好相反。她看似随和、欢快,但家中大小事情,其实都是她说了算。

"所以,把我送进神学院,让我从小学汉语,都是母亲的主意。但这么做的原因却来自父亲。我后来才知道,从中国回去后,父亲的精神就出了问题。抑郁,焦躁,几乎每天都被噩梦惊醒。最终,母亲采纳了某个心理医生的建议:一方面是求助于上帝——通过把我培养为上帝的仆人,牧师;另一方面,用一句中国成语来说,则是以毒攻毒——具体做法便是,让我去学汉语,让我们全家都去热爱——而不是逃避,或仇恨——中国文化。

第十一章 李美真（4）

"事实上，当年父亲之所以去当兵，远征东亚，也是因为对中国文化感兴趣。他会一点汉语。小时候，他经常对我和妹妹讲述他在中国的见闻。当然，他从不提那件事。在我们家，绝对禁止提火这个词。父亲从不进厨房。我们从不生壁炉。父亲甚至戒掉了烟斗，因为他点不了火。

"父亲就是那么脆弱。无能。要不是因为妈妈，他早就崩溃了。"

他停下来。小红过来给茶加水，他微笑着欠身致谢。小红走开后，他喝了口茶，眼睛看着前方，摇了摇头。"但其实我比父亲更无能。"他继续说道，"我完全继承了父亲的性格。有过之而无不及。我连表面上的掩饰都做不到。动不动就脸红。没有主见。没有口才。三十多岁了还没成家。所以几年前，当教会决定派我来中国时，所有人都大吃一惊。"他微微一笑，"但最吃惊的还是我自己——我完全没想到。然而，教会的长老对我说，他们看中的正是我的软弱。他们说软弱而谦卑的人能更完满地体现上帝的意图。他们说上帝的奥秘就在于软弱之道——就像《出埃及记》中的摩西。

"于是我就来了。我后来想，他们真正看中的，也许只是我能讲一口流利的汉语。但无论如何，感谢上帝，一切都算顺利。但也只有上帝知道，我每天心里是多么不安、忧虑和惊慌——直到遇见了……你。"

"哦？"

"你……给我一种熟悉的感觉。你让我想到妈妈。"

"妈妈?"我转向他——我的嘴角不禁浮出浅笑。确实好笑。

他的脸腾地红了,似乎刚意识到自己说了什么。"不,不,"他急忙说,"我不是说你老。我的意思是,一看到你,我就觉得安心,踏实,感觉就像……"他没说下去。

"就像你母亲?"我帮他说。

他不好意思地点点头。"是的,你们都有那种……既威严又温柔的感觉。那种镇定和从容不迫。那种确定无疑。"

"你母亲,她愿意你来中国吗?"

"她说一切都是上帝的旨意。不知为什么,我总觉得……她早就知道了。"

"知道什么?"

"知道有天我要来中国。就在我离开之前,她陪父亲跟我长谈了一次。母亲握着父亲的手说,现在你可以跟金说说那几天的事了。

从小到大,那是我第一次——当然,也是最后一次——听父亲说起圆明园。他说了很久。描述得巨细无遗。简直就像那是发生在昨天,而不是三十多年前。仿佛这三十多年来他每天都在回想,都在重温那件事。他们是如何有条不紊地分队纵马放火。又是如何贪婪疯狂地哄抢财宝。战友们兴奋狂乱的表情。美丽的中国宫女惊恐的眼神。马蹄声,嘶喊尖叫声,房屋轰然倒塌声,风中呼呼作响的烈焰声。然后暮色降临。四处都是浓烟、车马、残垣断壁,空气中弥漫着各种

第十一章 李美真（4）

东西被烧焦的气味：树木，绸缎，书画，以及尸体。而在这一切之上，是北京城满天血红的绚丽晚霞。"

说到这里，他沉默了片刻。四下一片静寂，偶尔一声鸟鸣，响亮得令人惊心动魄。

"父亲似乎沉迷在自己的描述中。但也看得出，他在极力压抑自己的情绪。这其间母亲一直都紧紧握着他的手腕，就像她的手是副枷锁。父亲的沉迷显然不是因为享受，而是因为一种极度痛苦的迷惑。最后他说，这几十年来，他一直在反反复复地回忆每个细节，目的就是为了想清楚，当时他为什么会那样做？为什么如此明显的罪恶在那时却叫人感觉理所当然，心安理得？为什么像他这样一个虔诚正直，甚至有点胆小怯懦的基督教徒会成为一个烧杀抢掠的撒旦恶魔？为什么他会变成另一个人？

我想他至死也没有找到答案。在某种意义上，我总觉得，他将这个毕生的疑问，这个不解之谜，传给了我。就像一份遗产。或者说，一份未完成的使命。或许，那也是我为什么最终会来到中国，因为这儿，正是纠缠了父亲一辈子的那个心魔——那个自我之谜——的发源地。"

"那——你找到答案了吗？"

他茫然地摇了摇头。"事务繁杂，一直忙忙碌碌，根本无暇他顾。不过这样也好，省得老是胡思乱想。而且，你知道，很多问题，光靠想是想不出结果的。"

说到这里，他稍作停顿，似乎突然想起了什么。"不过——提起父亲——有件事我一直想向神姑讨教。因为……它跟父亲的经历也多少有点关联。"

"哦?"我转过头看了看他,"请说。"

"谢谢神姑——请原谅在下唐突。"他略一作揖,"自从来到白鹤镇,我就听说了许多关于神姑的传闻和故事。大家都说您能通灵,不仅会算卦占卜,除灾解梦,更可以操纵人的灵魂。说实话,对此我一直半信半疑,直到那次义和团的开馆大会……我才彻底信服。如果不是亲眼所见,实在是难以置信。但那其中到底有什么奥秘,我百思不得其解。"

我冷冷一笑。"你想知道其中的奥秘?"

他仿佛有点窘迫,嘴里嗫嚅着:"也不是,其实……"

"只恐怕说了你也不明白。"

"当然,当然。"他低头去抚平长衫上并不存在的皱褶。"其实,我并无意探寻神姑的秘法。我只是在想——"他抬起头,"父亲当年在圆明园的所作所为,似乎也有一种灵魂被人控制的感觉。您觉得有那种可能吗?您觉得——根据您的经验——会不会也是某种力量控制了他,将他变成了完全不同的另一个人?"

"每个人都可能变成另一个人。"

"跟原本的自己完全不同?"

"完全不同。"

"但……为什么?"

"因为——人生如梦,人生如戏。"我答道,"因为所谓自己，所谓的我，不过是一个人由于因缘际会，恰好在此生扮演的某个角色。而实际上，在一个人的灵魂深处，他可以扮演任何角色。从最聪慧到最愚昧，从最温和到最狂暴，从最良善到最邪恶。所谓自我，其实根本就像飘渺的云烟，无所定形，随风而变，不值一提。"

"可是……我还是不太明白。"他沉思道，"这样说来，如果由于某种力量——某种强大而神秘的力量—— 一个极其温柔良善之人，却做出了罪大恶极之事，那么责任该由谁来承担呢？是那个无所定形的我，还是那股力量？"

我没有回答。我站起身，走动几步，欠身察看园圃中药草的长势。厚朴。独活。石见穿。侧柏。佩兰。天门冬。知母。芦荟。牛蒡子。白毛夏枯草。

"你觉得呢？"过了一会儿，我说。

他摇了摇头，然后也起身走到我旁边。"您知道，我其实是在替父亲发问。从律法上说，父亲不用负任何责任——他的一些战友甚至因此获得了大英帝国勋章。但从良心上说，父亲却不得不负责。怎么说呢——仿佛是他的心在逼着他负责。就像是，在你所说的那种变化无常的自我之中，还隐藏着某种永恒不变的内核。感到愧疚的，其实不是父亲，而是父亲躯体内的那个核。而在他的躯体消失后，那个核就传给了我。"说完，他郑重其事地拍了拍胸口，"就在这里。"

我看了看他。"就是说，你也觉得愧疚？"

他点点头。"我有一种越来越强烈的感觉，"他说，"上帝将我——将我们——送到中国,就是为了替父亲赎罪,替英国赎罪。"

"怎么赎罪?"我几乎脱口而出。我几乎知道他要怎么回答。

"将上帝的荣耀、平安和喜乐带给中国人。带给这片古老而美丽的国度。"

我不禁轻声冷笑。"你觉得中国人需要上帝吗?"

"每个人都需要上帝。"他语气诚挚,"即使有时他意识不到。"

"我就不需要。"我们对视着(不知为何,我忽然意识到自己的斜眼,但我没有移开眼神)。我的声音镇定而不带感情。"中国人都不需要。你知道中国人需要什么吗?需要你们的上帝带着你们赶紧离开,带着你们的洋枪洋炮,你们的鸦片大烟,你们那光着身子的神——别再来骚扰我们。"

他似乎无可奈何地垂下眼睛。再一次,他看上去就像个高大的、无意中犯了错的孩子。

我们静静伫立片刻,而后,为了缓和气氛,我指了指右手边那片正在盛开的月季,"在你们那儿,有这种花吗?"

他脸上泛起开心而解脱的笑容。"有——你种得真好!这是我最爱的花,它是圣母玛利亚的象征。我们叫 Rose。"

"肉丝?"我忍不住噗嗤一声笑起来。"你们管这么漂亮的花叫肉丝?笋干肉丝还是青椒肉丝?"

他也跟着笑起来。"哦,不,不,不是吃的肉丝。是 Rose,

柔—丝，我也不知该如何翻译。"

"你刚才说，这种花，是你们圣母的象征？"

"是的。"

"就是那个被钉死在十字架上的耶稣的妈妈？"

"是的。"他说，"我们贞洁无暇、充满恩慈的圣母玛利亚。"

那么她一定很难受，我本想说。但我没说。"如果你喜欢，"我说，"可以从这里挑几棵带回去，种到你的院子里。"

"那太好了——谢谢神姑！……对了，刚才说到翻译——我最近正有个新的想法。我想尝试将一些美妙的汉语文章翻译成英文，到时候还请神姑多加指教。"说完他略微躬身作揖。

我回答说好。他作揖的模样——正如他拿筷子——总让人觉得有几分滑稽。

临走之前，他又拿出一部《圣经》赠予我。比我在他书房看到的那部要小一些，但更为精美，页边涂着一层金粉，宛如一块被切割成千百薄片的金砖。

那晚我辗转反侧，久久无法入眠。直到天色微微泛白，才昏沉睡去。我脑中出现的最后一个词是：妈妈。

第二天，我们按他教的方法煮了一壶渴飞。我和小红一致同意：那是我们迄今为止喝过最难喝的东西。

《白鹤琐忆》(当然,实际上这本书并不存在)中的其他一些场景:

他喜欢吃笋。他在英国从未吃过这种东西。在上海第一次吃到笋,他问别的牧师是什么味道如此鲜美,他们不知如何形容,便说那是"竹子宝宝"——即"竹子婴儿",把他吓了一跳。

"看来传闻说你们爱吃婴儿是真的。"我说。

"吃,吃……婴儿……怎么可能?!"他面红耳赤。

又一次,他吃小红所烹笋衣烧肉,觉得乃人间至味,于是问此为何物。小红答说,"竹子婴儿的皮肤!"惊骇之下,他差点噎着。我们则不禁掩嘴而笑。

某日,在他书房,他向我演示了那盛开一朵铁喇叭花的神秘机器。

它竟然会说话!——不,是会唱歌!

只见他先是拿出一张黑色光亮的圆盘,放置在深褐色木盒的表面,然后匀力摇动装在侧边的一只摇柄,随即,那张圆盘便开始缓缓转动,而与此同时,那巨大的铁喇叭花突然发出声音:奇异的丝竹管乐(时而连绵流转,时而叮当作响),众人齐声合唱(时而庄严高亢,时而轻盈飘渺)……

第十一章 李美真（4）

宛若有数十甚至数百人被缩小藏匿——或囚禁——于那魔盒之内，并被迫不停地演奏、吟唱。

我又惊又惧，不禁一把抓住他的手臂。"这里面……有人？"

他笑吟吟地看着我，"当然——"他故意拖长音调，"没有！"

他说那台怪机器叫留声机。正如摄影可以留住人的影像以供反复观看，它则可以留住人的声音，以供反复聆听。不可思议。匪夷所思。这些西洋鬼子，天知道他们接下来还会造出什么——留住人的灵魂？

他说正在奏放的，是他最爱的音乐家巴赫所作的弥撒曲。

巴赫？发音让我想到哈巴——哈巴狗。不过，他的乐曲倒是与此联想截然相反。它毫无媚态。它无比纯净，既谦卑又高贵，既深情又超然，宛如天籁——没有丝毫的俗世烟火气息，跟我们做白鹤法事所用乐声之喧闹，之诡秘，之阴森大相径庭。它有几分类似众僧吟诵的佛教《大悲咒》。但更清丽，更温柔——因其中有众多女声——故而也更忧伤。

那是一种唯独女子才能表达的忧伤。

此后，偶往教堂，我总要与他在书房共坐听上一曲。每每感觉如沐清风，心脑舒畅。虽伤而不悲，虽静而不滞，虽逸而不离。殊为美妙。

端午。虽北方时局杂乱，西方各国多有侵犯，但在胡县令及众乡绅坚持之下，一年一度的白鹤龙舟赛仍照常举行。一如以往，镇上男女老少，皆倾巢而出，将整条白龙溪围个水泄不通。而后，随着一声令下，彩舟竞发，只听得擂鼓震天，两岸呐喊助威，不绝于耳。总之，全镇就像一瞬间突然炸开了锅，喧嚣至极，热闹非凡。那幅景象，我闭上眼也能看见——因为我已经看了几十年。

但今年我决定不去看。我和金牧师相约，要趁此道路空荡无人之际，远足去白鹤山腰上一处幽静的小山谷野餐。他带上小蓝（就是早先我拍摄照片时所见的那个俊俏少年），我带上小红——红与蓝，他们两人之般配，远不限于名字。

当日天气美好，冷暖适宜，云淡风轻。我们沿着樵夫和采药人的石径小道，且行且歇，及至半山，已近正午。那片幽谷位置隐秘，几乎无人知晓，早年春秋两季，师父常带我来此采集草药和种子。据师父说，这里原是个小村庄，有十几户人家，乃当年明亡战乱时安徽一族逃难至此而建，后因乾隆年间突发山洪，巨石滚落，遂渐渐废弃，终成荒芜。

但我们随后所见，却与荒芜二字相去甚远——或者不如说正好相反。绕过一块大如谷仓的方正巨石，在疑无路处，穿过繁茂林木与巨石间一方窄小到只可容一人侧身通过的缺口，眼前豁然开朗：数十亩的缓坡平地上长满了野生的金鸡菊，其间散布着若干巨石，几处残垣断壁，最远端还有几座小屋仿佛完好无损，仿佛随时会升起炊烟，或走出主人（但

第十一章 李美真（4）

我知道，那只是距离产生的错觉）。

面对此景，他们三人都张大了嘴巴，似乎不敢相信自己的眼睛。呆立片刻，大家方才移动身躯，漫步于花丛之间，四顾张望。这片谷地三面环山，唯有南向朝阳那面空阔敞开，可远眺俯瞰远方的群山淡影和山脚下的白鹤村镇。天地寂静，碧空如洗，四处弥漫着浓郁糅杂的植物香味。独有一朵小云施施然游过山峦，投下边缘清晰的云影。大片明媚的黄色花海，在微风中轻轻摇曳。

"太美了……"金牧师轻声感叹（仿佛怕惊扰到这片美景），"这里简直……就像天堂！"

"也像桃花源记！"小蓝道。

"对！——"金牧师眼神闪亮，"真的，一点不错：林尽水源，便得一山，山有小口，仿佛若有光……"

"你知道的还真不少。"我讥讽地打断他。

此时日已偏午，我们便择一巨石旁坐下，用一面印染蓝花布铺于草地，再拿出袱中饭食茶饮，放置其上。吃的当然是粽子。分肉粽和蜜枣馅两种。食毕，小红小蓝结伴前去谷中"鬼屋"探险，我和金则靠坐石荫，喝茶休憩。我问他知不知道端午赛龙舟吃粽子的来由。

"跟一个名叫屈原的诗人有关，对不对？"他说，"最近我正在研究他的长诗《天问》。"

"研究？"

"是这样，"他有点羞涩地解释道，"我正在着手进行一个项目：在汉语的古代典籍中——比如《周易》《老子》《论语》，等等——寻找隐含的上帝踪迹，以证明基督教思想并非与东方毫无关联的空穴来风，而是古已有之。罗马教廷对此也很感兴趣，还专门拨了银两供我们购置书籍。以后若有什么疑难问题，还要烦请神姑指教。"

我不置可否地"噢"了一声。

"但屈原与端午习俗究竟有何关系？愿闻其详。"

于是我简要解说一番。精忠爱国却遭陷害流放。眼看祖国灭亡，为保清白，抱石投江。百姓哀痛，渔夫竞相荡舟江上，试图打捞屈原真身——此乃龙舟竞渡之起源。而为了不让鱼虾糟蹋屈大夫肉身，众人又纷纷从家中拿出米团投入江中——吃粽子的习俗便由此而来。

听我说完，他若有所思。"不知为何，"他说，似乎有点犹豫，"这让我想到我们基督教中的圣餐……你知道《圣经》新约中最后的晚餐吗？"

我摇摇头。虽也常常翻看他送我的那部《圣经》，但总觉得线索繁复，难以卒读。

于是他简要解说一番。在耶稣遇害前夜，他与十二个门徒共进晚餐。明知这是自己最后一餐，他拿起饼来对门徒说：这是我的身体，为你们舍的。饭后，他又拿起酒杯说：这是用我的血所立的新约。他还要求门徒今后要常食用这两样食物，为的是记念他。第二天他就被钉上了十字架。从此以后，基督徒每月都要行一次圣餐礼，领受代表主耶稣身体和血的

第十一章 李美真（4）

面饼和葡萄酒，以志纪念。

"你不觉得——这两件事，屈原与耶稣，有某种共通之处？"他看着我。

我思索片刻。"你是说，他们都提前知道自己要死？或者说，耶稣的行为，在某种意义上，也是一种自杀？"

他看上去很吃惊。"这我倒没想过……不，这么说似乎不妥。毕竟，他们的遭遇很是不同。再说，基督教是严禁自杀的——自杀者的灵魂上不了天堂。"

"哦？不准自杀？为什么？"

"因为……生命是上帝赐予的，只有上帝才有资格收回。而且，自杀意味着彻底的绝望，但心中有上帝的人，永远会怀抱希望——不管发生什么。"他停顿一下，"不过，我所说的共通之处，确实跟死有关。你看，这两件事的核心都在于肉身的死亡，而他们的死最终都转化成了某种食物，这种食物成了他们肉身的替代品，而吃这种食物，吃这种替代品，甚至可以说，吃他们，则成为一种固定的纪念仪式。你不觉得这有点奇怪吗？"

"这有什么奇怪——"我说，"因为生命不是上帝赐予的，而是吃喝赐予的。中国有句俗话：人生在世，吃喝二字。活着就要吃喝，就是吃喝。要纪念死，难道还有什么比好好活着，更合适的？"

他不禁哑然。

稍后，在小红小蓝引领下，我们也去参观了那几栋"鬼屋"。或是因为日照充足光线爽朗,那些鬼屋并无丝毫鬼气。虽杂草丛生门窗朽倾,但因是用就地取材的青石所筑,故构架坚固,似乎稍加修葺便可居住。正勘察时,一只健壮的灰色野兔被我们脚步惊扰,一路跳跃,夺路而逃。双方——野兔和我们——皆虚惊一场。

日落时分,四人原路折返。时晚霞如火,以致林木、草丛、石坡、整座山丘,都被染上一片橙红,人行其间,仿佛也要被那片红光一同熔化。于是大家开玩笑说,此真乃世间最清凉怡人之熔炉。

连日阴雨,已半月不见阳光。整日天色郁暗,水声淅沥,汽雾升腾,湿热溽人,简直如居于一方巨大水帘洞中。梅雨实江南一年当中最难受之时节,极易毒气沉积,经络淤塞,通体不爽。我担心金水土不服或有不适,特意配置了金银花茶,嘱小红送到教堂。但结果,他皮肤还是发了湿疹,奇痒难忍,抓挠则烂,苦不堪言。

你该早点跟我说。我让他脱下外衫,用细毫羊毛笔蘸了自制的药膏细细涂抹。只见他身上如猿般黑毛丛生,点点红烂遍布其中。虽心中疼惜,我依然面不改色,语气平常。

见到你似乎就好了大半。他说。我不屑地哼了一声,作为回答。

他告诉我,痒痛之时,除了祈祷,他便常常默想我的面容。

第十一章 李美真（4）

我说：一个斜眼，有什么好想。

你有一种特别的美，他说，一种安宁之美，清凉入心，就如同你涂的这药。随即，他反应过来，急忙又说，当然，我不是说你像药。

别动！我轻声呵斥，然后继续涂抹。你说得没错，我冷冷地说，我就是你的药。

暑气如火。较之端午，此时天地乃真正之熔炉：日光似金水从天而降，炙烤滚烫，令溪水消瘦，土地龟裂，草木垂蔫。中暑者常有。某日，金携小蓝来访，抱怨此热几可致人于死。于是我拿出那把折扇，让他凝神注视扇面上的松间神鹤图，而后便重施师父当年故伎：微晃扇面，反复吟诵，掳其心智。

他的眼神开始呆滞而迷离。

待我轻拍其肩，将他拉出幻境，已是几个时辰之后。他恍然醒来，惊奇不已，再眼见窗外暮色，更是迷惑不解。为何数个时辰却感觉只有倏忽？为何如此酷暑之中，他却能感觉如此清凉？那幻境又是从何而来？

我笑而不答。我也确实没有答案。

而后，金思索片刻，若有所忆，说这让他想起儿时的一段经历。他自小即皮肤敏感，九岁时整个腿部都生出鱼鳞般的皮疹，痒痛难忍。母亲带他四处求医却依然如故。最后终于将其治愈的是当时风行英国的一种新奇疗法——或可译为"催眠疗法"。顾名思义，即通过催人入眠，使病者之疑难杂症不治而愈。他记得很清楚，那位大胡子医生手提一只系着细线的银质小球，在他眼前来回左右晃动，同时在他耳边喃喃低语：无数冰雪小精灵将来到你腿上，驱除你皮肤顽疾，他们形如水滴，晶莹闪烁，你会感到腿部阵阵清凉，如同冰敷……

"然后我真的看到了那些小精灵！"他说，"一如刚才看到松林间的神鹤。"

更神奇的是，如此几次之后，他腿上那些腐坏的皮鳞纷纷脱落，肌肤重新变得健康如初。

"那叫什么？催……眠？"

"对——催眠之术。不过准确来说，英语中并没有这个词。这个词是由伦敦的一名眼科医生根据希腊语的睡眠一词而发明，意指让病者进入某种类似睡眠的状态来取代手术麻醉——我们在神学院时特意做过研究。据称若善用此术，可操纵病者在晕眠之中的感官功能，从而治愈各种疑难杂症。在印度有名英国医生曾利用此术做了上千次外科手术，甚至包括截肢，病者均未感到疼痛。"他摇了摇头，"不可思议。"

如此说来，我不禁暗忖，那倒的确与摄魂术有异曲同工之处。摄魂、催眠、祝由——也许不过是叫法有别而已。

"你还记得我父亲的事吗？"他抬起头看着我，"——你说，有没有可能，父亲也被催眠了？某种……集体催眠？"

第十一章 李美真（4）

他似乎并不期待我的回答，因为他接着又说，"但究竟是谁在施行催眠呢？父亲的上司？军队将军？维多利亚女王？或者……魔鬼撒旦？"

"说到集体催眠，"我说，"我倒觉得你跟我讲的那些《圣经》故事有点像。"

"《圣经》？"

"比如上帝让摩西在埃及法老面前行的种种神迹：将手杖变为蛇，把水变为血，使众人身体生疮。耶稣的表现就更明显：几块饼喂饱几千人，瞬间治愈瘫痪和麻风病。甚至他的复活，也可以此来解释：他在十字架上并不感到痛苦，因为他被催眠了——正如那个医生可以将病人无痛截肢——三天之后，他苏醒过来。"

他张大了嘴，目瞪口呆地看着我。过了一会儿，才缓声说，"你知道我们当年在神学院为什么要研究催眠？就因为有人借催眠术假称是上帝神迹显灵，被教廷判为异端。你的话要是被听到……他们会把你当成女巫烧死。"

"他们敢。"

"哦，当然——我绝不会让这种事发生。"他握住我的手。

虽夏日炎炎，亦不能降阻金研究所谓项目之热情。一日，金特邀我至他书房，以展示其钻研所得。简而言之，可概括为三大发现：

其一，中国古代典籍中，最古老、最根本、最重要同时又最神圣之书，显然为《易经》与《老子》。而此两书可视为《圣经》之东方变体，三者来自同一个神圣源头。诸多证据之一便是，这三部书不仅都充满永恒智慧，且作者皆神秘不可知。

其二，中国神圣典籍中常常提及的"道"，正是基督教之真神耶和华及其子耶稣的象征。《老子》开首便说：道可道，非常道。名可名，非常名。而《约翰福音》开篇则是：元始有道，道偕上帝，道即上帝也。

其三，中国文化中常以"太极"作为终极真理之符号与名称。而"太极"与"上帝"，不仅字面对仗工整，其涵义也合：两者皆为宇宙间万物存在之能量源头，皆超越实相，皆为圣灵充满，无所不在，无所不能。

"颇有新意——"听他说完，沉默片刻，我评价道。"不过，"我接着说，"这反过来说也成立，不是吗？"

"反过来说？"

"也就是说，你们基督教其实来自我们中国。"

他无言以对，思虑良久，面露赧色，似乎倍受打击。

我不禁有些后悔。

虽遍读中国典籍，但金私心最爱无疑是康熙年间扬州张潮所著之《幽梦影》。每有闲暇、郁闷、枯燥、疲累，必展而读之，不下千遍，故已烂熟于胸，几乎可倒背如流，更常说此生誓要将此书翻译为英文，好让西方世界能领略感受中国文人墨客之风雅、睿智及幽默。

试摘他常赞叹引用之句：

读经宜冬，其神专也；读史宜夏，其时久也；读诸子宜秋，其致别也；读诸集宜春，其机畅也。

庞笔奴曰：读《幽梦影》，则春夏秋冬无时不宜。

花不可以无蝶，山不可以无泉，石不可以无苔，水不可以无藻，乔木不可以无藤萝，人不可以无癖。

春雨如恩诏，夏雨如赦书，秋雨如挽歌。

五色有太过，有不及，惟黑与白无太过。

酒可以当茶，茶不可以当酒；诗可以当文，文不可以当诗；曲可以当词，词不可以当曲；月可以当灯，灯不可以当月；笔可以当口，口不可以当笔；婢可以当奴，奴不可以当婢。

目不能自见，鼻不能自嗅，舌不能自舐，手不能自握，惟耳能自闻其声。

张竹坡曰：心能自信。

文章是案头之山水，山水是地上之文章。

如此等等，不胜枚举。我曾问金，西方人真能体味其中妙处？他答说绝无问题，因为此书之妙，就在于其既观点新奇，却又皆系人之常情，无非柴米油盐，琴棋书画，生老病死，爱恨情愁，清风明月，天地鬼神，可谓古今东西，概莫能逃。故无论汉人洋人，都能或恍然顿悟，或会心一笑，或怦然心动。

此书另一妙处，则在于每条后皆有雅士文友之评注，或诙谐，或反转，或呼应联想，或讽世嫉俗，无不妙趣横生，锦上添花，交相辉映。比如下面这条：

孔子生于东鲁，东者生方，故礼乐文章，其道皆自无而有；释迦生于西方，西者死地，故受想行识，其教皆自有而无。

吴街南曰：佛游东土，佛入生方；人望西天，岂知是寻死地？呜呼！西方之人兮，之死靡他。

殷日戒曰：孔子只勉人生时用功，佛氏只教人死时作主，各自一意。

倪永清曰：盘古生于天心，故其人在不有不无之间。

金悦汉曰：耶稣生于东西交接之处，故既生又死，死而复生,将生死有无,一意贯通,超乎其神。

李美真曰:不东不西,不生不死,不有不无,不你不我,乃宇宙真谛。

夏日午后,金特携《易经》来访,求教卦象疑惑难解之处。正讨论间,忽乌云密布,雷声隆隆,突降倾盆大雨。少顷——与来时同样毫无征兆——倏忽又雨止天晴,天色一片清亮,仿佛玉光宝瓶,空气甜净,沁人心肺,我们不禁移步出门,立于屋后面对园圃之廊下,抬眼远望,便见一道清晰的彩色长虹,卧于青翠欲滴的白鹤山麓之上。

金甚欣喜。你可知道,他说,《创世记》中,洪水之后,上帝与诺亚立永世之约,便是以彩虹为证。希望——他不看我,只看着前方,似乎在对彩虹说,希望——这道彩虹,也能作为我们的永世之约。

我没有说话。我任由他悄然牵住我的手。我也没有告诉他,在中国人眼里,彩虹虽也可被视为祥瑞,但更常被看作凶兆,意味将有恐怖与血光之灾。总之是凶吉难定,前途未卜。而及至今日,再回首此情此景,不禁沧海一笑,悲从中来。

若以上数则场景可统称为《白鹤琐忆》,那么下面这件事，就只能归入《白鹤奇谭》。

那是 8 月末的一个深夜。是日午后，忽天昏地暗，飞沙走石，暴雨狂风大作，如巨人洒泪狂奔，歇斯底里，所到之处皆摧枯拉朽一片狼藉：花草尽毁，树木倾倒，溪水暴涨，房屋仓棚根基不稳者纷纷崩塌如小儿玩具，风力之强，甚至可见草席、家什、招牌等被卷入半空，随风飘舞，堪称奇观。这是所谓飙风，常见于夏末，但如此狂暴却经年未遇。村庄城镇满目疮痍，犹如备受凌辱之疯女，披头散发，衣不蔽体。商铺人家全都停业闭户，门窗紧锁，如临大敌——只听得外面风雨交加，地动山摇，宛如置身宇宙末日。

便是那样的天气。

就在当日深夜，我突然从梦中醒来——仿佛有人在呼唤我。自然，并没有人呼唤。世界一片寂静。不知为何，我十分清醒，毫无睡意。我想了一会儿刚才的梦。梦中我们在山间迷路了。情境仍栩栩如生。同样是熔炉般的暮光。我们四顾茫然，焦躁不安——眼看着天就要黑了，如果再找不到路……那种焦虑，似乎比现实中感觉更为真切。

现实。

这时我突然意识到有哪里不对。

是寂静。

此刻外面应是风雨声大作才对。飙风才起，不可能这么

第十一章 李美真（4）

快停歇。难道我仍在梦中？或者……外面换了一个世界？我的心跳声怦然变响。我并不惊慌，我只是控制不住自己的心跳——它仿佛要跃出胸膛。我闭上眼，做了个长长的深呼吸，而后睁开眼，毅然起身下床。无须点灯，我不紧不慢地穿好衣服，走到窗口，吱呀一声推开。

月色如水。风雨不知何时已完全止息。一轮明月，几点星光，白鹤山墨影婀娜。天地一片清朗，寂然无声，凝固如画。唯一的破绽，是窗下园圃中东倒西歪的残花败叶。此时我才发现，在那丛月季花旁，有个淡淡的身影。

一开始我以为自己看花了眼。但不，的确有个人背朝我伫立在那儿——不，不是小红——从体形看是个男人。然后我以为是金，虽然很难想象他会不打招呼就半夜来访，但除了他还能是谁？但不，较之于金，那个背影显然更为瘦削和挺拔（所以也不是李虎）。

那究竟是谁？

奇怪的是，盯着这深夜花园中诡异的人影，我却毫无惧意。我甚至也不那么吃惊。我再次产生了自己是否置身梦中的疑问。否则就很难解释我心情的平静。但突然，灵光一闪，我知道了答案：他正在等我！也正是他，将我从梦中唤醒。这么说，的确是有人在呼唤我。

我又看了一会儿那个柔淡的背影。虽然不知道那是谁，但凭着直觉，我能感觉到其中的善意、疲惫和焦灼。他想必来自很远的地方。他费尽艰辛。他已经等了很久。

连无声的月色仿佛也在催促我。

我转身下楼。

我脑中一片空白,脚步既平稳又飘忽,宛若梦中。我走进院子,在距他三米之遥停下站住。在这里,更能感受到世界的凝滞:一切都纹丝不动。月光明亮如昼,万物清晰入微,纤毫毕现。他缓缓转过身子。

一张陌生的面孔。瘦长,隆鼻,高额,薄唇,眼神柔亮。谈不上英俊,但气质清奇。我确定此生从未见过这张脸,可又觉得莫名的亲切——仿佛似曾相识。

他先是定定地看着我,似乎看入了神,随后才倏然反应过来,露出羞涩而释然的微笑。"你来了。"他说。

我面无表情。

"放心——"他柔声说,"我没有恶意。我是你的朋友。"

"知道。"我说。

较之面孔,更陌生的是他的头发和衣着。他没留长辫,也不是像金那样的半长发,而是将松散的长发如拂尘般束垂在脑后。一身奇特的贴身短打扮:白色短袖上衣(上面绣着些我在金那里看到过的洋文),蓝粗布长裤,脚上是双闪着黑色鱼鳞般光泽的怪鞋。

但最奇特的,是他的鼻子上还架着两块椭圆的透明小镜片。看他这身奇装异服,似乎跟金一样来自外邦,但从长相看,却又是完全的中国人。

他向我走近几步,然后举目——或者说举镜——环顾四周:"奇怪的天气,不是吗?"

我也抬头看了看天空。世界仿佛浸泡在淡蓝色的奶水里。

"是因为你,对吗?"我的视线重回到他身上。

"神姑果然……"他没说下去,他脸上又露出那种羞涩到近乎神秘的微笑。"不,那不重要——"他接着说道,"重要的是……这只是暂时的平静,我们正身处暴风眼中。"

"暴风眼?"

"想象一下。想象台风——不,飙风——是一口巨大的、在空中移动的深井。井壁就是狂风暴雨,而被井壁环绕在中间的那片空无就是暴风眼。不管飙风如何猛烈,暴风眼中都是一片晴朗宁静——就像现在。此刻。"

我想象了一下。以这小小的花园为中心,巨大的风暴漩涡围绕着整个白鹤镇,从天而降,盘旋游动。

"所以……此刻我们便是在井底?"

"对,没错——井底。"

"井底之蛙?"我语带讥讽。

"井底之蛙。幸福快乐的井底之蛙。可惜好景不长——风暴在不停移动,暴风眼也随之移动。平静即将被打破。"

"平静即将被打破。"

"请神姑小心。"

"你来就是为了跟我说这个?"我侧过身,望向如墨线勾勒的白鹤山影。

他似乎欲言又止。

"……对不起。"最终他说。

"对不起?"我回转过身,微皱起眉头,"——对不起什么?"

"所有……一切。"

我忽然若有所悟。我再度打量起他。他身上有种不修边幅的洁净。

"你的翅膀呢?"我突然问道。

"翅膀?"他有点吃惊。

"你是天使,不是吗?"他符合金所说天使的几乎所有特征,除了翅膀。

他笑着摇了摇头,"不……不……"

"但你的确来自另一个世界,对吗?你是那个世界的使者。而且——那个世界控制着这个世界。"

"我觉得更合适的词是呼应。不是控制,是呼应。"

"呼应。"

"对,呼应:呼喊与回应,呼唤与应答,呼救与对策。"

我对他淡然一笑,"你那个世界,远吗?"

"……既近又远……那不是距离可以衡量的。"

我点点头,"你在那个世界,能听到我的呼救?"

"嗯——"他看着我的眼睛(我的斜眼),"因为我们在彼此呼救。"

我不明白他在说什么。我甚至也不太明白自己在说什么。我们就那样静静地伫立在月光下,对视着。我心中蓦然涌起

第十一章 李美真（4）

一股柔情。我仿佛洞悉了一切，但同时又一无所知。

"我们本不该相见。那违背了……某种规则。不过，另一条更重要的规则是：要敢于打破规则。"

就像是对他这句话的回应，突然起了一阵风。万物摇晃。世界苏醒。几缕流云飘过那轮满月，恍如一只巨眼中的血丝。

"我要走了。"他低叹一声，从背后拿出样东西。"送你一朵来自那个世界的玫瑰——一朵真正的肉丝。"

他怎么知道我们私下的笑谈？我接过那朵花，一朵饱满、丰美，不可能残存于这个狂暴世界的红色月季。

"谢谢。"

他依然凝视着我，"你比我想象的还要完美。"

"对于一个斜眼，完美不是一个合适的词。"

不约而同的微笑。

"我为你感到骄傲。"他说，"……对于我，这是最高的奖赏。"

"所以……我们不会再见面了，对吗？"沉默片刻后，我问。

"想必。"

"那么——保重。"

"保重。"

最后对视一眼，我转身离去。

"等等——"我停下脚步，但没有转身。

"为了孩子。"我听见他说。

为了孩子?

我睁开眼睛。外面飙风呼啸,犹如疯狂的鞭哨。雨滴鼓点般敲击着瓦片。

那是梦吗?

侧过头,我看见枕边有朵鲜艳完美的月季。

就在那一刻,我意识到:我已有了身孕。

第十二章

K 的平行宇宙（4）：咒语——塔可夫斯基

接到电话的时候，我正在写《李美真》第四章的最后几段。是个陌生的号码，但我几乎本能地按下了通话键。一个低沉的男中音。

我是李玫的同事，他说，她给了我你的号码。她怎么了？我问。一言难尽，他说，电话里讲不清楚——我们能见个面吗？当然。我们约好第二天下午两点，尤利西斯咖啡馆。

放下手机，我来到小阳台，看着路灯下舞台般的街景，怔怔地发了会儿呆。我想象不出李玫身上发生了什么。但显然已经发生了什么。车祸？绝症？或者，甚至，谋杀？我不禁回想起上次临别时她那略显怪异的表现（那似乎是很久远以前的事了）。之后我给她打过几次电话，但要么没人接，要么关机。不管怎样，我对自己说，明天下午就能知道谜底。于是我不再多想，返身回到桌前，写完了最后几段。

我花了近四个月时间才写完《李美真》的第四章。虽然这一章相对较长，却也并没有长到足以解释为什么要写这么久。不过如果想到《极乐寺》，就没什么可抱怨的——虽然极其缓慢，至少它还在推进，至少我还在写，还没有放弃。我没有放弃的原因之一就是李玫。如果没有那次"尤利西斯长谈"，如果不是她对我作品那精彩到令人感动的解读，我恐怕已经又一次偃旗息鼓了。事实上——要是我没记错的话——正是在跟她见面后的第二天，我写下了第四章的第一句话。而现在，几个月的杳无音讯之后，当我终于拖拖拉拉地写完了第四章，才突然又有了她的消息——仿佛她一直在耐心地等我写完这一章。

让我没有放弃的另一个主要原因，同样是一个女人，同样姓李——也许你已经猜到了：李美真。就像我之前说过的，我对写下的前三章并不满意。我总觉得它们缺乏某种核心，以及由此核心辐射出的能量。（我甚至懒得去改一些明显的描述性错误，比如拍照那个场景，我打算将它们留待以后去修订——如果还有以后的话。）但即使如此，每次当我重读它们的时候，都会惊讶地发现：我能清晰地听见李美真的声音。那个声音冷静、镇定、威严，超然而又略带嘲讽，喜怒从不形于色。那个声音贯穿于字里行间，让我（也让金牧师，我想）倍觉安慰——恰如她那张照片带给我的感觉。我意识到，这两者是紧密相连的：她的声音和她的照片。也许这并不奇怪，毕竟，一切都始于那张照片。它是所有这一切的源头。而且，每当我面对电脑写作或发呆时（多数情况是后

第十二章　K的平行宇宙（4）：咒语——塔可夫斯基

者），我总会不时地，情不自禁地，滑动屏幕去看那张照片。我不知道自己看过她多少次。一千次？一万次？我只知道，这辈子我从未盯着一个女人看这么久。

如果说在北京潘家园第一次见到那张照片时，吸引我的只是上面那个斜眼女子镇静而神秘的表情，那么在赋予她一个名字之后，在对她千万次的凝视之后，在日复一日对她言行举止的虚构想象之后，她在我眼里开始渐渐变得越来越熟悉。越来越亲切、真实。越来越美。我对她产生了一种特殊的迷恋。当你第一眼看到她（虽然到目前为止我还没给任何人看过那张照片），也许会被她的斜眼吓到，也许会觉得诡异，甚至恐怖。但我相信只要你看得够久，你就会像我一样，发现她有一种特殊的魅力：她似乎在发光——那种本雅明所说的"灵光"。甚至哪怕从时尚的角度看（基于我的媒体从业经历），她也散发出一种别具一格的美：她脸部的瘦削和简洁，她的浓眉和单眼皮，她的中性化，她那冷酷、坚定、毫无表情的表情。而她的斜眼则更像某种独特的饰品或化妆，而非残疾，并由此赋予她一种神秘的震慑力。不同于那些庸常的漂亮面孔，她很耐看——在她的面无表情中似乎隐含着无数表情的可能性，它们变幻不定，稍纵即逝，凝视得越久，就越有可能将其捕获：一丝温柔，一丝讥讽，一丝残忍……

你也许会说我爱上了她。但不。爱这个词过于激烈。较之于爱，我觉得那更接近于某种亲情，某种兼具血缘、战友与同盟的关系。这种关系的主要特征不是激情，而是宁静，一种充满珍惜、依赖与默契的宁静。一种在最深处令人感到莫名凄凉的宁静。那也正是第四章结尾，我和李美真见面时的气氛。

我不知道自己为什么要写那个怪异的场景。它从天而降（就像李美真这个名字），我几乎别无选择。直到开始写，我才突然意识到，原来我是多么渴望见到她——不是通过照片，也不是通过想象，而是跟她面对面，见到活生生的她。为此我必须回到1900年（或者，更确切地说，是回到我创造的那个1900年）。我必须让自己成为我虚构世界中的一个角色。这听上去像是那种常见的，甚至已经泛滥的后现代文学手法。但在后现代文学中，作者介入虚构世界的目的是为了制造一种间离和反讽效果，是为了将情感急速冷冻（让情感从温暖的液体变成冷硬的固体）。而我的目的正好相反。我是为了释放情感，为了融入，我对反讽毫无兴趣。

我与我所创造的那个世界，就像两个平行宇宙。两个时空远隔但却彼此呼应的平行宇宙。呼应。我对李美真说过这个词。对——是呼应，不是控制。表面上看，是我创造了那个世界，但事实上，那个世界同时也在创造着我——影响着我，改变着我。也许所有的创造性行为——绘画、音乐、写作——都是如此。都应如此。就像福柯不知在哪儿说过，如果一个画家不能被他的绘画所改变，他为什么还要画呢？同理，如果一个小说家不能被他的小说所改变，他为什么还要写呢？

第十二章　K的平行宇宙（4）：咒语——塔可夫斯基

我的一个重大改变，就是开始阅读中国文学。当然，不是中国现当代文学，而是以明清笔记体散文和小说为主的古代文学。为了写《李美真》，我买了一大堆相关的明清古籍。结果我仿佛无意间闯入了一个美妙的新世界。我仿佛重新发现了中国。这些作品的精妙、深邃、幽默，想象力之强劲、奇绝，都彻底颠覆了我对中国文学的认知。更奇妙的是，从它们身上，以某种时空错位的方式，我看到了许多熟悉的西方文学的光影：罗兰·巴尔特的碎片写作，德里达的解构，德勒兹的去中心化，拉美的魔幻现实主义，海明威和卡佛的极简暗示……最好的例子就是清代张潮的《幽梦影》。整个夏天我把这本小书翻来覆去看了好几遍。我对它是如此迷恋，以至于我忍不住要将这份热爱移植到约翰·金身上。而在那些明清作品的影响下，几乎是下意识地，《李美真》的文字开始变得越来越半文半白，配以其中偶尔夹杂的西式翻译体语法和句式，呈现出一种奇异的、混血儿般的效果。

2012年那个绵延酷热的春夏，除了孤独而缓慢的写作，翻阅古书，又编了两期《蓝城》，我还看了许多电影。我在笔记本上列了个看片清单。我按拍摄时间顺序看完了所有塔可夫斯基的电影。《压路机与小提琴》。《伊万的童年》。《安德烈·卢布廖夫》。《索拉里斯星球》。《镜子》。《潜行者》。《乡愁》。《牺牲》。但塔可夫斯基必须间隔着看，也就是说，你无法连续不断地、一部接一部地看。每看完一部——尤其是从《卢布廖夫》开始——你都需要几天，甚至几周才能恢复过来。那就像坠入了一场无比精美、宁静却又逻辑迷乱的梦境，你必须要过一段时间（如同醒来，回到现实）才能进入下一个梦。他的电影，尤其是最后四部，几乎没有情节可言，而且往往令人困惑：现实、回忆与梦（梦中之梦）毫无理由地穿插镶嵌在一起。但那并不是晦涩，正好相反，它们流畅而清晰——只不过是梦中的流畅和清晰。它们也并非不讲逻辑，只不过它们遵循的是梦的逻辑。它们不是意识流，是梦境流。

除此之外，还有两个不解之谜。首先是我无法想象这些电影都是在苏联时期拍的。我在图书馆找到一本法国作家安托万·德·贝克写的塔可夫斯基评传。我也读了塔可夫斯基的自传《雕刻时光》。但他的那些经历——拍摄的艰难，苏联政府官僚对他的重重阻挠——只能更加深了这个谜：在一个极度推崇贫苦、团结和人民至上的时代背景里，怎么会出现如此华丽，弥漫着孤独，散发出贵族和精英气息的作品？更别说他那我行我素，完全无视普通观众，梦幻般的叙事手法。他是怎么做到的？难道个体——凭借艺术——竟能如此脱离时代，抗拒时代，超越时代，并最终击败时代？这简直像个奇迹。个人主义的奇迹。

另一个谜是塔可夫斯基的风景。在我的观影史上，我从未见过像他作品中那样的风景画面：极其唯美，同时却又极具深度与生命力——而这两者通常是相抵触的。（比如泰伦斯·马力克的《天堂之日》，他拍摄的美国西部平原同样极

第十二章　K的平行宇宙（4）：咒语——塔可夫斯基

美，但正因为极美，让整部电影显得造作、肤浅、虚假，就像明信片。）但不知为什么，塔可夫斯基镜头下的风景不仅美，而且是活的。这并非一种比喻。薄雾中的田野。老宅高窗外的雨幕。水底闪烁的鹅卵石。随风起伏——呼吸——的草场和森林。风景在他的电影里与其说是一种背景，不如说更像一个角色，并且是个最重要的角色：它无所不在，优美而忧伤，既无能为力，又无动于衷。它就是神。那才是所有塔可夫斯基电影的真正主角：化身为大自然的上帝。可他是怎样创造出那种效果的？即使对电影拍摄一窍不通，我也能看出关键不在于技术，而在于别的什么更为神秘而微妙的因素。是因为其梦境流的逻辑方式？还是因为俄罗斯民族那特殊、深沉的灵魂？（就像惊叹号只有在陀思妥耶夫斯基和契诃夫笔下才显得自然有力，但对于其他平庸作家——比如我——则几乎是个禁区。）

　　接到李玫同事电话，写完第四章的那个晚上，我有点无所适从，感觉心口既空虚又堵得慌。看不进书，上床睡觉又太早（才九点半，而且肯定睡不着）。于是我决定再看一遍《镜子》。那是上次在地铁站分手时她反复叮嘱我看的（我已经看过一遍）。我从冰箱里拿出罐啤酒，打开电视和DVD，放入光碟，按下play键。

　　首先出现的画面是黑白厂标：一尊旋转定格的雕像——两名姿态昂扬，高举镰刀斧头的男女工农兵，右方背景是塔尖上顶着红星的莫斯科红场钟楼，下面写着"莫斯科电影制片厂"。就像我前面说的,这个厂标可能是塔可夫斯基电影中唯一散发出苏联气息的地方。

李玫说第一个镜头就是催眠。这并不准确。第一个镜头是个八九岁的小男孩打开一台红色机壳的老式大电视机。随后我们看到的黑白片段才是催眠(它应该是那台电视中播放的内容)——一名身穿白大褂、烫着长卷发的中年女医生;一名严重口吃的十几岁少年(你从哪里来?我……来自……来自……);女医生开始用催眠术治疗少年的口吃:她像控制牵线木偶般让少年的身体前倾或后仰;她让他抬起双手,手指张开、紧绷、再紧绷,然后宣称他的手指已经固定,无法做丝毫动弹;最后她说,现在我要解除你双手和讲话的紧张,她用手指分别按在少年的两侧太阳穴,大声说"一、二、三",将少年猛地向后一推,于是,在她的命令下,少年流利而清晰地说:"我能说话了。"

戛然而止。

俄文的黑白电影标题:镜子。(第一个字母很像阿拉伯数字3。)

单调悠长的黑白片头字幕,伴以同样悠长的巴赫管风琴音乐。

我能说话了。第二遍看,我突然意识到了这句话——以及这一段——的象征意味。他想说什么却说不出口。而现在他终于可以顺利地说出口了——结果就是这部电影。他想说什么?他想说自己,自己成长的家庭,自己的父母。众所

第十二章　K的平行宇宙（4）：咒语——塔可夫斯基

周知，《镜子》是塔可夫斯基最具自传性的作品，其中的女主角几乎完全是以他母亲为原型，而那也正是它难以看懂的原因：他把自己最私密的个人经历和情感——像设密码那样——镶嵌成了一幅支离破碎的影像拼图。就像一面被打碎的镜子。

字幕结束。但音乐继续。随之而来的是一片浓郁鲜活的绿色：森林，田野，草场。那片绿色的中心是一个女人的背影：她坐在一根树干做成的篱笆上。镜头缓缓推近。我们看到她盘起的金色发辫，优雅的脖颈，宽松的深色毛衣和勾勒出腿部优美曲线的浅色筒裙。她在抽烟，一边望着面前空阔的风景。在那片风景里，一个小小的人影正在穿过田野和草场。

接下来的片段就像一篇完美的契诃夫短篇小说。那个人影是名瘦削、快活、不修边幅的中年医生，他迷路了，他向女人问路，他给她把脉，他向她借烟，他们坐塌了篱笆。（他大笑着说"和美丽的女士一起摔倒真好！"）随后他发了一通典型的契诃夫式感慨：你是否想过植物也有感觉、意识，甚至理解力？……它们不乱跑，我们却奔忙劳碌，满口陈词滥调，因为我们不相信自己内在的本性。我们总是充满怀疑，行色匆匆，没有时间静下来思考。那《第六病室》呢？女人问。哦，那是契诃夫瞎编的，他说。（所以，如果我们将它想象成是契诃夫未发表的晚期作品，那么它就是一篇带有后现代自指性的元小说。）

它的结束同样很契诃夫。一番微妙的调情之后，他们之间什么也没发生（这个医生角色再也没出现过）。男人原路返回。镜头凝视着他再次穿过田野和草场。他的身影在变小。当他走到草场中央时，突然起风了。他停下来，回头张望。整个草场像波浪般随风荡漾——能清晰地看见风的方向：仿佛有无形的圣灵在御风而行。

我发觉自己正贪婪地盯着电视屏幕。姿态，眼神，对话。各种层次的绿：从橡树林的墨绿到田野的浅绿到灌木丛的嫩绿。暮色中的天空。风的脚步。一切都充满了生命力，充满了灵魂。我感到一种近乎生理性的欣慰，就像憋气的人重新舒畅地呼吸，就像干渴的人大口喝水。在先前那单调平缓的黑白片段和字幕之后，这段彩色画面简直如同某种救赎。

救赎？我耳边突然响起李玫最后那几句怪异的话。"听着，"她低声说，"我不能透露太多。我只能告诉你，我的研究跟世界的秘密有关。真理。极其美丽，但又极其可怕的真理。我只能告诉你一个词——"她说，"救赎。一切都跟救赎有关。"

一切都跟救赎有关。

我不自觉地按下了 DVD 遥控器的暂停键。我的心跳几乎停止。仿佛某种感应，虽然毫无根据，但在那一瞬间，我突然确凿无疑地意识到：李玫正身处危险之中。

第十二章 K的平行宇宙（4）：咒语——塔可夫斯基

我一眼就看到了他。他站在咖啡馆门口，就像尊门神。正如他在电话中所说，他很高——至少有一米八，体态匀称魁梧，虽然肚子略有发福。鹅黄色翻领T恤配烟灰色西裤。大概四十五岁左右，面貌英俊，留着分头，戴一副银框眼镜。他一只手在抽烟，另一只手拎着外带咖啡的纸袋，纸袋上印着乔伊斯的画像。他冲我点点头。他的表情有一种冷淡的关切。

"里面不能抽烟。"他说，"我买了两杯冰摩卡，我们边走边说——好吗？"

"好。"

我们仿佛商量好似的抬脚向图书馆走去。

"不好意思，不抽烟会杀了我。你抽吗？"

"不，谢谢。"

他点点头，似乎对此表示谅解。

"我只有一个小时——"他边走边抬起拿烟的手看了眼手表，"下午还有个会。马上要开学，忙得不可开交。"

"李玫到底怎么了？"

"知识还是智慧？"他突然停下脚步。

我愣了一下才反应过来他是说走哪个方向。图书馆有两块绿地广场：知识广场和智慧广场。

"随便。"

"那就智慧——知识太多了。"

我们朝右边转。他浑身都散发出浓重的烟味。大概因为长年吸烟，烟味似乎已经渗入他的每个毛孔。其原理跟烟熏火腿一样。

"李玫——她疯了。"

"疯了？"我停下脚步。疯了？

"不是比喻。是真的疯了。"他叹了口气，"狂躁症加妄想症。一个月前进了精神病院。"

我一时不知说什么好。我们正站在广场边缘，天空阴沉，形状清晰饱满的灰蓝色云朵——就像VR电子游戏中的那种——在高楼大厦和树木之上缓缓飘移。空气闷热（天气预报说近几天有台风），但我却觉得全身冰冷。

我接过他递过来的褐色咖啡纸杯，杯上印着同样的乔伊斯。

"精神病院？600号？"那是上海最有名的门牌号。

他摇摇头。我们继续往前走。"在新开的分院。"他说，"那里环境比较好。"

"到底……怎么会……？"

"你没感觉她有什么不正常吗？"

我耸耸肩。"没有——她的思维很严密，很有逻辑。"

他哼了一声，既像无奈，又像不屑。

我们走向一片竹林掩映的小径，在路边的一条长椅上坐下。他庞大的身躯占据了大部分椅子，我坐得很不舒服。我喝了口咖啡，冰块已经变得弱小而圆滑。

"你听她说过所谓的量子历学吗？量子历史学。"

我点点头。

第十二章 K的平行宇宙（4）：咒语——塔可夫斯基

"那就是她发疯的开端。"他对着自己呼出的烟雾说，"量子历史学，你不觉得很荒谬吗？"

"我倒觉得很有创意。"

"创意。"他冷笑一声，"历史学不需要创意。历史学需要的是资料、事实、案头研究。你们搞文学的才需要创意。但在我看来真正伟大的文学也不需要创意。创意是个机会主义的词，应该留给广告公司和房地产商。"

"有道理。还要留给媒体。"

他似乎根本没听见我说的话。

"觉得她想法有创意的，都是外行。既是物理学的外行，也是历史学的外行。你知道吗——"他居高临下地看了我一眼，"为了她的量子历史学，我专门去找物理系教授请教了一下午。什么量子纠缠，心灵感应，平行宇宙，全都是胡扯，全都是三流科幻小说的产物。什么是量子纠缠？根本不是很多人以为的远距离感应。两个量子之间根本不存在信息传递，它们只是……打个最简单的比方，就像有一副手套，一只在这里，另一只在纽约，或者火星，或者宇宙尽头，随便哪里。两只手套都被密封起来，不知道左右。但只要打开其中任何一只，我们立刻就会知道另一只是左手还是右手——不管它在哪儿，不管它有多遥远。这才是所谓的量子纠缠。也就是说，即使你把这只手套烧了，对另一只也不会有任何影响。"

"但……也许，那只是一种隐喻性的说法……而且，我觉得她的想法早就有了先例——虽然没她那么极端——比如说史景迁。"

"史景迁？"他脸上露出几乎是怜惜的不屑，"《王氏之死》，对吗？结尾那部分小说似的内心独白？那在史学界就是个笑话，一个耻辱。他根本不是历史学家，他就是个畅销书作家。那些所谓的学术明星。包括你们热爱的黄仁宇。《万历十五年》。哈——"他干笑一声，摇了摇头，喝了口咖啡，似乎已经无话可说。

"但它们的文体很迷人。难道历史学写作不需要文体？"

"不需要。真正好的写作都不需要文体。《圣经》需要文体吗？柏拉图需要文体吗？托尔斯泰需要文体吗？只有海明威需要——有史以来最成功的文学投机分子。只有那种没有灵魂、投机取巧的小作家才需要什么文体。"

"那就是我。"我说。

"什么？"

"我就是那种没有灵魂、投机取巧的小作家。"

他看着我，宽容地笑了笑。"我没看过你的作品，"他说，"所以无从评价。不过李玫好像很喜欢你的小说。她好像被你——被你的小说——迷住了。你知道她怎么说？她说你正在写的新小说是对量子历史学最有力的佐证。"他对着咖啡杯摇了摇头，"我当时简直不敢相信我的耳朵——那是在学院的项目审核会上。这怎么可能申请到项目经费？一个历史研究项目靠一部虚构小说来论证？还是部正在写的小说。这不是疯了吗？"

第十二章 K的平行宇宙（4）：咒语——塔可夫斯基

"因为这个就被关进精神病院？"

"我说过了，这些都是开端。"他皱着眉头，又深吸了一口烟。"异想天开的荒谬理论。申请不到研究经费。学术文章上不了核心期刊。评不上正教授。离婚，独居，孩子远在天边。性格乖僻，人际关系差，处处受排挤。上课学生反响也不行——打分很低——现在不是老师给学生打分，是学生给老师打分。等等。所有这些。如果说她最终的疯狂和崩溃是一座高耸的大厦，那么这些就是地基。"

"究竟发生了什么？那座高耸的大厦……是什么？"

"大厦是一层层建起来的。一开始是在课堂上自残。对学生宣称要在史学研究中引入一个新的维度：情感呼应。为此她当堂用剃须刀片划开手臂，让学生感应她的疼痛——这还不算，她甚至还请学生自愿上台自残，还真有人上台。然后又不顾教研组反对，坚持要用写小说来代替常规考试。她还带领学生组织了个剧团——量子剧团，名字叫——用课堂时间排演历史剧，因为太过投入，导致学生间发生了严重的肢体冲突。总之，一团糟。各种麻烦。最后都是我帮她摆平。这其间还夹杂着几次真真假假的自杀未遂。直到一个月前，一切都达到了顶峰。一次总爆发。"

他停下来，又点了支烟。我等着他继续。一个年轻妈妈带着个小女孩走过来，妈妈穿着牛仔裤，小女孩穿着碎花连衣裙，后者一边蹦跳着走路一边用严肃的大眼睛盯着我们。一直等她们完全经过，他才重新开口。

"一个月前开了次国际史学研讨会,"他说,"级别很高,由我们历史系承办。她说她有论文要提交,要求做主题发言,领导当然不可能同意。事实上,我特意嘱咐她最好不要出现。结果呢?她不仅出现了,而且……"他轻叹一声,"研讨会开幕那天,她赤身裸体,站在会议厅大楼楼顶,要跳楼自杀。"

他坐直身体,然后靠到椅背上。"想象一下。简直是校史上最大丑闻之一。"

"她跳了吗?"

"还不是靠我。"他又没好气地哼了一声(身体随之动了一下)。"我想了个办法。那天我儿子刚好在我身边——他妈出差了——他九岁,我带他来到顶楼,先让他一个人走上天台,对着李玫的背后不停地大叫妈妈——直到李玫转过身,跌跌撞撞地奔向他,一把将他抱住,这时我才跑出去将她制服。"

他抽了口烟,然后眼睛看着手中燃烧的烟头。"希望不要给我儿子留下什么童年阴影。一个九岁男孩,突然被一个光身子的疯女人紧紧搂在怀里。"

"当天就进了600号。"他接着说,"过了一周我又托人把她转到了现在山上的分院……总之,"他把烟灰弹进咖啡纸杯,"要不是我——我儿子——她早就已经摔得稀巴烂。"

"也许她宁愿摔得稀巴烂。"

他转过头看着我。"那是因为你还年轻。"他说,"你今年多大？还没到四十，对吧？等你到了我这个年纪，等你有了孩子，你就知道，没有什么比生命更重要。艺术，科学，真理，什么都比不上活着重要。至少她现在还活着。还有康复的希望。精神病院并没有那么可怕，它被大家妖魔化了，它也就是个医院而已，有病就治，精神病跟肺炎在本质上并没什么区别。而且那个分院很舒服，建在山顶，夏天很凉快，空调都不用，简直就是避暑胜地——就像托马斯·曼的魔山。可能的话我都想住进去。"

"她现在情况怎么样？"沉默了一会儿，我问。

"不好。"他答得干净利落，"那就是为什么我要给你打电话。她拒绝吃饭。说除非见到你，否则什么都不吃。"

我突然发觉自己在控制不住地微微颤抖。我把纸杯放到旁边的地上。我做了几个长长的深呼吸。

"我有个小问题。"我说。他看着我。"在她疯狂大厦的地基中，除了你说的那些，还有没有别的？——比如……婚外恋，作为第三者插足……"

"她告诉你的？"他不耐烦地打断我。他始终有种从容不迫的不耐烦。

我不置可否地沉默。

"是的。"他说，"同样也闹得沸沸扬扬。不过我认为那不重要——至少不是最重要。"

"而那个人就是你，对吗？你就是她婚外恋的对象。"

他似乎吃了一惊，他用冷冷的眼神打量着我。"不愧是小说家，啊？想象力丰富。我根本没必要回答你，但我还是想告诉你：事情不是你想象的那样，我对李玫已经仁至义尽，我问心无愧。我……"他似乎突然忘记了什么——或想起了什么。"……这将是我为她做的最后一件事。总之，你愿意去见她吗？"

"当然。"

"好。"他用皮鞋碾灭烟头，这次没有点新的烟，而是从裤兜里掏出手机。"我给你一个号码。罗医生。我已经打过招呼了。你跟她联系。如果我没记错的话，明天就是探视日。"

他报出号码。我记下号码。

"那就这样。"他站起来，"我们不会再见了。我希望你最好连这次见面也忘掉。"

"好。"

他点点头，似乎表示我回答正确，然后转身大步离去。我看见他边走边低头点烟。

回到家我做的第一件事就是换掉沾满烟味的衣服。第二件事是打电话。

我在她看到我之前看了她一会儿。她坐在一棵枝繁叶茂、常见却叫不上名字的大树下——就像坐在一幅画里，背后是个花木扶疏、小径出没的庭院。她穿着件样式复古的红色波点连衣裙，方领、收腰、五分袖。头发在脑后盘成一个髻，露出优雅白净的脖颈。她呆呆地坐在那儿走神，仿佛沉浸在自己的世界里。腿上放着那本熟悉的棕皮笔记本。

我调整好表情，不紧不慢地朝她走过去。我在她面前站住。我的影子被树影吞噬。

她抬起头。脸上露出欣慰而凄楚的微笑。"你来了。"

"嗯。"我努力让自己微笑。

"来——坐。"她挪一挪身体，拍了拍旁边的花园长椅。就像我是幼儿园小朋友。

我顺从地在她身边坐下。她散发出清淡的香水味。

我们默默地坐了一会儿。从我们坐的位置，能看见医院大楼的一角。一栋不伦不类的七层楼仿西式建筑，外墙被刷成了浅蓝色。我突然意识到她似乎正在聚精会神地等待着什么。她似乎已经忘了我的存在。她直视前方，一动不动，嘴中开始念念有词。天色暗下来。树影瞬间消失。

"怎么了？"我故作镇定。

"嘘！——这是咒语。"她低声说。

"咒语？"

"咒语就是：塔可夫斯基。"

"塔可夫斯基？"

她仿佛根本没听见我说话。她正在低沉而有力地反复吟诵：塔可夫斯基！塔可夫斯基！塔可夫斯基！……

起风了。一阵塔可夫斯基式的风。如同《镜子》开头那阵掠过草场的风。如同看不见的神灵擦身而过的风。源源不断的风。仿佛有灵魂的风。头顶的枝叶,周围的草木,都在随风摇曳,发出一种神秘的摩擦声。我突然感到喘不过气,我大口呼吸,仿佛胸腔变成了风的通道。一股令人毛骨悚然的热流涌遍全身——最后通往眼睛。我竭力忍住。

风停后世界好像变得不一样了。好像有什么——某种能量——被注入了万物之中。除了我。

"你好吗?"她问。我回过神来。

"……我很好。……你呢?"

"我?疯子总是好的——"她再次浮现出那种凄然,但又带着几分讥诮的微笑。"刚才看见了?发疯就要有个发疯的样子。"

"但……为什么?"

"知道那句神秘主义箴言吗?玫瑰没有为什么的问题。发疯也没有。玫瑰就是玫瑰就是玫瑰。发疯就是发疯就是发疯。"

"可是你……"

"不。"她的手按在我胳膊上——手意外的冰,就像块小小的冰印章。"不,"她柔声说,"我叫你来不是为了谈我,是为了谈你。你怎么样?写作顺利吗?"

我不知该如何回答。我耸耸肩。"……老样子。"我说,"还好。在写。写得很慢。"

她的脸仿佛被一束光照亮了,"慢不要紧,在写就好。能……给我看吗?"

我正要回答，她突然轻轻"啊"了一声，"这里没有电脑……"

我从背包里拿出一叠书本大小的打印纸。我喜欢去打印店把写好的章节打在小 32 开的白纸上，这能给人一种看校样的错觉——似乎小说已经注定要出版。

"谢谢！"她探过头在我额上飞快吻了一下。然后她凝视着我，眼睛瞬间蓄满了泪水。

"不——应该我说谢谢。"我站起来，把那叠打印纸轻轻放到她的笔记本上。"你可以现在就看。不长。我去转一圈。"

她微笑着点点头。我也点点头。我对她笑了笑，然后转身走进她背后的庭院。不知为什么，我急切地想离开一会儿。那股热流仍在我空荡荡的体内晃动。我沿着扭曲的小径，机械地迈动脚步。庭院相当大，而且修葺得几乎完美无缺。各种花草、灌木、色彩、形状、高低，都经过精心搭配，却又恍若天然——就像一篇好文章。（"文章是案头之山水，山水是地上之文章。"）谁会想到这是个疯人院，如果不是那些点缀其中的疯子？有条长椅上坐着对双胞胎姑娘，她们紧挨着，一个穿黑色连衣裙，一个穿白色，黑色一直在静静流泪，白色一直在静静微笑。一个西装革履的中年男子抱着一棵姿态优美的红枫，就像抱着自己的爱人，他不时地亲吻树干，并对它窃窃私语。一个白发披散的老妇人快步走过我身边，她狠狠地瞪了我一眼，然后继续一边打手势一边声情并茂地自言自语。在花园尽头的拐角，我看见一个穿园丁制服的侏儒。

他正在修剪一丛绣球花。他娴熟的动作与矮壮畸形的身体形成奇妙的对比。注意到我在看他,他放下手里巨大的园艺剪,用手臂擦了擦额头的汗,然后仰起头冷冷地盯着我。他满脸横肉,看不出年纪。不知为什么,所有侏儒似乎都长得差不多,而且似乎都看不出年纪——既不衰老,也不年轻。

"你别搞错了——我可不是病人!"像所有侏儒那样,他的声音也尖尖细细的。

"花园很漂亮。"

"有什么用?"他脱下手套,用力扔进脚下的杂物筐里。"好花不常开,好景不常在!"他开始收拾工具。

"但好花总会再开。"

"说得好!"他拎起筐子,朝我皮笑肉不笑地咧开厚嘴唇,"所以才需要我!"说完他转身就走——似乎已经忍无可忍。我看着他的背影,看着他那侏儒所特有的,如同节拍器般左右摇摆的步伐。他消失在花园深处。

花园在浅蓝色主楼的前侧,我绕到楼的背面。一条可容两车交会的通道,靠着堵顶端拉着铁丝网的水泥墙,贴墙种着一排高大的水杉。不知从哪儿冒出一个老头,在树下招手让我过去。我左右前后看看,以确定他是在叫我。看来只能是我。他还在不停招手。我不得不慢慢朝他走过去。

"你是新来的?"他和蔼地问。

"对。"我脱口而出。

"你知道我是谁吗?"他笑眯眯的。

我摇摇头。他面色红润，体态适中，穿件丝质的灰色短袖衬衫，银发，微秃。

"大家都叫我院长。"他说，"知道为什么吗？"

我还没来得及回答，他已经接着说起来。"因为——我是这里的元老。而且，怎么讲呢，可以说这里是我一手创建的。你知道这里以前是什么地方吗？"

我配合地摇摇头。

"这里以前是个私营的养老院。生意好得不得了。为什么？环境好，价格公道。但最主要的原因是，这里的老人死得快。一般一年之内，最多两年，就会不知不觉地死掉。所有孝敬都是假的。到了一定时候，没有人不希望自己的父母早点死。这是本能。潜意识。弗洛伊德，懂吗？弑父情结。但多行不义必自毙——最终是我揭穿了他们的阴谋！"他停顿片刻，浮现出凝重而骄傲的神情。"原来他们一直在给老人吃慢性毒药，你知道吗？多么可怕，多么残忍，多么卑劣！幸亏我有丰富的革命经验。经过我的不懈斗争，养老院垮台了，这里被收归国有，才有了现在这个样子。所以这一切都要感谢我，知道吗？没有我就没有你们享有的这一切！"

"所以你是……养老院的最后一名顾客？"

他思索片刻。"可以这么说吧。"

"所以你也是这个精神病院的第一个病人。"

他一副迷茫的表情，随即突然面露狰狞，其间没有任何过渡。

"臭小子！不懂规矩！大家都叫我院长，知道吗？院长！因为我是这里的灵魂！没有我，这里就会一团糟，知道吗？因为我有丰富的革命经验！革命！懂吗？你知道什么叫革命吗？啊？你知道什么叫革——命吗？！"

他的唾沫星子喷到我脸上。

不，我不知道什么叫革命——我也不想知道。

"哈——所以你见到院长了？"她眼里闪过顽皮的光亮。她的眼神似乎比在外面那个世界时更生动。"你还见到谁了？"

我简单描述了一番。

"简直就像爱丽丝漫游奇境，不是吗？"她看着我。

的确。

"用他们的话说，住在这个分院的，都是没有杀伤性的安全患者。大部分是妄想狂。那对双胞胎，我们叫她们哭笑不得：每天一个整天哭，一个整天笑，轮流着来。哭日就穿黑衣，笑日就穿白衣。那个抱树的叫树先生，他不时地跟某棵树谈恋爱。那个喜欢自言自语，跟空气说话的，大家叫她空谈者。你知道大家叫我什么？"

"爱丽丝？"

"教授——大家都叫我教授。"

"那我进来就叫作家。"

第十二章　K的平行宇宙（4）：咒语——塔可夫斯基

"教授，作家，就差向导了。"

"《潜行者》。"我突然想到了什么。"你觉得那个园丁怎么样？我是说向导。"

"你是说那个侏儒？"

"对。"

"他倒是很合适。你看，在我们这儿，最像疯子的倒是正常人。看上去正常的都是疯子。"

"所以——你看了塔可夫斯基？"过了一会儿，她问。

"看了，全看了。"

"觉得怎么样？"

"无与伦比。不过……实在无法想象他是个苏联导演。"

"真正伟大的艺术家，甚至伟大的学者——比如我最爱的历史学家，布克哈特——都是超越时代的。他们对时代根本毫无兴趣。因此时代对他们也毫无兴趣。所以他们常常要么默默无闻，要么命运多舛。梵高，司汤达，塔可夫斯基。太多了。现在有几个人知道布克哈特？"

我就不知道。布克哈特。

"但他们却往往能预言未来。布克哈特预言了纳粹极权。而《潜行者》里那个神秘、禁止入内、充满怪异现象的区，切尔诺贝利简直就是它的翻版，不是吗？还记得区里的那个房间吗？那个可以让人实现内心愿望的房间。"

"最后教授和作家千辛万苦来到房间门口，却不敢进去。"

"你觉得是为什么？"

"他们害怕。"我说。

"害怕什么?你觉得那个房间象征着什么?"

"信仰。"我想了想说。"他们害怕自己被信仰征服。一种理性对非理性的恐惧。就像后来那个向导说的,他们身上信赖的器官退化了。当然……可以有很多种解释。欲望。自我。甚至——爱。"

"对。每个人都可以有自己的解释。但有一点是共通的:那个房间象征着某种非理性的东西。而在我看来,那个东西就是真理。跟人们以为的正好相反,真理不是科学。事实上,真理跟科学毫无关系。现在的科学水平——即使是量子力学——连真理的边都摸不上。真正的真理是非理性的。真正的真理是极其美丽,但又极其可怕、具有极大破坏力的——就像核辐射。所以人本能地畏惧真理,就像人本能地畏惧死亡。只有在一种情况下,真理是安全的。你读过海德格尔那篇《艺术作品的本源》吗?"

我摇摇头。听说过,但没读过。就像听说过火星,但没去过。

"最好读一下。"她说,"在海德格尔看来,艺术作品之所以成为艺术作品——当然,这里是指真正伟大的艺术作品——就是因为它其中含有真理。所以,那是人类接触真理唯一安全的方式:通过艺术。艺术就像个透明的防核辐射的罩子。只有透过艺术,人类才能安全地欣赏真理,感受真理,以及表现真理——因为艺术是由人创作的。"

"叶芝说过，人只能体现真理，不能揭示真理。"

"说得好——但也不是不能揭示。只是揭示会产生可怕的后果。就像让自己直接暴露在核辐射中。你知道揭示真理会发生什么？"

"会发生什么？"

"很简单，就像我这样：发疯。"

我摇了摇头。"不，没那么简单……我总觉得这里有什么阴谋。你知道，我见过他。你的大学同事。他……"

她嘴角漾出微笑。"不，你误解了，不管怎样，我来这里跟他没有关系——至少没有实质上的关系。我的确疯了。我不得不疯。这是我必须付出的代价。因为我做了凡人不该做的事。我越界了。或者你可以说，我触犯了神灵，我看了不该看的东西——我看见了真理，在没有艺术这个保护罩的情况下。尼采也是同样的情况。"

"尼采？"1900年，尼采去世。

"尼采。哥德尔。康托尔。都是一样的情况。我们都受到了真理的核辐射。你知道哪个学科的人发疯最多吗？不，不是艺术家，是数学家，接下来是哲学家。你听说过几个发疯的小说家、画家，或者音乐家？几乎没有。但发疯的数学家可以列上一长串。为什么？原因很简单：这个世界的终极秘密——终极真理——隐含在数学中。你知道哥德尔吧？"

"哥德尔定理？"

"对——全称是哥德尔不完备定理。大致意思就是：在任何一个封闭自足的形式系统里，都必定存在这样一个命题，用此系统内所允许的方法既无法证明它是真，也无法证明它是伪。据说在他晚年，也就是他发疯前后，他声称自己已经通过数学方式证明了上帝的存在。"

"上帝？"

"我们所在的这个世界，难道不就是个自足的形式系统吗？而那个永远无法证明真伪的命题显然就是：上帝是否存在。用我们这个世界所允许的方式，我们永远既不能证明上帝存在，也不能证明上帝不存在。换句话说，我们注定了永远无法解开这个世界的存在之谜，除非我们离开这个系统——那就是死，或者发疯。"

她停顿片刻。似乎毫不费力，她姿态挺拔而自然地坐在长椅上，优雅地架着二郎腿。式样简洁而性感的黑色绑带凉鞋。从旁边我坐的角度，能看见她被连衣裙包裹着的丰美腿形。

"再来看康托尔。"她接着说——仿佛正在大学课堂上讲课。"康托尔不如哥德尔那么有名。但他创立的集合论，正如哥德尔的不完备定理，同样是开创性的。集合论是什么？简而言之，就是关于无穷的概念。关于无限。如果他不发疯才奇怪呢。一个研究无限的数学家，一个揭开了无限之谜——也就是世界之谜——的人，怎么可能不疯？事实上，哥德尔与康托尔的贡献不仅在于数学，更在于哲学。你有没有发现，在以前，哲学家往往同时也是数学家。毕达哥拉斯。

斯宾诺莎。罗素。维特根斯坦。而历史上所有那些大哲学家，即使不发疯，也都不正常。康德终生未婚，生活刻板，当地人都拿他的散步时间来对表。海德格尔，作为有史以来最智慧的人之一，竟然投靠纳粹。叔本华把全部遗产都留给了自己的哈巴狗——从照片上看他们长得简直神似。尼采就更不用说了。他是正宗的、名副其实的发疯。据说在他去世那年，根据不同的时间段，他分别认为自己是凯撒、亚里士多德、俾斯麦、瓦格纳、圣保罗、撒旦，以及上帝。"

"我在哪本杂志上看到过，说有个俄罗斯精神病院，里面有三个人都自称是上帝，经常互相争斗。"

"你知道为什么疯子经常会自称上帝吗？"她看着我的眼睛，"因为在某种意义上，真理、上帝、世界之谜，这三个概念是同质的，甚至可以互相掉换。它们不过是对同一样东西的不同叫法。当然，我并不是说所有疯子都洞悉了真理，但他们的确比常人更接近真理。过于接近，以至于超过了安全距离——那就是他们发疯的原因。"

"好了！关于疯狂就说到这里。"她突然站起来，转过身面对着我，"接下来我们谈谈小说。"

"小说？"

"对啊。小说——你的小说。"她拍拍抱在胸口的棕皮笔记本和那叠打印稿。

不知为什么，听着她这样滔滔不绝——如果说她真的疯了，那她就是世界上最博学，逻辑最清晰的疯子——我似乎被麻醉了，我似乎已经彻底忘记了我的小说，我的写作。而即使现在我又想起了它们，它们也好像突然变得毫不重要。

"在谈之前，我想问个问题。"她说。

我耸耸肩。她的裙子很贴身。只有袖口和裙摆像鱼尾般展开。

"为什么会取李美真这个名字？有什么……特殊的寓意吗？"

"从天而降。"我说，"走在街上，那个名字突然从天而降——就像来自太空的陨石。我差点被它砸到，真的。"

"那你有没有意识到，"她说，"这个名字里含有美丽的真理之意？"

我点点头。"嗯——但那是在后来。而且……我觉得那并不重要。重要的是，这个名字突然神秘而完美地凭空出现在我眼前。"

"而就在那一瞬间，你知道了照片上那个斜眼女人的名字。"

"以及小说的名字。回家我就写了第一章。"

"李。美。真。"她低下头，来回踱步，一边确认似的喃喃自语。"所以，从某种意义上可以说，一切都是从这个名字开始的。"她说。

"不……一切都是从那张照片开始的。"我说，"如果没有那张照片，什么都不会发生。"

"但如果没有李美真这个名字，一切就无法启动。不是吗？"

"那倒是。"我不得不承认。

"你不觉得这很有趣吗？你的第一部小说里所有人物都没有名字，而你的这第二部小说里，不仅每个人物都有名字，而且主角的名字——或许连你自己都没意识到——实际上是整部小说的内在引擎。"她停下脚步。"但这两部小说其实并没有表面看上去那么不同。因为它们享有同一个秘密核心。它们来自同一个辐射源。你新写的这章，"她抬起手中的打印稿，"进一步有力地证实了这一点。"

"哦？"

"我很喜欢你新写的这章。真的。喜欢极了。"她朝我送上赞美的微笑。"那种古文与翻译体相结合的奇妙句式。兼有明清笔记体与电影镜头感的场景切换。以及，在李美真那一贯的冷酷语调中，若隐若现的温柔和哀伤。还有那精彩的结尾部分——令人感到有种奇异的怦然心动。不过，你有没有意识到，结尾场景中那奇特的天气——台风眼，或者说暴风眼——在《不失者》中也出现过？"

"好像……我完全忘了。"被她一说我才想起来。

"所以那不是你故意设置的。你完全是出于下意识。这也很正常。很多作家都会有意无意地重复使用某些意象——比如陀思妥耶夫斯基的所有重要作品里都有癫痫症——而那些意象往往与小说家所迷恋的母题有关。但你有没有想过，你为什么会对台风眼感兴趣？它对你是否意味着某种特殊的象征？"

"甜甜圈。"

"对，甜甜圈——我没记错的话，那是《不失者》中你对台风眼的比喻。甜甜圈。一种儿童喜爱的甜食。而在《李美真》中，它被比喻成一口深井，一种在其内部包裹着液体的环形空间。如果我们把这两个比喻结合起来，就会得出一个更隐秘、更深层、更本质的象征物：子宫。"

"子宫？"

"对。子宫。"她转过身，正对着我。"你不觉得，你所着迷的台风眼，那种奇特的宁静，被环绕其中，置身事外，不管外面的世界是如何动荡不安……那种状态，难道不是很像婴儿在子宫里吗？而且，我还注意到，在两部小说中，台风眼的场景都出现在某种冒险、某段旅程即将展开之前，这很难让人不联想到母亲腹中的婴儿将被迫离开舒适、安全的子宫，前往一个充满危险和变化的外部世界……除此之外，"她说，"我还又想到了另一个与此关联的重要意象：侏儒。"

"侏儒？"我首先想到的是刚才遇见的园丁。

"当然，不是那个园丁。"她似乎能看见我在想什么。"你应该记得，"她说，"《火山旅馆》那篇，其中有个非常重要的角色：一个神秘的侏儒。虽然这个意象只出现过一次，但我几乎可以肯定——我有一种直觉——它以后会再次出现在你别的作品里。也许就是《李美真》。侏儒是什么？简而言之，侏儒就是有着孩子体型的成人，侏儒就是像孩子般的成人。那不正是对《不失者》主人公最绝妙的总结吗？像孩子般的成年人。他拒绝长大，拒绝成为后现代高科技社会中被异化的成年人，他像侏儒一样，停留在孩子的高度——不过不是肉体上，而是精神上：逃避责任，迷失自我，但同时却又能自得其乐，因为他用书本、音乐、性（但没有爱）、美食，为自己建造了一个人工子宫。瞧，又一个子宫。这就是为什么我前面会说，《李美真》与《不失者》虽然从表面看完全不同，但实际上却源自同一个隐秘的核心。当然，我上次在尤利西斯就说过，你的所有作品都有一个母题，那就是自我之谜，就是对自我的迷茫、追寻和注定失落。从《不失者》中的控制记忆，到《苏联》中的苏醒者联盟，再到《李美真》中的催眠术，都与此相关。可是当我刚才看完你新写的这章，看到再次出现的台风眼意象——以及由此引发的子宫联想——我突然意识到，自我之谜也许还只是表象，也许我们应该挖得更深一点，一直挖到自我之谜的源头。或者换句话说，也许真正核心的母题并不是自我之谜，而是自我源头之谜。那么请告诉我，什么是自我源头，自我的源头在哪里？"

"子宫。"我答道。

"没错。子宫。任何一个自我，不管有多么迷失，多么扭曲，它都总有一个源头——那就是子宫。一个女人的子宫。

母亲的子宫。妈妈的子宫。于是,一切都豁然开朗:对子宫的迷恋,对子宫式生活方式的迷恋,显然就是一种终极的恋母情结。"她脸上泛起胜利的微笑。她看上去美丽而性感。她容光焕发。

"这同时也完美地阐释了你小说中的那些女性角色。"她继续道,"我发现,你笔下的女主人公都有个共同点:她们都很坚强,镇静,话语简洁,从容不迫,她们绝不是那种小鸟依人、柔情似水的类型——虽然她们并不乏柔情,并且那种柔情因为极其深沉、内敛、克制而显得更加动人,更加强烈。总之,她们给人一种安全感,一种可以依靠的感觉,一种母亲般的感觉;她们显然就是由恋母情结导致的一种具体化的、想象性的心理投射。比如我最喜欢的一个短篇,《如果我在即将坠机的航班上睡着了》,里面那个有预言能力的空中小姐。比如《礼物》和《奇遇》中冷静、洗练而悲伤的都市女白领。再比如《苏联》中那个中文异常流利的俄罗斯女孩安娜。当然,最极致的例子,就是李美真。在最新的这章,你甚至借金牧师之口直接说李美真让他想到了妈妈。妈妈。所以你看,事情已经很明显:你说过很多次,《李美真》是从一张照片开始的,如果没有那张照片,就没有后来的一切。但为什么恰好是那张照片?它有什么特别之处?我记得我们第一次见面你就说过,那张照片最打动你的,是那个斜眼女人脸上那种镇定、超然到几乎神秘的表情,它让你感到深深的、莫名的安慰,它抚平了你的焦虑——就像母亲抚平

第十二章　K的平行宇宙（4）：咒语——塔可夫斯基

了孩子的焦虑，不是吗？所以，应该说，一切并不是从一张照片开始的，一切都是从一副表情开始的。一副宁静、散发出安全感、如同母亲般的表情。一切都是从母亲开始的。一切，都是从你的恋母情结开始的。"

"但我没有母亲。"我说，"别忘了，我是个孤儿。"

"对。我没忘。你是在孤儿院长大的。但那并不意味着你没有母亲。每个人都有母亲。你只是不知道谁是你的母亲。实际上这点很重要。正因如此，所以你的恋母是一种对象不明确的恋母。所以你的恋母除了表现为对子宫和母性的迷恋，还夹杂着某种强烈的焦虑和失落——因为你不得不求助于各种投射的幻象和替代品（比如李美真）。你没有稳固的归属感。在各种意义上，你都不知道谁是你的母亲，你是多重意义上的孤儿：生理上的，精神上的，文化上的，文学上的。你的作品就是最好的证明：翻译体。西式风格。《不失者》的完全去中国化。以及与之相对应的，《李美真》的尝试中国化。贯穿你写作生涯的自我怀疑、焦虑、挣扎、不安。还记得你是在什么情况下遇见那张照片的吗？是在一个长篇写作计划停滞了近两年之后，是在一种几乎快达到极限的焦灼和崩溃的边缘。我们可以将其看成一种典型的失语状态，一种文学上的口吃。不是吗？你怎么都说不出想说的话。而说到口吃，说到口吃所象征的表达障碍，你能想到什么？提示一下：塔可夫斯基。"

"《镜子》。"我说，"《镜子》的开头场景。"

"对——一开始你会觉得那个片段很奇怪。黑白，风格跟其他部分截然不同，情节也毫无关联，而且还被放在片名和字幕出现之前。但如果你看完了整部电影，如果你看懂了，你就会悟到它所蕴含的精妙的象征意味。首先，为了向我们展示那个十几岁少年的口吃，女医生问他，你从哪里来？于是少年艰难地支吾着说，我来自……来自……来自……你看出这其中的意味深长了吗？他说不出自己来自哪里。他无法叙说自己的来源——也就是自己的母亲。自我起源之谜。而后，在片段结尾，在经过催眠治疗之后，少年终于流畅地大声叫道：现在我可以说了。场景就此结束。屏幕上闪现出巨大的电影片名：镜子。为什么取这个名字？镜子。镜子意味着什么？意味着自我。当我们面对镜子的时候，我们看到的是自己。另一个自己。另一个我。另一个世界。爱丽丝镜中奇遇。现在我可以说了！那个少年欣喜地向世界宣布。那个少年显然就是塔可夫斯基本人——在经历了多年严重口吃般的表达困难之后，他终于可以通过《镜子》这部电影来彻底、淋漓尽致地叙说自己的起源：他的母亲。所以你看，在你的《李美真》和塔可夫斯基的《镜子》之间，有某种不可思议的、奇迹般的巧合：它们的核心都是自我起源之谜；它们都产生于一种口吃般的极度焦虑和表达障碍；更神奇的是，拯救它们脱离这种口吃状态的是也同一样东西——催眠术；（而你在写《李美真》的催眠术时根本还没看过《镜子》，对吗？）然后，最终，它们的结果都呈现出一种强烈的恋母情结。"

"是的，恋母情结。"她一直在边说话边来回踱步，笔记本和打印稿时而抱在腹部，时而背在腰后。"所有关于《镜子》的评论，都在强调它的自传性，但却很少有人注意到其中的恋母倾向。在我看来，它可以说是电影史上最具恋母情结的电影之一。你有没有注意到，《镜子》中的母亲角色，大部分时间都是以一个迷人的少妇形象出现，犹如一枚成熟得恰到好处的水果。她美丽、优雅、性感，而且单身——因为各种原因，战争、艺术、别的女人，丈夫已离她而去。但作为母亲儿子的叙事者，似乎并没有因此而失落，相反，他似乎有一种隐秘的快乐，似乎由此他便可以独占年轻时的母亲——通过他的摄像机。于是我们看到，在那些镜头中，摄像机仿佛在温柔地爱抚着这个美丽的年轻母亲：她金色的发辫，她光洁的脖颈，脖颈上如星座般的几颗黑痣，她的贴身筒裙和宽松毛衣，她穿着法式大衣在雨中奔跑……而除了一个穿军装的背影和被截去上半身的手臂，父亲的影像从未出现过。"

"我们再来看看你的作品。"她停顿一下，"只要稍加观察就会发现，在你的小说里，父亲形象同样是彻底缺席的，母亲形象则是由各个虚构的女性角色投射而成。所以在某种意义上，你们都谋杀了父亲——塔可夫斯基用摄像机，你用笔——并都爱上了母亲。弑父恋母。潜意识中对乱伦的渴望与想象。还有什么比这更弗洛伊德？还记得他那句惊世骇俗的名言吗？任何人要想真正自由和幸福地去爱，他说，就必须先面对与自己母亲乱伦这一概念。在弗洛伊德看来，恋母和乱伦情结是所有爱的关系的原型。这一理论也是他精神分析学的核心。事实上,他正是在精神分析的临床实践中发现了这点:一个女病人将自己受压抑的乱伦情结的对象投射成了治疗她的心理医师,即弗洛伊德本人。注意——这里又有个不可思议的巧合:你知道弗洛伊德的精神分析学源自哪里吗?源自催眠术。弗洛伊德的从医生涯,是从实施催眠疗法开始的。他最早是一名催眠师。甚至可以说,在某种意义上,他一直是个催眠师,就像神婆李美真。

"所以你看—— 一切都连起来了!李美真,催眠术,自我之谜,《镜子》,恋母情结,弗洛伊德,最后又回到催眠术和李美真。一切都连成了一个圆!但这还不够。就像潜行者,我们已经进入了区,但我们还没有进入房间。我们还没有抵达真正的核心。我们必须更进一步。更深入其中。密码仍然藏在《镜子》里。还记得电影中不时插入的那些老纪录片片段吗?斗牛和西班牙内战。苏联航空成果展示。第二次世界大战。原子弹爆炸。中国'文革'。中苏边境冲突。纪实与虚构。抒情与暴力。个人自传与人类自传。个人史与世界史。个人情感与社会情感。秘密就隐藏在这两者的交织、缠绕和对照中。但在揭开这个秘密之前,让我们再来看看两个出现在《镜子》里的著名历史人物:希特勒和达芬奇。在纪录片片段里,其中一个镜头是希特勒的尸体,以及一名摄影师正在拍摄尸体。随后,在交叉的个人片段里,是小男孩在翻看一部达芬奇画册:自画像、岩间圣母、蒙娜丽莎。希特勒

第十二章 K的平行宇宙（4）：咒语——塔可夫斯基

与达芬奇。他们之间有什么共同点？他们都是某种人类极致的表现：希特勒是人类残暴与兽性的极致，达芬奇是人类智慧与艺术的极致。而他们的另一个共同点是：他们都有强烈的恋母情结。希特勒从小到大，都是妈妈的好宝宝——在他的城堡里，挂着一幅他母亲的画像。他无法忍受任何圣诞饰品，只因他母亲死于圣诞树旁。对了，说到这里，我忽然想起《李美真》里金牧师的父亲。就在你新写的这章。如果我没记错的话，这是你迄今为止第一次在小说中直接写到父亲，对吗？可这是怎样一个父亲！他简直就是希特勒的某种镜像：一方面有软弱的恋母情结，另一方面却又犯下了残暴之极的罪行——火烧圆明园。而达芬奇呢？通过弗洛伊德——又是弗洛伊德——的那部杰作，《达芬奇的童年时代》，我们得知，蒙娜丽莎那举世闻名的神秘微笑，正是源于他对母亲的强烈依恋。于是，至此，所有的隐喻、暗示、象征都汇聚到一点，秘密已经昭然若揭。那就是——"

"那个秘密就是——"她停住不动，眼睛注视着我，"整个人类都有恋母情结。恋母情结，是整个人类社会和历史的真正核心。而整个人类所迷恋的那个母亲，就是人类的起源，就是世界存在之谜，就是我们前面所说的，真理。所以弗洛伊德是对的，就像他在《图腾与禁忌》中所提示的，恋母情结不仅是所有爱的原型，而且是一切人类活动的原型。战争，艺术，政治，信仰，爱恨，暴力，柔情，疯狂，智慧，一切。希特勒和达芬奇就是两个最极端的代表。所以人类的恋母既是个体的，也是整体的，但在尼采宣布上帝已死之后，随着达尔文的物种起源，随着科学的进步和信仰的没落，人类作为整体的恋母情结进入了一个新阶段：人类成了一个孤儿——跟你一样——飘荡在无根的宇宙中。人类的恋母没有了确切的对象。那就是现代人焦虑的原因。那就是为什么现代人最大的情感困扰不是恐惧、愤怒，或者嫉妒，而是焦虑。因为我们不知道自己的母亲是谁。我们不知道自己来自哪里。不再知道。以前我们对此有确切的答案——上帝、佛祖，或者别的什么神——但现在我们被抛入了一片虚空。我们的恋母情结失去了依附。于是为了平息和缓解我们的焦虑，我们不得不制造出各种各样的替代品，各种各样的权宜之计，各种各样的后现代对策：大爆炸理论，黑洞，量子力学，星球大战计划，欧盟，核威胁，维特根斯坦，德里达，约翰·凯奇的《4分33秒》，波洛克的行动绘画，《万有引力之虹》，《等待戈多》，花样百出的碎片化社交软件——博客、推特、微博，iPhone3、4、5、6、7——直至无穷，以及，"她举起手中的打印稿，"《李美真》。"

临走之前，她说要带我去一个地方。

一个秘密据点，她说，是那个侏儒园丁带她去的。

"我有件重要的事需要你帮忙。那才是我叫你来的真正原因。"

第十二章 K的平行宇宙（4）：咒语——塔可夫斯基

我问是什么事。

她举起食指放在唇上"嘘"了一声。"进去再告诉你。"她牵住我的手，左右看看，带着我迈进长椅背后的庭院。熟练地拐过几个不可思议的转弯之后，我们来到一片死胡同般的小树林前。树林被一片高大整齐的灌木丛围得密不透风。她带我绕到一个被藤蔓遮蔽的角落。那儿有个被修剪得方方正正的绿色入口，高约一米，恰好能容一个侏儒通过。简直像爱丽丝漫游奇境里的那扇小门。

等我回过神，她已经消失在入口。我连忙也学她伏下身，双手着地，跪着爬进去。

里面豁然开朗。一片近乎圆形的林中空地，大约七八个平方，四面绿荫笼罩，地上是细滑的草坪。恍若一座绿色的……子宫。

出于某种无法解释却又不言而喻的默契，我们悄无声息地面对面弓身侧躺到空地的中央，就像一对双胞胎的胚胎。

我闭上眼睛，感到一阵特殊的疲惫。一阵无比舒适、放松、死一般的疲惫。仿佛回到了母亲的怀抱。仿佛飘浮在温暖包裹的羊水中。当然，这只是错觉。我只是太累了。为了接收并储存李玫那亢奋而精妙的长篇大论，我的思考空间已经被占满了——就像内存耗尽而运转迟缓的电脑。

她轻轻握住我的手。

"我要你帮我弄些迷幻剂。"她的声音遥远而清晰。

"迷幻剂？"我睁开眼睛。

"对，迷幻剂——LSD，致幻蘑菇，随便什么，只要效果强劲就行。你一定知道到哪儿去弄。你一定试过，对吗？"

"我？不，我没试过。"我从未试过任何迷幻剂。我也不知该去哪儿弄。

"真的？"她用手指抚弄着我的掌心，仿佛正在上面写字。"但至少你在另一个世界试过。而且还不止一次。《不失者》。《火山旅馆》。《苏联》。其中都有吸食迷幻剂的场景。"

"但那是小说。"我说，"那是我编的。那是假的。"

"不，不——"她轻轻笑出声来，似乎觉得我太幼稚。"事情没那么简单。还记得吗？我说过，作家会下意识地重复使用一些意象。你为什么会多次写到吸迷幻剂？不，那并非偶然。正如台风眼所象征的子宫，迷幻剂这个意象同样跟恋母情结有关。迷幻剂是通往母亲怀抱的捷径。另一条捷径是宗教。所有的宗教和迷幻剂，其终极效果都是一样，都是要达到一种无我、超脱、天人合一的状态，感觉与天地万物融为一体。因为消失而重生。神秘主义的狂喜。但不幸的是，我们已经失去了宗教，所以我们现在只剩下了迷幻剂。观察一下就会发现，人类史上迷幻剂的全面兴起——上世纪六十年代——恰好也正是宗教全面没落的时期。那就是为什么你会多次写到迷幻剂，因为在你内心深处……"她的声音渐渐低下去，她的手指交叉着插进我的手指，就像恋人那样。"因为在你内心深处，你是如此孤苦无依，如此渴望回到母亲怀抱，哪怕只是幻觉。"

第十二章　K的平行宇宙（4）：咒语——塔可夫斯基

"可是……我不明白，你为什么要迷幻剂？"我正在竭力动用自己最后一点残存的逻辑推理能力。

"因为我想死。"她露出一丝我此生所见过的最凄楚的微笑，"写《美丽新世界》的赫胥黎，你知道他的临终遗言是什么？LSD,100毫克，肌肉注射。那是我所知的最美妙的死法。在极乐中死去。在母亲怀抱中死去。在爱中死去。"

"……也许我们可以换家医院，如果你觉得……"

"不，不——"她摇头打断我，"这里很好。我只是想死。歌德说过，成熟的东西都想死。我成熟了。你明白吗？所以我疯了。因为我已经成熟了，我已经看清了这个世界的秘密，真理，无比美丽而又无比危险的真理。我已经没有必要再活下去。再活下去我就会腐烂。我不想腐烂。我想抓住时机，恰到好处地离开，你明白吗？"她用力握紧我的手，"你一定，一定要帮我。"

"可是……"

"不，不用担心，你一定会找到办法的。"她向我悄然挪近了一点。她始终盯着我的眼睛。"你在那个世界可以做到的事，也必定可以在这个世界做到。不要轻视你创造的那个世界。量子小说，还记得吗？两个世界的互相感应。难道你不觉得，是《李美真》里的超级台风带来了这里的超级台风？"这时我突然意识到四周一片死寂。没有一丝风。每一片树叶都纹丝不动。但空气似乎正在凝滞中静静膨胀，在蓄势待发，在等待即将到来的极度狂暴。

"所以你也要在这个世界试试迷幻剂。"她说,"那对你有好处。当然——不要太多,跟我不同,你在这个世界还有很多事要做。还有许多伟大作品等你去写。而首先,你要写完《李美真》。你知道我唯一的遗憾是什么吗?就是看不到《李美真》的结尾。"

"也许根本不会有结尾。"我说,"也许我永远都写不完《李美真》。"

她握紧我的手突然松开来。她呆呆地看着我,脸上的表情混杂着悲伤、震惊和迷惑。仿佛再也无法忍受,她闭上眼睛,然后又睁开,两颗巨大而完美的泪珠随之流下脸颊。

"哦,别胡说,孩子……"她轻轻抽噎着向我张开双臂,"来,让妈妈抱抱……别怕……让妈妈抱抱……"

意识到时,我们已经紧紧拥抱在一起。我不禁闭上眼睛,轻轻叹了一口气。我再次感到那种特殊的轻松,仿佛终于抵达了目的地,仿佛我是经历了漫长的旅程才来到这一刻。我突然意识到,从遇见她的那一天起,自己就一直在渴望着她。我们紧紧缠绕在一起。她的身体如此绵软、光滑、丰腴,我几乎觉得自己要陷进去,要被它们熔化。我贪婪地感觉着她的腰背,她的大腿,她的小腹,她的乳房,她的脖颈,她的一切。我能清晰地感觉到她感觉到我的感觉。我们的感觉系统已连为一体。世界灼热而宁静。柔重而轻盈。身处子宫的错觉再次涌现。而且这次更为真切、立体。我们仿佛悬浮在半空。她在我耳边的低语——犹如某种幻听——穿过周围包

第十二章 K的平行宇宙（4）：咒语——塔可夫斯基　　233

裹荡漾的羊水，在整座绿色子宫内回响。

"哦，孩子，别怕……抱紧我，对……我知道你怕……你怕李美真，你也怕我，你怕妈妈，因为你想要妈妈，不是吗……哦……所以你一直喜欢丰满年长的女人……你甚至也想要李美真，所以你让金牧师做你的替身……哦……所以你逃避我……因为你怕，因为你对乱伦既渴望又恐惧……你做梦都想要我，对吗？……可是你不敢，因为你不知道谁是你妈妈，所以每个比你老的女人都可能是你妈妈……哦，别怕，抱紧我，对……哦……那就是为什么你写作总不顺利，那就是为什么你无法自由和幸福地去写……因为你不敢面对自己的乱伦……你渴望、恐惧、怯懦、焦虑……所以你不敢写《李美真》，但你必须写……哦，对，抱紧我，别怕……你必须写，你必须继续写，你必须把《李美真》写完……你需要她，正如她也需要你……因为你们要彼此拯救……救赎……自由……幸福……"

她开始瑟瑟发抖。她开始吟诵咒语。

塔可夫斯基。塔可夫斯基。塔可夫斯基。

起风了。风力越来越强。就像神在缓缓调大旋钮。她还在瑟瑟发抖。塔可夫斯基。塔可夫斯基。塔可夫斯基。我把她抱得更紧。我睁开眼睛。一切都在呼啸、扭动、翻转。整个世界都在摇晃。树叶露出淡色的反面，就像绿色子宫被剜开的伤口。

塔可夫斯基。塔可夫斯基。塔可夫斯基。

风力似乎在无止境地增强。各个角度。各个方向。各个层次。我们紧紧抱在一起。放在我们身边草地上的那叠打印稿被吹得在空中四散飘荡。宛如无数扑闪的白鸽。

第十三章

K 的平行宇宙（5）：2012 年 9 月 11 日

我在大风中开车下山。为了镇定情绪，我一路都在听布鲁克纳第七交响曲。庄严缓慢的曲调，神经质般偶尔闪现的甜美片段。窗外是在风中飘移翻滚的森林。仿佛完美的电影配乐。我的身体仍在发出极其细微的颤抖，似乎有弱小的电流在皮肤表面游窜。我的脑中一片空白——不，是没有一丝空白，它都被李玫的话语和肉体充满了。但我突然想到在哪里读过的一则轶事。戈培尔在德国电台中宣布希特勒死讯时，背景音乐用的就是布鲁克纳第七交响曲。因此那段著名的第二乐章被称为"帝国慢板"。希特勒。希特勒尸体。《镜子》。恋母情结。弗洛伊德。催眠术。李美真。火烧圆明园。奥斯威辛。希特勒。一切都连起来了，她说，一切都连成了一个圆。但事实上，一切都混成了一团，就像一团打不开的死结。不，我对自己说，不要再想了，至少现在不要，等一等，再等一等，现在你只要做一件事：全神贯注地开车。

但即使我什么都不想，即使我把全部注意力都集中在开车上，还是有一部分的我停留在刚才那座绿色子宫里。停留在李玫那混合着肉欲和悲伤的拥抱里。这是我迄今体验过的最奇特的性欲。极度亢奋,却又令人心碎。就像乱伦,也许。而且悬而未决。就像一支还在飞向靶心的箭。而汽车平滑的高速行驶更增强了那种未完成感。那种感觉既古老又崭新。仿佛不由自主地被某种力量射向哪里,被拉向哪里。仿佛性欲突然拥有了独立的思考和推理系统——在我决定之前,它已经做了决定。

有什么在我体内积蓄着,荡漾着,等待着,迫切而又耐心。

虽然狂风大作天色阴沉,但直到进入上海市区才开始下起暴雨。毫无过渡地,汽车像突然开进了瀑布。我放慢车速。雨刮器发疯似的摆动。开了很久才开到衡山路的一个十字路口。红灯。租车行往左拐。但在意识到之前,我已经开上了右拐道。右拐过去有家四星级酒店。我以前去过一次。

我把车停到酒店的地下车库,然后乘电梯来到三楼。足浴在三楼的角落。穿过如同火车厢般狭长的,铺着蓝色厚绒地毯的走廊,我的心跳突然开始加速,一种犯罪前的兴奋向我袭来。我感到些微的晕眩。在我巨大心跳声的敲击下,整条走廊似乎都在微微震颤。我稳住并加快脚步。

房间里光线幽暗。眼睛适应之后,我发现一个客人都没有。也许是因为天气。几个衣着暴露的年轻女孩从足浴沙发上懒洋洋地坐起身来。我的视线快速掠过她们。不。我目标明确。然后我转过身,看见我要找的人从里间走出来。

第十三章 K的平行宇宙（5）：2012年9月11日

"嗨，帅哥，要服务吗？"她说。我不确定她记得我——这里我只来过一次，大概在半年前——但我一直记得她。专业术语应该怎么说？领班？老鸨？妈咪？

"都是新来的，喜欢哪个？"她用眼神指指那几个女孩。

我看着她。金色卷发和黑色旗袍。浓妆和皱纹。手臂丰满而白皙。浓郁的香粉味。我再次感到那种轻微的晕眩。"你来好吗？"我快速而镇定地说。

她似乎有些吃惊。"我？"她笑起来，"我不行——找她们吧，我都是老太婆了。"我听到屋角传来几声低笑。

"那就算了。"我说。但我没有动。

"那来吧——"她似乎无声地叹了口气，"我还以为你开玩笑呢。来吧。"她牵住我的手。

结束后我回到地下车库。我感到全身虚脱。现在该轮到另一种液体了。它来自胸口。于是我坐在车里开始哭起来。地下车库是个哭泣的好地方。虽然外面狂风骤雨，这里却宁静得如同被遗忘的墓穴。我不知道自己哭了多久。直到最后我终于被彻底掏空了。我终于成了一具彻底的空壳。确认这点后，我发动了汽车。

这种空壳感持续了好几天。与此同时，外面是疯狂肆虐的超级台风"罗斯"——对，Rose，玫瑰，肉丝——又一个对应，李玫也许会说。（难道你不觉得，是《李美真》里的超级台风带来了这里的超级台风？她说。）我每天足不出户，睡到很晚才起床，用冰箱里剩的胡乱做点吃的，什么都不想做，什么都做不了，无论是看书、听唱片还是看影碟。但那并不是焦躁，而更接近于某种飘浮。我仿佛被一团巨大混沌的云包裹着，在空中漫无目的地游荡。那团云就是李玫的话语。到了第四天，我坐到电脑前，决定把她的话都写下来——从第一次在尤利西斯开始。写得出乎意料的顺利。我写了整整三天，自由而幸福地。写了近两万字。几乎超过了我前五个月的工作量。根据见面次数，我把它们分成三部分，标题分别为：《图书馆的幽灵》，《尤利西斯谈话录》，以及《咒语——塔可夫斯基》。我不知道它们有什么用。它们显然不适合发表和出版，也很难说有什么文学价值——说到底，我写它们只是为了摆脱它们。但不管怎样，我把它们存好档，然后扔进了名为"小说《李美真》"的文件夹。

正是在写完这些对话之后，我开始不得不认真考虑李玫拜托我的事。迷幻剂。自杀。赫胥黎。LSD。我并没有对她说谎，我的确没有尝试过任何迷幻剂（包括最初级的）。我应该帮她吗？我应该尝试一下吗——就像她建议的那样？帮助一个失去正常理智的人自杀，这算不算一种谋杀，一种间接谋杀？而即使撇开这些不说，还有一个问题：我根本不知道该去哪儿弄迷幻剂。

第十三章 K的平行宇宙（5）：2012年9月11日

然后我想到了H。

H是我在报社的前同事，他是跑时尚和娱乐线的专题记者，我们合作过几期封面报道。不知为什么，我们很合得来，虽然表面上看我们风格完全不同。他的偶像是大卫·鲍伊。跟他的偶像一样，他留着高耸的公鸡头，衣着鲜艳而中性，化淡妆，经常出入各种前卫和时尚派对。据说他是同性恋（或者双性恋）。但我们一见如故，合作愉快。我们之间有种天生的、莫名其妙的彼此信任。有次他半夜鼻青脸肿地跑到我这儿住了好几天。我什么也没说，什么也没问。

我拨通了他的手机。

"嗨，老大。"他几乎瞬间就接起了电话。

我们寒暄了几句。然后我问他去哪儿能弄到LSD。或之类的东西。

"急吗？"他问。

"有点。"我说。

"今天几号？"

"几号？"

"OK。"我听见他翻找什么的声音。"9号。"他说，"今天9号。那就是后天。"

"后天？"

"后天11号。后天晚上有个派对。应该会有Dealer。Dealer，你知道，就是卖家。那是个不对外的地下派对，不过我应该能把你带进去。但你可能要化装一下。"

"化装？Cosplay？"我曾经采访过一个Cosplay团体，就是化装成各种电子游戏中的人物。

"有点像。但不一样。这次是化装成各种历史名人。你知道，就是希特勒、达利、梦露、耶稣——诸如此类。据说会来很多老外。派对的全称是……你等等……全称是：世界末日倒计时100天兼纪念9·11迷幻变身派对。"

"世界末日？"9·11？

"对。就是大家都在传的12月21号世界末日。9·11那天刚好是倒计时100天。是不是很巧？其实就是大家找个机会一起high一下。"

我沉默了几秒。

"那是我能想到的最快办法。对你要的东西。"他补充说。

"能不化装吗？"我问。

"……也可以。"他说，"但是会很怪。很醒目。就像一个正常人在一群疯子中间。你知道，那种感觉。正常人反而像疯子。"

"你化装成谁？"

"大卫·鲍伊。"我们异口同声地说。然后我们一起笑起来。

"那你觉得我应该化装成谁？"

"孔子。"他说。

"但没人知道孔子长什么样，"我说，"除了据说很丑。"

他笑了一声。"开个玩笑。"他说，"这样好不好，后天

第十三章 K的平行宇宙（5）：2012年9月11日

我们一起吃晚饭，到时再定，然后我带你去个地方借衣服。不用太担心，本来就是玩。"

"好。那后天见。"

"Sure。后天见。"

挂断电话后我打开窗户，发现天已经晴了。我打开落地门走到小阳台上。阳光灿烂。空气清新。一切都已恢复原状。除了阳台地上有几根折断的树枝和几片碎叶，其他没有任何异样。仿佛什么都没发生过。没有任何迹象表明，世界将在一百零二天后结束。

两天后——2012年9月11号——晚上十点。

进门首先要安检。但你马上就意识到，那是个玩笑，恶作剧，或行为艺术。或三者兼而有之。同时它也不失其功能性。一个金属盒子般的房间（墙壁和地板都是闪烁着幽光的银色不锈钢板），里面放着一套类似机场和地铁的安检设备。入口站着一个身穿超市收银员制服——皱巴巴的白衬衫和红马甲——的中年妇女，表情冷漠而厌倦，她用手里的扫码器扫了扫我们的手腕。（晚饭时H给了我一个上面印着条形码的纸手环，让我粘在手腕上。别弄丢了，他说，否则就进不去了。）在她身后的墙上挂着一幅卷轴的书法作品，被一束射灯照耀着，看上去就像在旅游文化商店里常见的那种，不过上面写的不是"宁静致远"或"风雅"，而是两个遒劲的大字：安检。然后我们走向两个并排的、门框似的电子检测设备。门框后面照例各有一名安检员：一男一女，都身着带S闪电标志、红黄两色的超人内衣和披风，男的肌肉凸起，女的细腰丰乳。他们都戴着佐罗式的眼罩。当我们穿过门框后，它不是发出嘀嘀声或警报声，而是发出一阵阵色情的呻吟声和一连串小丑式的大笑，两者间隔着循环往复，在房间里刺耳地回荡。与此同时，那两个电子门框开始不断闪动着彩虹条纹。我们踏上一个小台子，几乎是自动地双臂平举，就像要被钉上十字架。超人安检员的扫描器和手掌开始在我们身上游走。他们的动作显然受过指导和训练——那像是某种微妙的、几乎具有某种艺术性的抚摸。女超人的手伸进我的长袍。在每个敏感部位稍作停留、按压、挤捏。既像爱抚又像侮辱。呻吟和大笑声突然停止。一片寂静。女超人顽皮而不屑地拍了下我屁股，表示检查结束。

随即，一扇宽大的、表面是金属膜的落地玻璃移门朝左侧缓缓打开。瞬间一切扑面而来：声音，颜色，脸孔。就像走进了一个巨大的飞船太空舱。里面充满了五彩缤纷奇装异服觥筹交错的外星人——不，幽灵。音乐震耳欲聋。一连串鼓点像莫比乌斯带，螺旋上升到极限，然后骤然中止——如同心跳骤停——随即又重新开始。空气中弥漫着一股奇异的香味。

H碰了碰我，说了句什么，我把脑袋凑过去。

"你先随便转转。"他对着我的耳朵说，"我去找找我熟

第十三章 K的平行宇宙（5）：2012年9月11日

悉的 Dealer。"

我点点头。

这就是那种所谓的空中豪宅。巨大的落地窗正对黄浦江，对面的浦东夜景一览无余。装修风格是安藤忠雄加包豪斯再混搭欧式的宫廷巴洛克。清水混凝土的地面和墙壁。天花板赤裸的线路管道。雅致的六十年代家具（巴塞罗那椅，金属茶几）搭配波希米亚式的彩色手工地毯，以及奢华的水晶吊灯，路易十六风格的真皮钮扣沙发，金色镜框和布满花纹浮雕的铸铁壁炉。一棵像树一样高大的奇异植物盆栽（花盆是中国农村常见的那种大水缸）。所有的非承重墙大概都被打掉了，看不见房门，每个房间都像美术馆那样彼此连通。灰色的水泥墙面上挂着风格迥异的绘画和摄影作品。角落里立着日式浮世绘的屏风。总之，无论是家具和陈设，还是散落其间、化装得仿佛来自各个不同时空的宾客，甚至节奏强劲而悠扬的电子乐，都散发出一种神秘而慵懒的气息。一种虽然经过用心安排，但却看不出安排痕迹的精致和随意。一种天生高贵的无所谓。简朴和极奢，禁欲和放纵，拥有和放弃，都是一回事。只需随波逐流。随心所欲。

我穿过房间。没人盯着我看。只有眼神偶尔善意而冷漠的接触。我突然感到一种特殊的安全感——跟在外面时感觉正好相反。如果不是 H 近乎逼迫的怂恿，我恐怕不可能变成这样：变成孔子。H 认为这样既独特又简易。只要把我的长发盘成髻，套上件背后有个大大的"儒"字的长袍，再贴上长长的假垂须。而另一个原因是根据百度查到的孔子画像，孔子和我都有龅牙。所以你看，H在道具店里笑着说，你注定要当孔子。但我的龅牙没他那么厉害，我抗议说，我的很轻微，而且我们体型也不同，我瘦高，他矮壮。而且我也没那么丑（这句我是在心里说的）。H笑得更开心了，没问题，他说，你是青年时代的孔子。

虽然套着一身长袍，我却有种强烈的赤裸感（以及由此而生的羞耻感），哪怕是在封闭的出租车里，哪怕是在上楼的电梯里。但现在，一进入这个空间，我突然莫名地放松下来。而且越来越放松。简直近乎愉悦。我想这大概是因为——后来我才发现其实还有别的原因——在外面我意识到只有自己在公然伪装成别人，所以总感到不安。而在这里所有人都是别人。这里没有自我。放眼望去，我能看到马克思，埃及艳后，孙悟空，黑武士和尤达大师。没看到希特勒。大部分我都认不出是什么角色。只能根据服装：古代盔甲，和服，超短裙，蓑衣，水手服，迷彩服，乞丐装，拿破仑帽……人们三五成群，位置交错流动，如同时空拼贴变幻的万花筒。几乎所有人都在随着音乐不自觉地微微晃动身体。一个咧着血盆大嘴的麦当劳小丑熟练地托着酒水盘，在人群中穿梭。我拿了杯红酒。小丑冲我点点头，仿佛他认得我。当然，那不可能。我忽然明白了为什么有那么多年轻人迷恋Cosplay。为什么自古以来化装舞会都长盛不衰。就是因为这种奇妙的安全感。你成了另一个人。就像穿上了精神

第十三章 K的平行宇宙（5）：2012年9月11日

的防弹衣。你不用再为自己的行为负责。因此你就可以为所欲为——至少在某种意义上。我不禁想起拉斯·冯·提尔的那部电影，《白痴》。一群年轻人故意装成弱智，四处恶作剧，骗吃骗喝，所有人都对他们束手无策。然后一个正在经历丧子之痛的母亲偶然被拉入了这个团体。对于这种装疯卖傻，她从开始的抗拒、震惊到尝试，直至最终沉迷而不可自拔。因为她发现了一个对付悲痛——对付一切——的绝妙手段，那就是发疯，不管是真是假。所以发疯、Cosplay、化装舞会，可以说都是一种不同程度的自我保护，自我欺骗，自我催眠，目的就是为了获得那种抛弃社会角色及其责任的安全感。我突然想到了李玫。她会不会也在装疯？但不管怎样，也许那就是她想自杀的原因。她不想被治好。或被揭穿。她想永远做一个疯子。她想在那种安全感中死去。这个念头，就像那部电影给人的感觉，其中有种令人悲伤的欣慰。

我在几个连通的房间逛了一圈。观察来宾，眺望夜景，欣赏墙上的画和照片。培根的人体和倪瓒的山水。怀素的草书和阿勃丝的畸形人照片和罗斯科的矩形色块。Cy. 托姆布雷的大幅涂鸦旁边是幅精美的文艺复兴风格的圣母像。杉本博司的海。莫兰迪。工笔的古代花鸟。我撩起胡须小口啜饮红酒。我似乎对自己的青年孔子身份怡然自得。我的步态、动作和表情都与平常有所不同。似乎多了几分沉着和威严，同时又不失逍遥自在—— 一种莫名的轻松和愉悦在我体内荡漾。但这并不仅仅是因为孔子。在某一刻，我突然意识到我的感觉系统正在发生变化。一种表面上自相矛盾的变化。一方面，我的感官似乎变得迟钝、迟缓，就像电影场景的慢镜头——擦肩而过的面孔，一抹微笑，转身的动作，交换眼神——本来转瞬即逝的画面要停留数秒才缓缓消失。但另一方面，我的味觉、听觉、视觉和触觉又变得更加敏锐——敏锐得近乎锋利。红酒，音乐（现在放的是爵士，毫无过渡地时而悠扬时而激烈），墙上的艺术品，甚至中央空调的冷风，都显得前所未有的美妙、真切，层次清晰，丰富而深邃。原因……就在于那股奇异的香味。它隐隐约约，却又如影随形。那是摆在各个角落燃烧着的某种特制熏香，跟弥漫在整个空间的奇特烟雾相混合的产物。空气仿佛被烟雾涂染了一层极为浅淡的蓝——所谓的爱丽丝蓝。据说来自罗斯福总统的女儿爱丽丝·罗斯福，是她为时尚界独创了这种配色。那是以前我在图书馆为一个短篇小说查资料时看到的。

我背后方向传来一阵大笑。我不自觉地（同时又是慢吞吞地、半带恍惚地）转过头。几个身着彩裙，头戴花环的高挑女郎正围着一个精壮矍铄的老头。也许他只是化装成老头。我不知道。他一头乱糟糟的卷发，大半张脸都被灰白虬生的络腮胡占据了，身上的服装则像是丐帮乞讨服和罗马元老院长袍的杂交，肩上斜挎着只黑色的大布袋，腰间系着条粗草绳，光着脚，露出青筋暴突的小腿。他正在说着什么，周围的女孩儿们不时发出欢笑声。她们既像是他女儿，又像是他情人。而他稳稳地光脚伫立在那儿，似乎散发出某种古老而智慧的光芒。他扮演的是谁？苏格拉底？柏拉图？

但我很快发现了一样更吸引我的东西。穿过他们衣服的缝隙，我看见在他们身后的墙上似乎有面书架。五颜六色的书脊。就像终于看见了一个熟人，我绕过所有障碍，缓慢而坚定地朝那边走去。的确是个书架。并不太大，像是单身公寓里用的，高度跟我身高差不多，所有隔档和空隙都塞满了书。不过书架的材质有点奇特，既不是木头也不是金属或胶合板，而是一种坚固的透明有机玻璃。两束射灯从顶部打在透明的书架上，让那些书看上去像是凝固飘浮在空中。其中英文书跟中文书大概各占一半。海德格尔。福柯。《忧郁的热带》。《金枝》。《道德经》。维特根斯坦。尼采。康德。罗兰·巴尔特。奥威尔日记。中国小说史略。卡夫卡传。宋词选。歌德谈话录。里尔克诗集。拉金诗集。《霍桑与梅尔维尔》。《列宁哲学笔记》。《宗教经验种种》。《圣经》。《薄伽梵歌》。《寒山诗》。《博尔赫斯谈话录》。《瑜伽论》。《意识的宇宙》。等等。我突然意识到这里没有小说。一本都没有。不，有两本——但准确地说还是一本：《鲁滨逊漂流记》的英文版和中文版。

我抽出一本薄薄的《精神分析与宗教》，作者是埃·弗洛姆。但就在那本书离开书架的一瞬间，整个书架开始闪烁。闪烁的彩虹色条纹沿着书架的有机玻璃外壳开始不断循环往复。我不禁呆在那里。到底发生了什么？整个书架现在就像个奇妙的霓虹灯箱。那些书在变幻的霓虹照耀下，衬着后面的水泥墙面，仿佛成了一座前卫的装置雕塑。正当我迷惑而又不知所措的时候，刚才那个老人走过来。他对我笑笑，然后从他的黑色大布袋里掏出一本白封皮的书塞进书架。闪烁停止。书架恢复原状。

"这是 J 的早期作品。"他说。

"作品？"

他用下巴指指镶在旁边墙上的一个金色小方块。我本以为那是个金属开关面板，凑近看才发现上面用花体的中英文刻着几行小字：

> 书架 Bookshelf
> 纪念余世杰（1975—2001）
> In Memory of John Self（1975—2001）

"根据 J 的说法，"那个老人说，他双臂环抱，双脚叉开，稳稳地站在书架前。"根据 J 的说法，这个书架——至少是书架上的这些书——属于他哥哥，也就是余世杰。他们兄弟俩是中美混血儿。他们的父亲是个研究古希腊文化的大学教授，'文革'前逃去了美国，后供职于耶鲁，娶了一位同样研究古希腊的美国女学者。当然，这些都是 J 说的，谁也没考证过。根据 J 的说法，虽然在有生之年并没有发表出版过任何作品，但他哥哥是个极有天赋和抱负的青年小说家。这个书架就是来自他哥哥当年在纽约的小公寓。就在那间小公寓，

第十三章　K的平行宇宙（5）：2012年9月11日

在他27岁那年，也就是9·11发生那年，不知是出于对人类的绝望还是对文学的绝望，或者两者皆有，他开枪自杀了。手法跟海明威一模一样。"他用手做成枪的样子，对准自己的嘴。"砰——刻薄一点说，这也许从另一个侧面反映了他的抱负，也许他没法写得像个大作家，但至少他死得像个大作家。"他又恢复了双臂环抱的姿势，脸上还残留着一丝戏谑的微笑。他赤裸的胳膊很健壮，肌肉分明，大概长期去健身房。

"不过这些都不是重点。"他接着说，"这些都是背景——当然，对这个作品来说，背景很重要。不可或缺。但它真正的重点在于，这个书架只能放一百本书。不能多也不能少。根据J的说法，这是因为他哥哥为自己的书架制定了一个类似行为艺术般的奇妙规则，那就是他的藏书永远都必须保持在一百本。换句话说，如果他要看一本新书，就必须先扔掉一本旧书。但这并没有听上去那么简单。事实上，那难得要命。特别是对于一个真正爱书的人。那需要一种极度的克制。"他停顿一下，"你把手里那本放回去看看？"

我照做了。书架立即又开始闪烁。老人开心地嗤嗤笑起来："简直像个大玩具，不是吗？"的确。我们站在那儿又欣赏了一会儿霓虹书架。然后他把之前塞进去的那本抽出来，放回自己的黑布袋。闪烁消失。

我突然想到了什么。

"进门的那个安检，也是J的作品，对吗？"我问。安检那个电子检测的门框同样也是有机玻璃的，同样是循环闪烁的彩虹条纹。

"对，"他点点头，"那是他比较新的作品。参加过威尼斯双年展。还不错。延续了他一贯的风格。仍然是散发六十年代嬉皮风格的有机玻璃和彩虹光纹。仍然是用玩笑、讽刺和游戏来解构重大深刻的主题。仍然要求观众的互动参与。仍然具有高度的即兴感……和流动性。观赏性。你瞧，从屋里看过去，"他身子没动，只是稍微扭了扭头，"那个安检入口就像个巨大的玻璃缸，或者一面墙的屏幕。"他说的没错，那扇玻璃移门有层特殊的膜，只有从里侧看是透明的。"但怎么说呢——"他挠了几下胡子，"我还是更喜欢他早期的作品。更动人。更微妙。层次更丰富。比如这个书架。新作品太政治化了。太贴近时事。从而丧失了某种……更本质的东西。"他从书架上又抽下一本书，《保罗·策兰诗选》。彩虹闪烁。"当然，"他一边翻书一边说（彩虹照亮了那些诗行），"他也因此获得了别的东西。金钱。名声。画廊和双年展。"他合上书把它放回书架。彩虹消失。

"据说今晚他会发布一个最新作品。"他说。

"今晚？在这儿？他也来了吗？"

"当然。这是他的房子。派对就是他策划的。说不定这派对就是他新作的一部分。最近一直在流传他要推出一个大型综合作品。用他自己的话说，一个不是多媒体，而是超媒体的终极作品。说不定我们都是他作品的一部分。很有可能——瞧我们这副鬼样子,哈!对了,"他转过头,嵌在皱纹中的眼神既柔和又闪亮,"你这身是……?"

"孔子。"

"啊——对,孔子。"他张开嘴,似乎恍然大悟。"儒家。……你猜猜我是谁?"他嘴角露出狡黠的笑意。

"苏格拉底?"

他满意地摇摇头。他伸出手指点了点书架上的一本书。

"鲁滨逊?"

"怎么样?不错吧?"他张开双臂,低头看了眼自己。"我自己设计的。用一只美国的老式邮袋。他们都说我应该跨界去做服装设计。"

"Cool。"确实不错。很像那种米兰时装秀上的衣服。而且跟他的气质很配。有种优雅的粗野和随意。

"哈——妈的,听孔子说Cool真是太酷了!"他叫道。

我意识到自己在微笑。事实上我一直在微笑,虽然我并不想微笑。都怪爱丽丝蓝。我必须抓住点什么才能不沉下去。不被淹没。随便什么——随便什么漂到眼前的东西、问题、思路。就像鲁滨逊。对,鲁滨逊。

"你刚才说这个余世杰……是个很有天赋的小说家,对吗?"

"不是我说的。是J说的。"

"但这个书架上……好像没有小说——除了《鲁滨逊漂流记》。你不觉得这有点……奇怪吗?一个不读小说的小说家?"

"哈——你的眼睛很毒啊,果然不愧是孔夫子。对。没有小说。除了《鲁滨逊漂流记》。你知道是为什么吗?"

我缓慢地摇了下头。

"因为《鲁滨逊漂流记》是第一部真正意义上的长篇小说。当然,之前有荷马史诗,有莎士比亚,但就长篇小说而言,《鲁滨逊》可谓是开天辟地的首创之作。据J的说法,那就是为什么他哥哥的书架上只有这一部小说——他甚至宣称自己只读过这部小说——因为他不想受到任何别的小说家的影响,他的目标是写出一部像《鲁滨逊》那样创世般的、前所未有的作品。"他哼了一声,既像嘲讽,又像惋惜。"在我看来,"他接着说,"那很可能就是他最终自杀的原因。因为那不可能。那是 Mission Impossible。没什么能凭空出现。也没什么能完全脱离传统。就像没有人不是从娘胎里掉出来的。每个人都有父母。哪怕他不知道父母是谁。哪怕他是个孤儿。而且越不知道就越想知道。所以才有各种千里寻父记、万里寻母记。因为人都有一种寻根倾向。"

我就没有。我在心里说。

"艺术也一样。"他继续说道,"文学。每个艺术家,每个作家,都有自己精神上的父母。即使有时候他没意识到,或者不承认。但到了某个阶段,他也必然要面对这种寻根情结。甚至整个人类都是如此。难道不是吗?我们永远在追问世界的起源。我们为什么会存在?我们到底来自哪里?为此

第十三章 K的平行宇宙（5）：2012年9月11日

我们发明了耶和华、佛祖、外星人和宇宙大爆炸。但我们永远得不到一个确切的答案。而其实答案很简单：世界的起源就在那边——"他指向不远处的一只绛红色长沙发，之前跟他一起的那四个彩裙花冠的美女正歪在沙发上……"世界的起源就在那些姑娘的双腿之间！哈——哈哈哈——"他大笑起来，一边笑一边用力拍打身上的美国邮袋。

"这不是我说的，是伟大的巴黎公社无产阶级画家库尔贝说的。你知道他那幅画吧？世界的起源。一个丰腴的裸女张开双腿。浓密的黑色像团墨汁似的。那就是世界的起源。那才是世界的起源。真是绝妙。"他笑着摇头，"库尔贝。走——"他一把揽住我的肩膀，"我们去世界的起源那儿休息一下。"

他将我带到沙发前。"姑娘们，给孔夫子让个座！"他一边大叫，一边几乎是强行把我和他自己塞进了四个女孩中间。女孩们发出一阵嬉笑，好像我们在玩什么游戏。沙发出乎意料的软。就像坐进了一朵云。同时既深陷，又飘升。右侧女孩那温热而有弹性的身体贴着我的长袍。

"孔夫子……跟孔方兄……有什么关系？"她脸上带着迷离的微笑。

"父子关系。"我脱口而出。

"……父子关系。"她喃喃重复道。似乎一时没反应过来。过了一会儿大家才都嗤嗤笑起来。

"那……谁是……父亲，谁是……儿子？"她表演性地皱起眉头。

"互相。彼此。"我再次脱口而出。

沉默了片刻。然后在老人的带领下,大家开始狂笑。老人再次用手掌拍打邮袋,发出嘭嘭的声音。

"好一个互相彼此!"他叫道,"孔夫子和孔方兄……互为父子!真是太妙了,妙极了!"他探身抓起前面茶几上的一只葡萄酒杯。他高举酒杯。"让我们为中国最伟大的一对父子,孔夫子和孔方兄,干杯!"

于是我们都胡乱抓起面前的酒杯——我根本分不清哪个杯子是我的,不过反正也无所谓——然后一边喊着"敬孔夫子和孔方兄"一边互相碰杯。有人在向我们这边看。但我觉得没问题。因为在这种状态下什么问题都不成问题。而且一切都被音乐分解了。溶化了。吸收了。一切都成了音乐的一部分。

现在已经不是爵士乐。现在是一种海浪般浑厚绵延翻滚的低频电子乐。我们都重新瘫回沙发上。谁又卷了支新的烟卷,开始来回传送。我不时产生一种幻觉,仿佛我们正躺在海底,被一股股交叉穿梭的洋流拍打着,冲击着,托送着。

各种念头像闪烁的银鱼般在我眼前掠过。我伸出手抓住其中一条。

"《金瓶梅》。"我突然大声说。

"什么——《金瓶梅》?"鲁滨逊正在接过旁边女孩传给他的烟卷。

"《金瓶梅》和鲁滨逊……哪个早?"

"应该是《金瓶梅》。怎么了?"他吸了一口,把烟卷递给我。

"那为什么,你说鲁滨逊是第一部长篇小说?"我也吸了一口。尽量把烟雾完全吞下去,那是 H 来之前教我的。一阵辛辣。我旁边的女孩头靠着我的肩睡着了。我越过她把烟卷递给另一个女孩。

"而且,作为小说,难道《金瓶梅》不比鲁滨逊伟大吗?"我继续道,"而且《金瓶梅》的主题就是世界的起源,不是吗?"

他笑起来。"那倒是。库尔贝意义上的。这种说法倒是很妙。《金瓶梅》。世界的起源。哈!"他沉吟片刻。"至于为什么说鲁滨逊是第一部长篇小说?因为——"他调整了下姿势,"因为这句话里省略了一个限定词。准确的说法应该是:鲁滨逊是英语文学中的第一部长篇小说。但这种省略是合法的。因为你看,《鲁滨逊漂流记》出版于 1719 年,五十年后,英国人瓦特发明蒸汽机,以此为标志,第一次工业革命爆发,而几乎与此同时,是同样始于英国,在法国达到高潮,最终席卷整个欧洲的启蒙运动。如果你仔细观察一下就会发现,这三者之间有某种有机、甚至神秘的联系。鲁滨逊讲的是什么?是一个人荒岛求生的故事。是一个人独自面对自我与世界的故事。只有一个人。没有亲人、朋友、同事。没有任何社会关系。荒岛就是他的伊甸园。他就像个新亚当。

他也有个新上帝,那就是——自我。所以,《鲁滨逊漂流记》的首创不仅是在形式上,也是在精神上,它就像某种神谕或先知,预言了即将到来的巨变:通过工业革命和启蒙运动,人类第一次实现了肉体和精神的双重解放。上帝死了。或者至少是退休了。接班的是我们自己。是我。人类从此进入了个体主义的新时代。这个时代一直延续至今。虽然也已经快走到头了。而与之相对应的,是英语文明的中心统治地位也一直延续至今——以前是英国,现在是美国。"他停下来,接过我递给他的烟卷。

"那么……"我说,"也就是说,伟大的小说……能预言未来?"

他摇摇头,把烟卷传给下一个女孩。"我觉得,与其说是预言,不如说是潜意识。如果我们把时代看成一个人,一个活的整体,那么一个时代的文学,就是一个时代的潜意识。那就是为什么文学——尤其是小说——往往能产生某种神奇的预言效果。因为它的作者探测到了时代最深层的潜意识。而正如弗洛伊德所指出的,其实是潜意识引发了我们所有的行为。"

"但在我看来,小说家不是弗洛伊德,也不是精神分析师。"他接着说道,"在我看来,小说家更像巫师、神婆,或者萨满。他们都要求技巧与直觉的完美结合。他们都是通灵者。他们的直觉如此灵敏,以至于他们的无意识与时代的无意识产生了某种共振,某种量子纠缠般的神秘关联。因此,

第十三章 K的平行宇宙（5）：2012年9月11日

笛福无意中用鲁滨逊预言了西方的崛起，而同样地，《金瓶梅》——以及后来的《红楼梦》——则在无意中预示了东方的没落。这就是为什么虽然《金瓶梅》比鲁滨逊写得更早，甚至在艺术手法上也更高超更精妙，但我们仍然会说，鲁滨逊是第一部真正意义上的现代长篇小说。因为归根结底，《金瓶梅》也好，四大名著也好，都缺乏一种现代精神。"

我微微闭上眼睛。我再次产生了那种置身海底的感觉。而且我们已经沉入更深的海底。音乐在我们遥远的上方轰鸣。四周幽静，老鲁滨逊的话就像敲击键盘那样一句句输入我脑中。

"这一点，只要对比一下它们的内容就一目了然。鲁滨逊讲的是一个人的故事，处理的是一个人与自己，与自我的关系。而《金瓶梅》，《红楼梦》，《水浒》，《三国演义》，讲的都是一群人的故事，处理的都是一个人与他人的关系，与社会的关系。自我是缺席的，自我这一概念仿佛根本不存在。从唐传奇到三言二拍，从《金瓶梅》到《红楼梦》到《聊斋志异》，无一例外。所以中国古典文学里没有我与我，只有我与他人。那正是封建农耕时代的潜意识：自我的隐形。而它在哲学上的具体表现则就是您老人家——"他碰碰我的肩膀，"孔夫子的中庸之道。何为中庸之道？压抑自我。中国文人向往的最高境界是什么？天人合一。总之，就是要让人消失，让个人消失，让自我消失。而工业和机器时代的要求正好相反。它要让自我凸显。个人至上。所以，中国的没落可以说从笛福写出鲁滨逊的那一刻就已经注定了。清朝腐败,鸦片战争,火烧圆明园,都不过是必然中的偶然。"

"火烧圆明园?"我心里一动。那似乎让我想起了很久以前的什么事。但我已经忘了是什么事。

"火烧圆明园。或者火烧故宫。火烧颐和园。火烧随便哪里。烧哪里并不重要。重要的是它迟早要发生。必然要发生。注定要发生。因为在各种纷繁的表象之下,其核心的、近乎无意识的诱因是不变的。而同样也是一个作家,通过小说,敏感地捕捉到了这个秘密。"

"……谁?"

"鲁迅。鲁迅与鲁滨逊。他们都姓鲁——哈!这世界充满了奇妙的呼应。但就个人而言——"他又抱起了胳膊,"就个人而言,我并不喜欢鲁迅。太政治。而且在我看来,他始终是个不充分的作家。比较一下托尔斯泰,莎士比亚,陀思妥耶夫斯基,雨果。但也许先知型的作家就是如此——笛福也是个不充分的作家。但这并不妨碍他们的伟大。想想看,在孙悟空、西门庆和贾宝玉之后,中国文学里还有什么真正留下来的人物形象?阿Q。孔乙己。而《孔乙己》仅仅是他用白话文写的第二个短篇。你知道他写的第一篇白话文小说是什么?"

我摇摇头。

"《狂人日记》。一个疯子的日记。发疯——难道不正是自我凸显的一种极致表现吗?再来看孔乙己。光是这个人名就充满了意味。孔乙己。鲁迅为什么要取这么个有点怪异的名字？是的，小说里说了，这是个外号，来自学书法的描红纸上几个毫无意义的连字：上大人孔乙己。但真的毫无意义吗？在我看来，它不仅有意义，而且是那种弗洛伊德式的，深藏于下意识中的隐秘意义。"他停下来——烟卷又传到了他手里。他深吸一口，然后闭着眼睛把烟卷递向我。

"哦，这真是个好东西……"他仿佛在喃喃自语，"直觉之门。正如赫胥黎说的，就像打开了直觉之门。无数的奇思妙想。琳琅满目。随手可得……应该有人把我说的都记下来……"

"孔乙己。"我不自觉地轻声重复道，"孔乙己。"简直就像咒语。孔乙己。塔可夫斯基。

"孔—乙—己。孔就不用说了。那就是你。"他又用肩膀碰碰我，"孔子。孔孟之道。一个几乎可以代表整个中国文化的姓。己显然就是自己。自我。再就是这个奇妙的乙字。从字义上，甲乙丙丁，意味着大家、众人。乙己，即群体与自我。从发音上，乙类同一个的一和压抑的抑。一个自我。压抑自我。从字形上，乙己两个字极为相近，而且组合起来令人想到中国古代天干地支的纪年法。你知道，就是那种乙亥，丁卯，戊戌——戊戌变法。事实上，乙和己本身就都属于十大天干。所以你看，仅仅用一个人名，鲁迅就指出了中国最根本的问题所在。那就是自我。那就是对自我的压制。忽视。抛弃。孔乙己。这个名字就是一个密码。一个谜语。

一个诅咒。"

"再来看看你这个孔字。"他把双手枕到脑后,头靠在沙发上。"孔。孔这个字让你想到什么?除了孔子。"

"小孔成像。"我脱口而出。

"哈!小孔成像。墨子。摄影的先驱。人类对再现这个世界的最早尝试。但为什么小孔可以成像?因为孔这个字的本质。或者说,它最基本的、物质层面上的含义。孔是什么?孔就是洞,就是 hole,就是中心为空无的圆环——这样光才能穿过。一切才能穿过。孔就是这个——"他吸了一口我传回的烟卷,然后朝空中吐出一个大而完美的烟圈。"孔就是烟圈。甜甜圈。枪口。嘴。世界的起源。"

台风眼。

"总之,孔就是空。"他说,"甚至连它们的发音都一样,不是吗?孔——空。为什么从来没人提到这点?难道我是第一个发现这个秘密的?哈!孔——空。那就是为什么中国文化,中国哲学的精髓都浓缩在孔这个姓氏里。因为孔就是空——无论是从发音上还是字义上。为什么佛教能在中国大行其道,而基督教就不行?就因为佛教与我们的精神内核一致。四大皆空。空即是色,色即是空。中国人甚至将佛教的这种虚无更推进了一步。我们发明了禅宗。本来无一物,何处惹尘埃?因此佛教的本质是一种空无,一种让欲望消失的技艺。基督教则正好相反。它的图腾是一具挂在架子上的,血淋淋的、实实在在的尸体。它的手段是用引诱和恐吓——

末日审判，天堂和地狱——来对欲望进行打击、压制。这两种宗教的区别，其实也就是东西方哲学的区别。一边是空无、混沌、人情世故。另一边是实在、逻辑、制度。这种区别体现在所有方面。为什么西方绘画中最常见的题材，裸体，在中国画中却几乎绝迹？取而代之的是幽寂的山水，飘渺的云烟，即使有人置身其间，也小如芥子，微不足道。为什么四大发明都源于中国，但工业革命却发生在西方？很显然，正是这种精神上，或者说灵魂上的区别，导致了——也注定了——东方的衰落和西方的崛起。因为机器需要实体，需要明晰，需要效率。空无之道只适合原始社会和封建社会，而资本主义需要实在之道。资本主义需要释放欲望，刺激欲望，张扬欲望——于是基督教也没落了。现在西方的新图腾，全世界的新图腾都是：金钱。Money。孔方兄。"

他艰难地坐起身，随便抓起茶几上的一杯葡萄酒，仰头灌了几口。他放下酒杯，一边忽然想起什么似的举起一根手指。"对！孔方兄——"他转过头，用明亮的目光看着我。"又一个洞！为什么叫孔方兄？因为铜钱中间有个小方孔。哈！你看，中国的钱甚至也是空的！这其中难道没有某种寓意吗？这难道不是某种弗洛伊德式的全民族下意识的表现？不管它有什么实际用途。"他躺回沙发上，对着空中摇了摇头，似乎对自己的发现感到不可思议。"除了中国，世界上还有那个国家的钱币中间是空的？绝无仅有。至少我一个也想不出。这再次证明了我们中国人对空的迷恋。而且这种迷恋已经深入骨髓，已经深入最深的潜意识。"

烟卷又传到了他手里。他深吸了一口，没有丝毫烟雾漏出来。

"不知为什么，我会想到世界大同。"他把烟卷递给我，"那种人与人之间的纯净感。那种欢乐、柔缓、温馨。所有人都是兄弟姐妹。彼此心无芥蒂。天下一家。按需分配。你有没有注意到一个现象？"他挣扎着将身体坐直一点。"只有在这时，人们才不介意吮吸陌生人的唾沫。口水。这是为什么？"

我看了看手里还剩下一小截的烟卷，它的一端已经被口水濡得发黑。被大家的口水。

"有种说法是因为它能消毒。无稽之谈。即使真的如此，那也一定还有别的更本质、更深层的心理原因。在我看来，这同样跟自我有关。资本主义启蒙了自我，解放了自我，但也必将扭曲自我，异化自我。这种异化的重要表现，用福柯的说法，就是精神病院的设立和对个人卫生的高度、乃至变态的重视。在现代文明社会，吮吸他人口水是一种极其可怕、近乎大逆不道的行为。它只能限于最亲密的关系中。爱人接吻。父母吃孩子吃剩的食物。为什么我们在这里可以突破这一界限？因为在这里我们能抹去自我，让天下大同，从而实现耶稣的教诲：爱人如己。因为已经没有自己，因为它带我们飞升，把我们带往一片空无。对，空无。印度。空无哲学的发源地。而最早让它风靡全球的，是西方六十年代的嬉皮

第十三章 K的平行宇宙（5）：2012年9月11日

士运动。那是东方对西方的一次全面文化入侵。老子。道德经。瑜伽。薄伽梵歌。禅宗……不幸的是，嬉皮士运动最终失败了。它也必将失败。因为它没有资本的协助——它是反资本的。只有迷幻留了下来。迷幻，是帝国主义大厦坚实地基上一道细微、但却不可忽视的裂痕。"

也许是因为他的口水理论，我没抽就把手里的烟卷递给了旁边的女孩。她刚刚醒了。我也抽够了。现在只要一合上眼睛，我就会像火箭发射那样，被一圈圈光波托送着飞向太空。事实上，我发现这种感觉很像醉酒。但最大的区别是，醉酒会让你感到头腹沉重，而我觉得无比轻盈。我仿佛已经抛弃肉身，变成了纯粹的灵魂。而与此同时，老鲁滨逊继续在我耳边滔滔不绝。一个个句子像一长串蚂蚁依次进入我耳中。

"除此之外，"他接着说，"共同吮吸某物，显然还有某种精神分析学上的意义。你一定看过昆汀的那部《低俗小说》。你也一定记得其中那个著名的情节：藏在肛门中的金表。这只金表，是布鲁斯·威利斯扮演的那个拳击手的父亲留给他的传家宝。在越战中，为了保住金表，他父亲及其战友曾不得不将它藏在肛门中。这只屁眼里的金表，既是父权和国家荣誉的象征物，又是推动故事发展的核心线索。正是因为忘了拿金表，准备逃亡的拳击手才又冒险回到公寓，从而引发了随后的一系列变故：先是他开枪打死了正在他公寓埋伏的杀手——杀手正坐在马桶上拉屎，可能才拉到一半；然后是与仇家黑老大狭路相逢，最终导致了黑老大被一个变态警察强暴。所以这三件事都与肛门有关：金表、拉屎、强暴。这显然是昆汀对弗洛伊德肛门期理论的一种后现代戏仿。OK，这点很明显，很多人都看出来了。但我怀疑有几个人能看出来，其实相对应地，电影里同样也出现了三处对弗洛伊德口欲期理论的戏仿——而具体说来，那就是共同吮吸某物。"

"头两处吮吸都与两样极其美国的东西有关。甚至可以说，它们就是美国的象征。想想看那会是什么？帝国大厦和自由女神？不。惠特曼与海明威？不。西部牛仔和花花公子？不。它们是——"他打了个响指。"汉堡与可乐。两个杀手，朱尔斯和文森——文森就是后来在马桶上被打死的那个——奉黑老大命令——老大就是后来被强暴的那个——去杀几个背叛他们的毒贩子。在执行枪决前，朱尔斯拿过其中一个毒贩子没吃完的汉堡，津津有味地咬了几口，然后又拿起可乐，就着同一根吸管嗞嗞作响地喝起来。在镜头中，他一边冷冷盯着那个即将要被自己杀死的人，一边用力吮吸着对方的口水。这是第一处。第二处是文森在陪黑老大的情妇蜜儿吃饭。对——就在那场名垂影史的双人对舞之前。"说到这里，他扭动了几下。"总之，"他接着说，"蜜儿点了汉堡和香草可乐。然后当文森提出想尝尝她的香草可乐时，蜜儿让他直接拿去喝，直接就着同一根吸管喝。所以你看，这里都出现了汉堡、可乐、吸管，以及——交换口水的共同吮吸。不同的是，两者的背景一个是死，一个是爱。然后是第三处：蜜儿在文森大衣口袋发现了一袋海洛因，随后因过量吸食而昏迷，从而引发了一出充满黑色幽默的闹剧。又一个高度美国化的食物——海洛因——如果它也算食物的话。严格来说，第三处不是吮吸，而是用鼻子吸食，但它仍可被视为一种特殊的、本质意义上的吮吸。"

"哦，吮吸！"他的手里不知怎么又多了根新的烟卷。他吮吸一口，吐出一个完美的烟圈。烟圈像某种超自然符号般稳稳地飘向空中。"吮吸。我们出生后最早的求生动作是什么？吮吸。我们做爱时最常见的辅助动作是什么？吮吸。吮吸—排泄。口唇—肛门。按照弗洛伊德的洞见，它们不仅主宰着我们的童年，它们其实主宰着我们整个一生。或隐或现。Gay，显然对应着肛门期。而口欲期呢，笼罩着全部人类生活。为什么？因为它关系到我们生存的两个最基本要素：食物和语言。前者给予我们营养。后者赋予我们意义。太初有道。道就是神。道就是语言。道就是意义。所以神就是语言。神就是意义。意义——而非意识——才是人和动物的最大区别。很多动物都有意识，但只有人才寻求意义。那是人的本能。世间的万事万物，人都要从中吮吸出意义。于是就有了宗教。艺术。神。伏尔泰怎么说的？即使没有上帝，我们也要造出一个上帝。我们无法忍受这个世界没有意义，即使说不定它真的就没有意义。这种对意义近乎病态的渴求——"他停下来，吐出一个大大的烟圈，并紧接着又吐出一个小烟圈，让它从大烟圈中穿过去。他身边的女孩发出呻吟般的赞叹。"这种渴求，"他接着说，"就是口欲期的典型表现。因为它要通过口——通过语言——来实现。想想那些跟口有关的词。除了吃喝，它们无不与意义有关。口舌之争。口无遮拦。口是心非。"

"口诛笔伐。"我说。

"口欲。"刚才发出赞叹的那个女孩说。说完她和老头都咯咯笑起来。不是大笑，而是那种傻笑，那种仿佛吸了笑气似的，停不下来的傻笑。

"要不要来一下？"他笑着问道。

"要。"女孩笑着回答。

我转过头看着他们。我怀疑自己听错了。

他们的身体没动，只是把脸对着脸。女孩张大了嘴。她脸上仍然在笑。这时老鲁滨逊深吸——吮吸——了一口手里的新烟卷，然后对着女孩张大的嘴巴吐出一个大小适中的烟圈。烟圈缓慢而准确地飘入女孩口中。女孩立刻闭上嘴巴。直到完全吞下那团烟圈，她才又微微张开嘴唇。她发出一声既像满足又像疲惫的呻吟。

他们又重复了两次。

我呆呆地、目不转睛地看着他们。那简直就像某种神秘而虔诚的宗教仪式。吮吸。吐出。吸入。音乐更加深了这种仪式感。音乐不知什么时候已经变了。翻滚的电子音浪变成了一种低沉而有节奏的男人喉音吟诵。某种听不懂的语言。

不是语言的语言。正在生成的语言。背景是遥远而诡异的铃声、鼓声和嚎叫。令人想起原始部落的巫师。篝火。狂舞。祭祀。被火光照亮的面孔。吮吸。吐出。吸入。

"这是呼麦。蒙古图瓦人的音乐。"老人转过身，把烟卷递给我，见我摇摇头，便越过我递给我旁边的女孩。"J最近沉迷于世界音乐。瞧——那很可能就是J。"

"哪儿？"我顺着他的视线看过去。

"米老鼠。看见了吗？"

看见了。就在那棵高大植物的下面。一个巨大的米老鼠人偶。就是有时你会在儿童乐园或商场里看到的那种。他正笨拙地贴在一个贵妇人的耳边说话。然后笨拙地走几步又贴到另一个穿着黑色骷髅装的人耳边。一个瘦高的短发女子始终跟在旁边用手里的小型相机拍照。他们消失去了另一个房间。

"那就是J？"

"很有可能。"

"他在干吗？"

"散布某种信息——大概——他常用的伎俩。"

也许是某种错觉，我忽然觉得屋子里的人群开始发生微妙的流动。就像电视里的天气云图。

"他为什么……叫J？"我问，"他的中文名叫什么？"

他摇摇头。"没人知道他叫什么。大家都叫他J。他把自己弄成了一个谜。他把自己做成了一个作品。一个变化的、即兴的、充满谜团和未知的综合装置作品。超媒体。哈。其实我们每个人都是个超媒体，不是吗？我们每个人都是一个作品。这整个世界就是一个作品。艺术就是玩过家家，就是玩模拟上帝的游戏。J的独到之处就在于，他倒置了作品与生活之间的关系。在他那里，不是用艺术来阐释生活，表现生活，而是用生活来阐释和表现艺术。比如，你知道为什么我会对那个书架背后的故事了解得如此清楚吗？你不觉得有点奇怪吗？"

的确。他说了我才意识到。

"因为他到处跟别人说。我相信他甚至专门雇了人四处传播这个故事。关于他父母的情况。他哥哥的自杀。只能放一百本书。口口相传。又一个跟口——跟口欲期——有关的词。事实上，这种口头传播也是书架这个作品的一部分。因为真正的传奇都是靠口头流传的。古希腊的游吟诗人。中国古代的说书。及至当今的报纸杂志电视，其实也都是口头传播的一种变体。但故事还没完。更有趣的还在后面。"他坐直身体，把腿盘到身下。

"不久又出现了一个新的传言。"他继续说道，"说J根本没有哥哥。那个余世杰，John Self，其实就是J本人。一切都是J虚构的。真实情况是，2001年9·11之后，J杀死了自己当一名伟大小说家的梦想，而决定成为一个装置行为艺术家。J是他给自己取的艺名。而他第一个引起关注的作品，就是《书架》。那个书架就是他自己的书架。余世杰，意思不就是我是J吗？John Self，不就是John自己吗？而J，自然就是John的缩写。但J真的叫John吗？难道那不是他又一个充满游戏和象征意味的面具？我们都知道，学者们通常把希伯来文《圣经》的神秘作者称之为J。更不用说，J也是另一个人名的缩写——耶稣。"

他点点头，似乎在对自己表示赞同。"对。耶稣。所有真正的艺术家都幻想自己是上帝之子。因为归根结底，上帝是最早的，也是最伟大的创造者。正如上帝可以向没有生命的泥土吹入灵气，造出活生生的亚当，艺术家也可以赋予虚假的谎言以灵气，从而造出活生生的真实。艺术家在作品中享有某种道德上的豁免权。而且，面对艺术品时，我们多少都有某种受虐倾向，不是吗？所以当我们发现那个新传言其实也来自J，大家并没有觉得受骗，反倒觉得有趣。在《书架》之后，"他继续保持着打坐的姿势，双手交叉放到脑后，"J又推出了一个作品，《J档案》——标题显然是对《X档案》的戏仿。一本黑色的硬壳小书，设计得极其精美，用各种拼贴材料——证件、文件、照片、剪报、清单、日记、涂鸦、小说片段、梦境——构建了一份详细的私人档案，而其核心就是证实了上面的传言：即余世杰并不存在。是J创造了他。和他的书架。但问题是，不知为什么，虽然这份档案充满了各种看似真实的细节和信息，却仍然叫人感到神秘难解。似乎他通过展现而隐藏得更深了。而且我们还是不知道他的名字。在所有出现姓名的地方，都只显示出余和J，后面的部分都被黑色涂抹了。J就不用说了,余这个姓氏同样毫无意义。余——不就是我的意思吗?"

"在那本小书里,让我印象最深的是其中一个片段……"他停顿一下,皱起眉头,仿佛在回想什么,"我越来越觉得,那个片段才是《J档案》——甚至可以说是J所有作品——真正隐秘的中心。它既像日记,又像练笔的小说草稿……那是我这辈子读过的最可怕、最恐怖的故事——"他突然停下来。"嗨!他来了!"他张开双臂,"嗨! Mickey! 邪恶的Mickey!"

我抬起头。整个视野里几乎都是一只硕大的米老鼠头套。我一心在听老人说话,根本没注意到他走近。他正在笨拙地靠近我耳边。然后我听到一句恶作剧般的,语调阴沉的低语:

演出开始了。

*

一个幽暗的环形大厅。环形的一半是落地玻璃窗,另一半是整面墙的电子屏幕。屏幕上正在燃烧。火焰铺满了整个屏幕。火焰的跳跃与音乐形成奇妙的互动。音乐似乎是不同风格的采样和拼贴。时而直上云霄,时而惊雷入地。在清幽、诡秘和狂乱之间自由切换。浓烈的原始和异域风情,但又散发出时髦的电子未来感。火焰也随之显得飘逸或猛烈。火焰的影像投映到正对的落地窗上:东方明珠和周围的高楼大厦仿佛正在熊熊燃烧。

这大概本来是间观影厅。宽敞的空间一无遮挡。光滑的水泥地面上散落着许多色彩图案鲜艳的懒人沙发，像一只只巨型的毒蘑菇。于是那些陷在沙发里的人看上去就像被毒液捕获的大昆虫。我和老鲁滨逊在靠近屏幕的角落找了两个挨着的懒人沙发躺进去。沙发舒适得让我怀疑自己不可能再站起来。我闭上眼睛。瞬间飞升。如同灵魂出窍。

但没飞一会儿就跌落下来——就像折断了翅膀。音乐停了。我睁开眼睛。一片寂静。除了屏幕上火焰发出的噜噜声。屏幕前方不知什么时候亮起了一道垂直的光束。光束里是被一大块蓝丝绒覆盖住的什么东西。大约一人高。从形状看像是某种瘦高的石碑之类的物体。我想到《2001太空漫游》里那块神秘的黑色石碑。

这时音乐又响起来。另一种音乐。一种空洞而扭曲的音乐。类似某种变形的防空警报。某种移动的漩涡。我想闭上眼睛，让自己被漩涡卷走。但我没闭。因为又出现了一道光束，一道倾斜的追光灯，打在屏幕左侧的入口附近。那光束就像在黑暗中挖出的一个白色坑洞。坑底蜷卧着一个赤身裸体的人。男人。对，就跟《终结者》中的施瓦茨辛格——他作为机器人战士从未来被传送到现在——出场时一样。不同的是这个男人身材很普通。他慢慢站起来。他似乎很惶恐。他的手在身体上急切地寻找衣服，最后绝望地停留在两腿之间。他全身都光溜溜的。光头，没有阴毛，没有眉毛。他的脸像日本艺妓那样涂得雪白，包括嘴唇。只有一双黑色的眼睛在左右闪烁。他开始佝偻着身子，跌跌撞撞地避开那些沙发蘑菇，在大厅里四处游走。音乐和追光都紧随着他。他的双手始终捂住下体，有时还徒劳地腾出一只手想去遮住屁股。他尴尬、迷惑、挣扎、不知所措。他被困在自己的赤裸里。就像一条被困在网里的鱼。

他是谁？J吗？这到底是什么？

演出开始了。

所以这是演出。表演。某种介入式的先锋实验戏剧。或者，某种超媒体的行为艺术。前面看到过的那个戴墨镜的短发高个女子还在跟拍，动作敏捷而随意，几乎像某种即兴的舞蹈。

那个裸体男子已经在大厅里转了一圈。他朝我们的方向走来。他在我们——我和老鲁滨逊——面前停下，想探寻什么似的看了我们几眼。也许是错觉，在我们眼神对视的一刹那，我觉得他仿佛认识我。不，一定是错觉。因为现在我根本不是我，现在我是孔子。

我回过神，看见他已经弓着身子，轻盈地绕过我们，正快步走向屏幕。就在这时，追光灯灭了。他消失在阴暗中。接着发生的事超出了所有人的预料。

他走进了屏幕。

他像走进另一个房间一样走进了屏幕。走进了火中。

大厅里响起一片慵懒的惊呼。

几乎就在他走进去的同时，屏幕上出现了一个大大的鼠标箭头。箭头点了一下火焰。火焰立即嗖地一下缩成了一个小小的火苗标志。

他现在仿佛置身于一个全白的房间。他的光屁股对着我们。他犹疑地左右来回走了几步，然后转过身。他依然保持着那种捂住下体的佝偻姿态。他的体型在屏幕上变大了一些，但这种变化似乎让人觉得理所当然。他又踌躇张望了几下，然后躺下来，慢慢蜷缩成一团，仿佛睡着了，或者死了。在他的右上角，除了那个火苗图标，还有另外两个图标：面具和笔记簿。它们看起来就像挂在白墙上的一排超现实主义风格的装饰画。

这个静止不动的场景持续了一会儿。我忽然意识到音乐也停了。我脑中一片空白。这件事已经超出了我的理解能力。幻觉？魔术？这时我听到老人（就像他会读心术）在我耳边轻声说："确实很巧妙。但也不过是个小把戏。屏幕边上肯定有道暗门，里面有间连着电脑的录影棚。如此而已。"

屏幕上的箭头又开始移动。点击面具图标。就在点中的瞬间，蜷在地上的那具裸体突然变得衣冠全整。然后这套衣服开始缓缓从地上坐起来，站起来。他醒了，或者复活了。他成了一名西部牛仔。带马刺的高筒靴，闪亮的皮带扣，贴身的牛仔服，一顶帽檐压低的棕黄色牛仔帽。他的姿态也变了。挺拔，自信，从容。唯一没变的是他的艺妓脸。但他的眼神不再游离，而是沉定。

他低下头,背着手来回踱了几步,然后站定,抬起头扫了一眼大厅。

"我刚才做了个梦。"他说。他的声音响彻整个大厅。我们就像在看电影,或者聆听某个来自异度空间的神谕。"一个可怕的梦。你们都看到了。我相信在座的很多人都做过那样的梦。根据弗洛伊德的说法,那揭示了我们隐藏和压抑的不安。一种自我身份的焦虑。值得庆幸的是,梦总会醒。瞧我现在——"他摊开双臂,像模特那样单脚转了一圈,"多么自在!什么叫自在?就是让自我存在!我是牛仔。你是医生。你是律师。你是出租车司机。你呢?哦,警察。我们每个人都有自己的面具。面具是我们的生存之道。但在面具背后,在我们所有人的意识深处——最深的深处,只有梦才能抵达的深处——是我们永远都摆脱不了的同一个古老而原始的恐惧。一个终极的恐惧。我是谁?我来自哪里?我最终要去哪里?这种对未知的恐惧,恐慌,以潜意识的方式,控制着人类世界的表相。因而正是这种恐惧,激发了这个星球上最重要的三样东西:艺术、宗教、政治。而我今天要向大家展示的作品——"他朝前方挥了下手,之前不知什么时候熄灭的光束又亮了,那块蓝丝绒仿佛飘浮在空中,"恰好与这三样东西都有关。"

就在他说完的一刹那,面具图标闪烁了一下:他已经换了一身装束。一袭黑色长袍。黑裤黑鞋。卵形墨镜。漂亮的黑发。尼奥。《黑客帝国》。他变成了尼奥。除了嘴唇是白色和没有眉毛,他几乎跟基努·里维斯扮演的救世主尼奥毫无区别。他微微一笑。

"多么便捷!多么伟大!这是个新的时代。从石器时代到铁器时代到机器时代到——点击时代。一切只要点击即可。艺术。宗教。政治。爱情。自我。只要轻轻一点,毫不费力,我就可以成为任何人,当然,除了我自己。所以——现在,我就是你们的救世主:J.尼奥。"

说完,他沉默片刻,脸上仍带着笑意。他缓缓转过背,朝白色的纵深处走了几步,站定,然后猛然扭过身——黑色长袍划出完美的弧线——做出尼奥经典的阻拦子弹的招式:左手背在身后,右手向前推掌。

下面传来几声懒洋洋的嬉笑。

他的手掌收起,伸出一根手指点了点空中。

屏幕前的蓝丝绒随之落地。

下面传来几声叹息般的惊叹。

一张如同餐桌般的黑色有机玻璃底座,上面围着一只透明的有机玻璃罩,里面是两幢几乎一模一样的白色高楼模型,只是其中一座顶部有根细细的天线。不,我突然意识到,那不是普通的模型,是蛋糕。是两个做得极其精美的高楼模型的大蛋糕。就像我们在电影中豪华婚礼上看到的那种。我觉得这两幢高楼看上去很眼熟。

"9·11双子大厦。"我又听见老人在我耳边说。

"我将这件作品命名为《圣餐》。"J.尼奥的声音再次响彻大厅。"众所周知,我喜欢对自己的作品进行阐释。这常常遭到一些批评家的诟病。《反对阐释》。苏珊·桑塔格的名篇。我热爱桑塔格。事实上,她是我最爱的作家之一。欧洲与美国精神的完美混血。其实我完全赞同她的观点。反对牵强附会的过度阐释。回到充满直觉的感受本身。回到作品本身。但问题是——如果阐释本身就是作品的一部分呢?如果作品的边界不是固定的,而是流动的、变化的,并在不断自发和偶发地扩展,甚至囊括了对阐释的反对、误读、认同,及由此产生的各种不可预知的后果,那又会怎么样呢?苏珊的观点适用的是那种正常的、凝固性的艺术品,但却不一定适用我这种特殊的超媒体作品。"

"大家恐怕都看出来了,"他又在那怪异的,既像二维又像三维的白色空间里来回踱了几步,"这是9·11中被撞毁的世贸大厦——双子塔的模型蛋糕。引发我创作这件作品的,是两个平行的概念:火与药。Fire and Drug。我发现,它们显然是支撑人类存在的两大支点——物质与意识——的对应物。火—物质。迷幻药—意识。火—文明。迷幻药—想象力。"他抬了一下左手,手中即刻多了一根黑色的指挥棒。他用棒子点了一下笔记簿的图标。他身后跳出三张照片:两张考古遗址,一张远古壁画。"人类最早的用火遗迹,也就是人类开始征服自然的第一步,就发生在这儿——中国。当然,不是上海。是在云南。云南的元谋人。距今约170万年。而目前考古发现的人类食用致幻植物的最早证据,是1.3万年前的蒙特沃德古人类遗址，位于智利——美洲。不过据专家推测，这个时间还应该大大推前。比如说，这幅著名的法国肖维壁画。跟这些作于3.6万年前的炭笔画相比，毕加索就像个拙劣的学徒——这是他本人说的。请注意，炭笔，火的产物。为什么这些缺乏训练、智商低下的原始人能画出如此完美的艺术品，而且是用无法修改的炭笔一气呵成——恍若出于神的指引？此外，为什么全世界原始壁画的题材都不可思议的雷同，都是野马、野牛、羚羊——总之，都是猎物？因为很简单，他们画这些壁画并不是为了娱乐、休息或者审美，而是为了生存。为了捕猎。有肉吃。活着。活下去。它是一种对捕杀猎物的再现、模拟和想象。一种事关生死的仪式和巫术。那才是艺术真正的起源：生存。那才是想象力的真正起源：生存。而如今呢？艺术已经沦为中产阶级的玩具，艺术成了一种奢侈品，一种可有可无、无关痛痒的摆设。消遣。娱乐。那就是为什么当今的艺术没有生命力。因为它们偏离了艺术的源头。和本质。它们不再像阳光、空气和食物那样必不可少，它们不再与生命直接相连。而那正是我要做的——我要让作品回到生命本身，成为生命本身。我要让我的作品生死攸关。"

他停顿片刻，仿佛要让生死攸关这个词在大厅中回荡一会儿。然后他开始接着说。

"已经有充分证据可以表明，在原始人的狩猎中，致幻植物被大量使用，否则他们就无法具备狩猎所必需的超常体力。

同时这也促进了他们意识的进化和飞跃。他们开始在洞穴中，在脑海中，模拟狩猎。他们开始想象。他们发现通过想象——由此产生了策略、战术和技巧——可以极大地提高捕猎成果。而壁画，就是这种想象的具体产物。因此我们完全可以推测，这些壁画的完美和技艺高超，必定也跟致幻物有关。所以你看，艺术家——画家、爵士乐手、作家——吸食迷幻药是有传统的，它可以追溯到人类的远古，几万年前。"

他用指挥棒又点了一下，图片消失了。

"如果我们再沿着人类历史继续稍作考察，就会发现，火与迷幻药，就像DNA双螺旋那样，交互纠缠着，在历史中推进——或者说，推进着历史。它们就是历史的基因组。恩格斯说，摩擦生火第一次使人支配了一种自然力，从而最终把人和动物分开。是的，火，标志着人的诞生。而人一诞生后，就很快造出了我前面所说的，这个世界上最重要的三样东西：艺术—壁画，宗教—神灵，政治—部落冲突。直至今日，世界并没有实质性的变化。变化的只是形式。世界大战，只不过就是全球性的、升级版的部落冲突。科学？在我看来不过是一种变形的宗教——而且是当今最盛行的宗教。不是吗？它的目的完全是宗教性的，即解释这个世界。而至少就世界的起源而言，它的解释并不比任何别的宗教更有说服力。这个世界源于一次爆炸？其燃烧温度高达1.4亿亿亿亿度？那么，我有一个问题，谁干的？或者，用政治术语说，谁该对此次行动负责？"

第十三章　K的平行宇宙（5）：2012年9月11日

下面有人喊了一声"不是我"。懒洋洋的哄堂大笑。

"对，不是你。"他微笑着用手指点了点下面刚才说话的那个人。"不是我。也不是他。那么到底是谁？还能是谁？除了上帝。或者说真主。佛祖。名字都是人取的。神不需要名字。神什么都不需要。自然，神也不需要我们。是我们需要神。对于充斥这个世界的天灾人祸，我们需要赋予它们以意义，否则我们就熬不过去。所以即使我们四处找遍了也找不到神——当然找不到——我们也必须想象出一个。那就是宗教。所有宗教都是想象的产物。非同一般的、强劲的想象。显然，那同样必须求助于迷幻药。那几乎是所有原始宗教仪式的必备物。萨满、巫师、神婆，都是使用迷幻药的高手。南美洲的死藤水。墨西哥的佩奥特仙人球。中国南方的下蛊。例子数不胜数。我只说一点，为什么几乎所有宗教——无论是印度教、基督教还是佛教、伊斯兰教——都不约而同地以曼陀罗为图腾图案？为什么各种宗教的神和圣人都头带光晕？答案：迷幻药。我们都知道，这两种效果——曼陀罗和光晕——是吸食迷幻药后最常见的视觉反应。So。"他耸了耸肩，摊开双手。

"艺术。宗教。政治。"他把没拿指挥棒的那只手插进裤袋。"我已经论证了——阐释了——前两者与想象力，与迷幻药的直接关系。那么政治呢？什么是政治？所有政治都可以从根源上简化为一个词：宗教之争。也就是想象力之争。每个部落、国家、民族，都出乎本能地，竭力试图让自己想象出的神统领世界。举三个例子。"他的指挥棒挥了一下，又跳出三张图片。第一张是圆明园遗址，第三张是9·11事件，中间一张不太确定——看上去像一排红砖砌的大型烤面包炉。

"1860年，八国联军火烧圆明园。1944年，德国纳粹奥斯威辛焚尸炉。2001年，9·11事件。三个都是人类史上极其可怕、惨绝人寰的政治事件。稍加观察就会发现，它们有几个共同点。一，它们都与火有关。将人和动物分开，让人类可以吃上熟食，从而促进大脑和意识进化的火。导致蒸汽机发明，引发工业革命，标志着文明和进步的火。冬日壁炉里取暖的火。每天烧开水泡茶煮咖啡的火。烤面包的火。将上百人、上千人、上万人活活烧死的火。都是同样的火。无动于衷的火。既温暖又冷酷的火。超善恶的火。

"二，它们都与宗教有关。与想象力之争有关。火烧圆明园的借口之一，就是法国传教士被杀——马神甫事件。在很大程度上，整场侵华战争，都与基督教在中国的传播受阻直接相关。而纳粹对犹太人的极端仇恨，则根源于历史久远的，基督教对犹太教的长期敌视。9·11就更不用说了。人尽皆知。

"三，它们都与迷幻药有关。火烧圆明园：鸦片战争。鸦片。德国纳粹：上至希特勒，下至普通士兵、潜艇水兵、飞行员，都在服用通过集中营人体试验而制造出的毒品药物——代号D-IX，每片包含5毫克可卡因，3毫克冰毒，5

毫克羟考酮。这种神奇药丸可以有效地帮助他们应对战时的超高强度——一如原始人的狩猎。事实上，我可以毫无疑问地说——人类所有事关生死存亡的活动，都与迷幻药脱不了干系。让我从最早的说起。从人类的起源说起。对了，你们知道是谁最早提出大爆炸理论的吗？是一位叫勒梅特的比利时天主教神父——我不知道教会应该为他感到骄傲还是悲哀。顺便说一句，我几乎每次吃裸盖菇都会看见宇宙大爆炸。所以我相当怀疑，勒梅特神父是在何种状态下突然有了大爆炸的灵感……OK，关于我们的起源，除了大爆炸，另一个最有名的解释就是亚当与夏娃。他们因为偷吃了分别善恶树上的禁果而被逐出了完美的伊甸园。长期以来，我们都想当然地认为，禁果就是苹果。错。《圣经旧约》的《创世记》里从未指明禁果是何种果实。是古罗马人在接受基督教之后，因为拉丁文的苹果与错事一词同音，才开始将禁果等同为苹果，并沿用至今。对于禁果，《创世记》只说它好作食物，也悦人的眼目。而且，更重要的是，在这之前，上帝还说过这样一句话：我将遍地上一切结种子的菜蔬，和一切树上所结有核的果子，全赐给你们作食物。苹果，显然是有核的果子。所以它不可能是禁果。所以禁果必须满足以下几个条件：可以吃，外表鲜艳漂亮，没有核，也没有种子，而且——吃了可以使人眼睛明亮，有智慧，能分辨善恶，以至于与神相似。现在，请你们想一想——"他做了一个邀请的手势，"请你们告诉我，有什么果实可以符合以上条件？"

他停顿片刻。大厅一片寂静，仿佛突然跌进了巨大的黑洞。而当他再次开口，世界似乎又瞬间穿过了黑洞。

"致幻蘑菇。那是唯一可能的答案。只有它符合禁果的所有条件。没有核，没有种子——蘑菇是孢子植物。因此不，禁果不是苹果，而是蘑菇。某种蘑菇。某种能让人分善恶，生智慧，开天眼的蘑菇。迷幻蘑菇。那就是意识的起源。那就是我们的起源。那就是罪恶、黑暗和仇恨的起源。但同时也是爱、光明和善的起源。因为善恶本为一体。没有恶就没有善。没有恨就无所谓爱。为了能真正体验完美的伊甸园，我们必须首先被逐出伊甸园，被发配到这个不完美的世界——以便去永远地渴求完美。而为了让我们永远保持渴求，就必须使我们永远无法抵达完美。艺术，宗教，政治，都是这种渴求及其失败的表现。还记得上帝是怎么阻止我们回到完美的吗？他设置了四面转动发火焰的剑，来把守生命树的道路，来禁止亚当回到伊甸园。注意：发火焰的剑。那是《圣经》里第一次出现火的形象。也就是说，火在上帝所创造的世界里第一次出现，便是以武器的形式。所以，你看，也许我们是跟上帝学的。"

"除了禁果，《圣经》中提到的另一种极为重要的食物，同样与蘑菇有关。"他侧身踱了几步，"那就是《出埃及记》中的吗哪。《出埃及记》，作为整部《圣经》中最核心的部分之一（另一个核心当然就是耶稣被钉十字架及其复活），它的发生紧随在上帝造人的《创世记》之后。从各种意义上看，它都可谓是人类史上的第一次大型战争。也是第一次政治事件。它奠定了此后所有政治与战争的程序和规则：种族与神灵之争，压迫与反抗，战斗与逃亡，杀戮与立法。而就在摩西最终带领以色列人逃离埃及，前往应许之地——流淌着牛奶与蜜之地——的途中，他们还不得不先在荒野中流亡了四十年。在这四十年里，他们都靠上帝赐予的一种神奇食物而存活。这种食物出现在早晨露水上升后的野地，是一种有如白霜的小圆物，形状像白珍珠，滋味如同新油。以色列人称之为吗哪。"

"吗哪。"他重复一遍。然后又重复一遍。仿佛那是某种咒语。"吗哪。作为一种食物名字，未免有些奇特，不是吗？吗哪。事实上，它本来就不是名字，它在希伯来语中的意思是：那是什么？它来自以色列人在旷野中初见那种食物时的惊讶和疑问。那是什么？在我看来，答案一目了然。出现在清晨打过露水的野地？有如白霜、形如珍珠的小圆物？那显然是一种蘑菇。一种特殊的蘑菇。它不仅可以饱腹，而且正如所有的致幻蘑菇，它还可以让人产生时间停滞变缓的错觉。奇妙的是，这恰好也解释了很多圣经学者长久以来的一个疑问。根据《旧约》的《民数记》，从西奈旷野前往应许之地迦南，只要四十天，但为了惩罚以色列人对神的藐视和怨言，耶和华让他们在旷野漂流了四十年。他是怎么做到的？回答是：吗哪。正是这种神奇迷幻的蘑菇，让以色列人感觉一日长如一年——如同某种催眠。因此，吗哪既是一种恩赐，同时也是一种惩罚。正如分别善恶树上的禁果。我们被逐出了伊甸园，但我们也因此而获得了智慧。或者说——创造力。"

"所以，禁果和吗哪。它们构成了整部《圣经》的基础。"他用卵形墨镜凝视着我们，沉默几秒，以便推出结论，"没有它们，就不会有任何故事。我们就将永远被困在完美但却无聊而无知的伊甸园。也不会有如星空般神秘而威严的摩西十诫。换句话说——是迷幻蘑菇开启了整个人类历史，无论是从《圣经》意义上，还是从考古意义上。这似乎耸人听闻，但却是事实。我想我的论证严密而清晰。而且，在末日来临之前，我们似乎已经下意识地感觉到了这一点：即世界始于一种幻觉。于是我们用自己制造的另一个幻觉世界，电影，来表达自己的这种感受。那就是 The Matrix。《黑客帝国》。那就是我。尼奥。"他张开双臂，低头看了看自己，然后抬起头，耸了耸肩，"尼奥。救世主尼奥。J. 尼奥。不过，那是另一个话题，我们稍后再说。现在让我们回到之前的论点，"他走动几步，"即所有重大战争都与迷幻药有关。让我们对此再做一点小小的补充。有人也许会说，《圣经》只是传说，不足为据。OK。All Right。那么让我们旋动时间按钮，"他举起手指做出旋动按钮的动作，"快进到另一次战争。一次离我们更近，更真实，更无可否认的战争。这次战争不是最残暴的，也不是规模最大的，但却跟出埃及记一样，同样具有某种里程碑式的意义。它同样开启了一个新的时代，同样涉及种族与奴隶、压迫与反抗，当然，也同样与迷幻药紧密相关。"

他卖关子似的停顿片刻。

"那就是美国南北战争。如果摩西没有带领以色列人逃出埃及,那么他们就到不了流着奶与蜜的极美之地迦南,也就不存在圣地耶路撒冷。如果林肯没有打赢南北战争,如果北方资本主义没有打败南方的黑人奴隶制,也就没有今天的世界第一强国,美国。而全球资本主义的圣地,显然就是纽约。林肯就是资产阶级的摩西。虽然没刻在石板上,但在精神上他也立下了'资本教'的摩西十诫。自由。平等。民主。工作至上,周日休息。除了金钱,不可有别的神。可以贪恋他人的妻子、房屋、汽车、一切,但要通过工作、法律和金钱去获取。总之——美国梦。好,再来看。摩西靠吗哪渡过了难关。林肯呢?依靠吗啡。吗哪。吗啡。你们不觉得这两个名字有奇妙的相似吗?简直就像一家人。它们的确属于同一个家族:迷幻家族。1804年,一位年轻的德国化学家弗里德里希·威廉·亚当·塞特纳首次从罂粟——即鸦片——中分离出一种高纯度的活性物质,其效力是鸦片的十倍。请注意他名字中的亚当。这位新亚当将他找到的这种物质命名为吗啡,取自于希腊睡梦之神墨菲斯,因为他发现这种物质能够镇痛、催眠。顺便说一句,墨菲斯,也是《黑客帝国》中救世主尼奥的导师——我的导师——人类抵抗组织首领的名字。这是巧合?还是隐喻?带领人类抵抗邪恶控制的,竟是迷幻药?不过,至少就美国南北战争而言,这一说法是成立的。让林肯的北方军队最终获胜的关键因素之一,正是由于在伤兵身上大剂量地使用吗啡，起到了奇迹般的镇痛和治疗效果。也就是说，在某种意义上，是吗啡——墨菲斯——解放了黑奴。还记得《黑客帝国》中是谁扮演墨菲斯的？一位高大、威武而庄严的黑人。难道这只是偶然？"伴随着某种电流的嗞嗞声，他身边闪烁出真人大小、《黑客帝国》中墨菲斯的全息图像，稍后又嗖地消失。

"南北战争不仅打开了世界通往资本主义的大门，"他继续道，"也打开了另一扇大门：从此皮下注射吗啡开始风行世界。从此，吗啡，就像火药，成为所有战争中不可或缺之物。普奥战争。普法战争。鸦片战争。一战。二战。退伍老兵中吗啡成瘾现象如此常见，以至于被称为军队病或士兵症。当然，还不仅仅是吗啡。正如我之前说过，纳粹像喝咖啡一样每天吞食毒品药丸。而在纳粹倒台之后，一大批纳粹德国科学家被秘密带到了美国，继续从事战争武器的研究，只不过这次是以冷战的名义，而服务对象则换成了美国中情局。他们的研究中最重要的两项，一是与苏联展开的太空武器竞赛，再就是通过各种迷幻药进行的精神控制实验。你们知道是谁把美国人送上了月球？是当年希特勒手下最红的科学家，纳粹 V2 火箭的设计者，韦恩赫尔·冯·布劳恩。这个纳粹帮凶，就是主持美国登月计划的总设计师。难道这不是一种绝妙的讽刺？或者这是上帝的玩笑？暗示？神谕？人类最伟大的征服自然的创举，却和人类最可怕最邪恶的罪行紧密相连。如同硬币的两面。同样是在这个布劳恩的授意下，

第十三章 K的平行宇宙（5）：2012年9月11日

美国宇航局——对，就是如今像个推广美国形象的广告公司，四处炫耀自己拍摄的太空照片的那个NASA——研制出了二甲基色胺，二十世纪美国最流行的合成迷幻剂，然而，它本来是专供登月宇航员使用的。所以登月，这个人类迄今最伟大的壮举，同时又是美苏冷战的重要部分，同样也是建立在火与迷幻药的基础上。是火箭和二甲基色胺让人类脱离了地球重力的束缚，将人类抛向了宇宙，送上了月亮。这既是事实又是象征。火与药，Fire and Drug，它们是我们的起源，也是我们的未来。"

"未来。"他重重叹了口气。叹得既造作又真实。他与尼奥的相似只是停留在表面。基努·里维斯演的那个尼奥始终有某种柔弱感，始终散发出某种挥之不去的哀伤，纵使他拥有无上的力量，能施行各种神迹——从这点上他很像耶稣。而这位J.尼奥则更像《旧约》里上帝耶和华。狂傲。无所不能。无所不知。带有某种孩子气和恶作剧式的残暴和真挚。

"未来。"他重复一遍，"未来不可预知。也许文学是唯一的例外。因为用弗洛伊德的精神分析理论来说，一个时代的文学，就像一个时代的潜意识。文学就是一个时代做的梦。潜意识和梦，偶尔会暧昧而又精确地预言未来。歌德提前一百年就预言了希特勒的出现。还有另一个令人毛骨悚然的例子。E. B. 怀特，美国最知名的文化精英杂志《纽约客》的创始人之一，被视为美国文风的奠基者——对，也是他写了那部闻名天下的美国童话，《夏洛的网》。这部童话似乎在暗示,美国人是如此善良而天真,以至于连一只猪都不舍得杀。正是这位美国文学大师怀特,在1948年的某篇文章中写了这样一句话:纽约,这一目标高耸入云,飞机只能拦腰撞向它。五十三年后,这句话成了现实。"

他话音刚落,屏幕前那个双子塔模型蛋糕的透明有机玻璃罩便开始闪烁。彩虹色的光带沿着玻璃罩的边角循环游走。一如之前的安检门和书架。同时屏幕上的图片变成了四幅连拍的9·11事件的照片。视角是远景。如同蓝丝绒般的晴朗天空,曼哈顿区密集的高楼大厦,一架飞机的小小身影,高耸的世贸大厦冒出黑色的浓烟和火焰。

"五十三年后——也就是2001年。在2001年9月11号之前,2001这个年份几乎是某种抽象意义上的存在。《2001漫游太空》。就像库布里克的电影标题所提示的,2001代表着未来。甚至当我们已经来到了2001年,它也仍然像个虚无缥缈的幻影。直到9月11号。它突然从幻影变成了一座纪念碑。而纪念碑,从来都只是对墓碑的另一种更为冠冕堂皇的叫法。总之,一转眼,虚幻的未来就成了坚实的墓碑。"

"我目睹了事发的全过程。"他优雅地侧身看了一眼后面的照片。"这组照片是我自己拍的。当时我在布鲁克林的公寓窗口正好与曼哈顿遥遥相对。我正在喝咖啡。跟所有目击者一样,我不敢相信自己的眼睛。我的第一个念头是,这不是真的,这一定是在拍好莱坞大片,这不过是某种……特效。当然,半小时后我就知道了。全世界都知道了。高耸在蓝天之下的纽约世贸大厦冒着黑烟熊熊燃烧。这一图像通过照片、录像、文字，通过卫星、互联网、无线电波，瞬间传遍了全世界。每个角落。很快，这一图像就转化成了某种图腾。某种人人皆知的灾难图腾。就像圆明园的大水法废墟。奥斯威辛的焚尸炉。它们都成了一种标志性图案。它们都被建成了遗址公园。它们都成了出售门票的旅游参观景点——我们付钱去感受自己的同类在暴力上所达到的不可思议的极限。"

"圆明园。奥斯威辛。9·11。"他仿佛在念一道选择题的备选项。"是的，人类史上还有许多跟它们类似，或者更可怕的暴行。比如南京大屠杀。斯大林的大清洗。卢旺达内战。但为什么只有这三个事件会成为某种标志？因为它们就是某种标志。因为它们清晰地标明了两个时代间的裂缝，就像地震的震中。火烧圆明园，标志着东方衰落——西方崛起。纳粹战败，标志着欧洲衰落——美国崛起。9·11？美国衰落……世界结束。"

他停顿片刻。底下有人咳嗽了几声。

"那就是我们今夜在这里相聚的原因。"他一字一句地说，"从现在起，我们还剩下100天。"

他将手里的指挥棒向背后一扔。指挥棒与那组9·11照片同时消失了——就像被吸入了那片白色。现在屏幕的整个背景都是一片白色。一片奇异的，既像一维又像三维，既平面又深邃的白色。

"世界即将结束。众所周知，根据玛雅历法，100天后，也就是12月21日，世界将走向结束。结束—终止。"

屏幕似乎变得越来越亮，而大厅里则变得愈加幽暗。屏幕看上去就像一个巨大的、长方形的、发出耀眼白光的洞穴出口。蛋糕模型外罩那闪烁的彩虹光带令人不安地想到某种超现实的蛇或导火索。我回头瞄了一眼落地窗，在玻璃的反射下，J. 尼奥仿佛一个巨人伫立在东方明珠旁的高楼大厦间。

"最近，我们大家见面的问候语都变了。不再是你吃了吗，天气如何，或者How do you do，而是你相信吗？你相信12月21号是世界末日吗？其实无论信不信，问题的核心只有一个：这个日期从何而来？是的，它来自古老神秘的玛雅预言。但这个解释显然不够。我凭什么——怎么可能——去真正相信一个如此久远，毫无根据，如同神话传说般的所谓预言？我问自己。直到我发现了一个更好的解释。一个更有力的证据。那就是：12月21号，这个日期，这个神秘的末日数字，从其根本源头而言，是来自中国。来自古老的华夏文明。来自这里。"

大厅里响起一片低语，听上去就像风穿过夜晚树林时发出的窸窣声。

"原因很简单。"停顿片刻后，他接着说，"因为玛雅人是中国人的后代。虽然主流的历史学家仍不肯承认，但有无数的事实表明，美洲印第安人的祖先就是中国殷商时期的移民。也就是说，第一个发现新大陆的不是哥伦布，而是中国人。有个有趣的故事。据说哥伦布登上美洲后，发现当地居民见面都互道印第安，于是便称其为India，但其实这个词是一句问候语——正如吗哪的原意为那是什么——"印"其实是指殷朝的殷，"第"是土地的地，意为殷人新地平安，即祝福来到新大陆的殷朝人万事平安。在我看来，这个故事——传说——虽然像编造的，而且缺乏依据，却带有某种弗洛伊德式的语言学意味。但殷朝人为什么会来到美洲？也许跟一个神秘的故事有关。殷朝的最后一个国王商纣，是中国历史上最著名的暴君之一，类似中国古代的希特勒，他著名到成了一句成语：助纣为虐——至今我们还在使用。而就在周朝最终灭掉了这位荒淫无度的商纣王时，一支出征东夷——即东部沿海外族——的商朝精锐军队，总计十五万人，突然消失得无影无踪。简直就像走进了时间隧道。他们去哪儿了？这是中国古代史上的一个千古疑案。而最有可能的解释便是：这批殷商的遗族，通过密布在北太平洋上的阿留申群岛，逃亡到了美洲大陆。他们的直系后代，就是美洲印第安人中最古老，最智慧，也是唯一留下文字记录的一族：玛雅人。时间上完全吻合。根据玛雅人的传说和记载，他们自称是在三千年前经由海上神路，天之浮桥诸岛而来。那不就是阿留申群岛吗？那也正是殷朝灭亡的时间。证据还有很多。比如：玛雅人是黄种人。有跟中国人同样的玉石崇拜。他们的羽蛇神，样子很像中国的龙。他们的文字也是象形文字，而且与商周时期的甲骨文极为相似。更关键的是，那也解释了玛雅人高度文明的来源。玛雅文明的代表是什么？天文历法和预言未来——末日数字便是这两者相结合的产物。而这两者,恰好是中国殷商时期的文明精华。正是在这一时期,中国人写出了一部至今仍是世界上最深奥,最智慧,同时也最神秘的——预言之书。"

他身后的白色空间里出现了一幅熟悉的图案:由无数同心圆组成的太极卦象图。图案中心的黑白太极看上去就像宇宙飞船舱里的环形对开门。那些卦象则像一圈圈蜘蛛网。

"那部预言之书——各位想必已经猜到了——就是《易经》。不过我们现在所知的《易经》,其实只是真正《易经》的一小部分。《易经》最重要最核心的两部分,《连山》和《归藏》,早已失传。但剩下这一点就够厉害了。有关《易经》神奇奥秘的例子数不胜数。比如,与牛顿齐名的德国科学家莱布尼茨,被誉为十七世纪的亚里士多德,正是受到伏羲六十四卦图的启发,才发明了电子计算机的二进制。因此完全可以说,是《易经》促使了电脑的诞生。莱布尼茨所看到的《易经》图,是他的一位法国传教士朋友,同时也是著名的汉学家白晋,从北京寄给他的。鉴于莱布尼茨本人也是虔诚的基督徒,所以不难理解,他惊喜地发现《易经》与《圣经》之间有种种神秘的联系。莱布尼茨推导出,太极中的阴阳,即相当于二进制中的 0 和 1,而太极八卦的八个卦象,表示的正是零到七这八个自然数,它们不仅组成了一个完整而完美的二进制数列,同时还对应着上帝创世的七天。他最终得出结论:0 和 1,是上帝造物的美妙秘密,是宇宙万物

第十三章 K的平行宇宙（5）：2012年9月11日

的神奇渊源。这也恰好与中国关于世界起源的古老思想不谋而合。不是吗？太极生阴阳，阴阳生天地。直至今天，现在，0和1又构成了对我们最为重要、最为真实的另一个世界，一个平行世界：互联网。在某种意义上，互联网如同镜像般印证了莱布尼茨的观点，即上帝是用0和1造出了这个世界。换句话说，我们身处的这个世界，不过是建立在0和1基础上的一种二进制幻象。再仔细看看《易经》的那些卦象，难道你们不觉得它们很像某种程序编码？"

"这里出现了又一个关键词：零。"太极图消失了，屏幕背景又恢复成一片虚无的白色。"根据莱布尼茨的说法，《易经》中早已蕴含有零的概念。但众所周知，世界上第一个发明——或者说发现——零这个数字的，却不是中国人，而是玛雅人。为什么？很简单。因为真正的《易经》掌握在玛雅人手里。因为真正的、完整的《易经》被那支逃亡的殷商军队带到了美洲。那也正是《连山》和《归藏》失传的原因。可以想见，在那个时代，像《易经》这样一部用来占卜预言的神书，必然被当作国宝珍藏，而当国家沦陷，为了不让其落入占领者之手，必然会竭尽所能将其销毁。所以，最终遗留下的只是《易经》的大致框架及后人的解读。所以，世界上最终掌握《易经》真正奥秘和预言能力的，只剩下了那支流亡的军队及其后人——玛雅人。"

"那就是为什么玛雅人如此擅长预言。"他稍作停顿，"因为他们手里有一部预言之书。一部隐含着世界终极谜底的预言之书——《易经》。真正的《易经》。玛雅文明的神秘消失显然也与此相关。玛雅人著名的五大预言中，第一条就是预言了自己的灭亡，包括精确的灭亡时间，就像提前预订了车票。他们预言了汽车、飞机和宇宙飞船的出现。他们也预言了希特勒和两次世界大战。所有这些预言都实现了。除了最后一条还没有。那也就是第五个预言：世界将结束于2012年12月21号。"

"100天。我们还剩100天。"他沉默片刻。

"说实话，一开始我也不相信。什么第五个太阳纪，地球磁极倒转，天体重叠。实在太故弄玄虚。至于那些所谓被证实的预言，往往充满了牵强附会，也很难让人信服。直到有一天，我突然意识到，这个日期，这个末日数字，很可能源自中国，源自我们老祖宗最神秘的智慧和预言之书，《易经》。不知为什么，这赋予了那串数字一种现实感。真实感。仿佛一刹那在我和末日间建立了某种直接的、通电般的联系。我开始查寻资料。显然，并非只有我认为玛雅末日预言与《易经》有关。其中最有力也最神奇的证据，来自一个名叫特伦斯·麦肯纳的美国人。此人的身份包括作家、演说家、哲学家、植物学家及电脑专家，是上世纪美国亚文化领域的先锋人物。七十年代，他将《易经》的六十四卦象编成了电脑程序，从而得出了一张波浪形的时间曲线图。奇特的是，这张曲线图的峰谷起落与人类历史上的重大事件几乎完美契合。而根据这个《易经》程序，可以推算出这条波形时间曲线将终止于一个确切的日期：2012年12月21日。"

下面掠过一阵轻微的躁动。

"更不可思议的是，在推算出这个日期之前，麦肯纳从未听说过玛雅末日预言。也就是说，他在毫无预设的情况下，通过电脑得出了一个跟我同样的结论：玛雅人所预言的世界末日时间，其实来自《易经》。"

屏幕上出现了一张黑白的，看上去就像心电图或企业利润表的曲线图。横轴是年份（最后一年是2012），纵轴是一系列看不懂的数值。图上方写着：

Time Wave Zero

"麦肯纳将他的程序，或者说理论，命名为 Time Wave Zero。时间波归零。听上去有点耳熟，对吗？我们几乎立刻就会想到 Ground Zero：归零地——9·11的纽约世贸中心遗址。这只是巧合？还是有某种隐秘的呼应？转了一圈，我们又回到了9·11。回到了今天。今夜。此刻。世界末日与9·11。那正是我们今夜相聚于此的原因。100天。我们刚好还剩100天。又一个巧合。无数的巧合，呼应，关联，犹如无数闪烁的光点。一个巨大而美妙的系统正若隐若现。只差一点，只差最后一块拼图，或者碎片，这一切就会形成一个完美的整体。发光。耀眼。世界的秘密将一目了然。所有问题将迎刃而解。"

他停顿一下，然后接着说，"那么，这块拼图是什么？这最后一块碎片。答案是：特伦斯·麦肯纳本人。"波形曲线图变成了一张男人的照片。他在微笑。一张睿智的脸。令人想起年轻时的库切。

"特伦斯·麦肯纳生于1946,死于2000。所以他既错过了核弹,也没碰上9·11。仿佛特意挑过似的,他的人生恰好落在两个Ground Zero之间——在英语里,Ground Zero的另一个意思是核弹爆心投影点。他死于脑癌——多么富有象征意味的疾病。但这些都不足为奇。最奇妙的是,他是个迷幻药高人。他以对萨满教仪式中致幻植物的研究而闻名。在某种意义上他就是个后现代的萨满。他写书,四处演讲,参演纪录片电影——犹如通过媒体施行巫术。他创立了一整套宇宙意识的哲学理论。他指出迷幻这个词是种误导,更确切的说法应该是显灵或通灵,因为那才是吸食致幻植物的真正意义:通往意识的终极自由,和宇宙融为一体。"

J.尼奥仰起头,叹了口气,仿佛如释重负。照片消失,背景变成了色彩迷幻的宇宙星图。他静静地飘浮在太空中。他再度开口,语气肃穆。

"一切都对应起来。豁然开朗。光芒四射。至此,一切都已打通。一切都已关联。0与1。时间波归零。归零地。《易经》。《圣经》。玛雅预言。末日与开端。起源与终点。我是谁?我来自哪里?我最终要去哪里?希特勒。莱布尼茨。麦肯纳。艺术。宗教。政治。裸盖菇。鸦片。吗哪与吗啡。二甲基色胺。《2001漫游太空》。《夏洛的网》。圆明园。奥斯威辛。9·11。2012年12月21。一切。一切的一切,都形成了一个整体。而在这个整体的中心,就是把一切都联接起来的,这个世界的终极秘密:迷幻药。"

迷幻药这几个字在大厅里回荡。

迷幻药。我在心里重复一遍。不知为什么,这似乎让我想起了什么。但越想就越一片模糊,就像回忆做过的梦。

"哈!这小子虽然胡言乱语,却也说得头头是道!"老头在我旁边嘟哝着。我几乎已经忘了他的存在。我听得太入神了。

"中国有句老话,"J.尼奥继续道,"解铃还须系铃人。要回到伊甸园,就要从为什么被赶出伊甸园下手。那就是禁果,智慧果——迷幻蘑菇。我相信那就是玛雅人神秘消失的原因。他们返回了伊甸园。别忘了,玛雅人可是使用致幻植物的好手。而这个迷幻传统——应该说通灵传统——显然源于我们与玛雅人共同的祖先,即首创《易经》八卦的伏羲氏及之后的神农氏、尧舜禹。要知道,在那个时代,帝王高官往往兼有萨满与巫医的身份,并都精于仙药神草,《易经》、《老子》、祝由之术便由此而来,及至近古才渐渐退化成了巫师神婆之流。但幸运的是,最终,这束微弱的迷幻之光又传到了我手里。"

他缓缓伸出右手。背景的星云图倏然化为他手上一个小小的光球。它棒球大小,流光溢彩,缓缓转动。我不禁想起博尔赫斯那篇著名的《阿莱夫》。小说中有个神秘的光球,容纳了宇宙间的万事万物。我突然意识到,那篇小说应该从迷幻药的角度加以解读，但似乎从未有人想到过。

"《易经》。玛雅。我。我们一脉相承。扮演救世主尼奥的基努·里维斯有中国血统，你们觉得是巧合吗？而我，J. 尼奥，恰好是个中美混血的装置行为艺术家，你们觉得是偶然吗？不。没有巧合，没有偶然，一切都有其秘密的秩序与意义，上帝，才是最伟大的超媒体艺术家。所以，末日预言来自哪里，哪里才蕴藏着真正的救赎之道。所以，逃离末日的唯一途径，绝不是大家风传的某个法国南部小村庄，而是在这里。在中国。而我——"他稍微提高音调，"J. 尼奥，伏羲氏和玛雅人的传人，既是炎黄子孙，又流着美利坚的血液，既是艺术家，又是研制迷幻药的大师，我——就是你们的救世主。"

他一身黑衣，英姿飒爽，昂然屹立，一手托着转动的光球，俨然一尊真正的神。不过，也像《黑客帝国》的某款电影海报。

"100天后，我将带你们逃离末日之火。"他的声音低沉，绵延不绝，散发出某种梦幻气息，"上一次上帝用的是水，这一次上帝将使用火。正如詹姆斯·鲍德温所说，上帝给诺亚以彩虹为标记，不会再有洪水，下一次将是烈火！The fire next time。烈火即将到来，烈火即将吞噬这个二进制的虚拟世界。但不用担心，我会为你们造一座迷幻方舟。我们会像玛雅人那样离去——抵达真正的真实世界。那将成为我的下一个作品——当然，也是最后一个作品。名字就叫《方舟》。那将是一件真正的、事关存在之谜的作品。我要将艺术的终点与起点相连，形成一个完美的圆。我要让艺术回到最原始的本质：生死攸关。我们要抵达并超越所有极限。艺术的极限。自我的极限。意识的极限。最终，我们将超越死亡。我们将回到伊甸园。而现在，今夜——请大家领受我精心制作的9·11迷幻圣餐，它，就是你们进入方舟的船票。"

他翻动手腕，推动光球，抛向下面的大厅。

一片惊呼。并不是因为真的有光球，而是因为屏幕前的有机玻璃罩里突然轰地腾起一股火焰。双子塔蛋糕模型被点燃了，冒出黑烟，随即坍塌成几截——就像逼真的9·11模拟演示。（如果不是围在四面的玻璃罩——上部是空的——蛋糕碎块就会掉到地上。）彩虹色光带消失。空气中飘散出一股异香。我忽然感觉饿了，而且不是一般的饿，是饥饿难耐。

这时幽暗中传来一阵男人的哽咽声。仿佛能感应到，哭声上方的射灯亮了，聚光灯下，躺在紫色懒人沙发上的猫王正在掩面抽泣。他一边摇头一边断断续续地说，"Fuck!……Fuck!……太过分了！"他的中文发音很标准，但还听得出是外国人，"我们是来 high 一下，是来寻找快乐！不是来听你的长篇大论胡说八道……Fuck!……什么艺术家！……你知道失去亲人的感觉吗？我们才结婚一个礼拜，七天，她就被烧成了灰，她才二十八岁……你这是对死者的侮辱！你们闻到的不是迷幻蛋糕的香味，而是尸体被烧焦的焦味……"

"那我也想问问——"又一道光束，是一名端坐在黑皮懒人沙发上的印第安酋长：五彩的羽毛头冠，腊肉般的脸上涂着颜料，胸前层叠的珠链和吊饰，他的声音洪亮，"你们美国人为什么要过感恩节？印第安人是不过感恩节的。你们的感恩节，是我们的哀悼日。1637年，白人为了庆祝在康涅狄格山谷对印第安人的大屠杀，才正式设立了所谓的感恩节。而如果没有印第安人的帮助，当初这些白人根本就活不下来。最妙的是，白人还将印第安人教他们养的火鸡，作为节日的代表食物。白人到底杀了多少印第安人？至少有一百万人，这是最低数字。你们南北战争中的民族英雄——或者用J. 尼奥先生的说法，开启了人类资本主义时代的美国英雄——谢尔曼将军有句名言，在我们印第安人中广为流传。他说，我见过的唯一的印第安好人，就是死人。那么——我想问，你们在感恩节享用美味的火鸡肉时，会不会也想到堆积如山的，腐臭的印第安人尸体呢？"

"显然是事先安排好的。"老人在我耳边轻声说，"哈！瞧那灯光。简直像舞台剧。"

"不管怎么说，将灾难转化为食物是有传统的。"几秒钟后，我才意识到是自己在说话。而且声音大得惊人。光线像瞬间撒下的渔网般罩住我，我像垂死的鱼一样挣扎了几下。

"想想你们的基督教好了。"我又听见自己大声说。不，我突然意识到，那不是我的声音，那是孔子的声音。"耶稣是怎么说的？这饼是我的身体，这酒是我的血，你们以后要常吃这两样食物，为的是记念我。说完第二天，他就被钉上了十字架。再来看看我们中国最伟大的诗人，屈原。他投江自杀后，为了不让他的尸体被鱼虾吞噬，老百姓纷纷将米团扔入江中——那就是为什么中国人端午节要吃粽子。这两件事有个共同之处，那就是尸体都转化成了食物，而吃这种食物又成了一种固定的仪式，目的，则都是为了纪念曾经发生的悲惨事件。"

"请问这位是……？"屏幕上的J.尼奥问道。

"孔夫子！"老头在我旁边大叫道，"他是孔老夫子！"

周围传来一片笑声。就像这是个出色的笑话。

"原来是孔圣人。"J.尼奥说，"传说也是《易经》的编著者之一。难怪见解不凡。"

"Fuck……你们说的都是几百几千年前的事……谁知道是真是假。但9·11……9·11才发生几年？用你们中国的话说，他们尸骨未寒！你们考虑过他们亲人的感受吗？你们考虑过时间吗？"猫王那特有的发型在聚光下闪烁。

"至少对中国人来说，这并不奇怪。"我又听见孔子说，"中国人的葬礼通常都以一场盛宴结束。人们以缅怀死者的名义，一起大吃大喝。因为对中国人来说，生命不是上帝赐予的，而是吃喝赐予的。中国有句俗话：人生在世，吃喝二字。活着就要吃喝，就是吃喝。既然要纪念死，还有什么比好好活着更合适的？"不知为什么，我觉得孔子的这几句话很耳熟，似乎在哪里听过。

"对——活着！"有人在黑暗中叫道。

"对——饿了！"又有人叫了一声。

一片无力的哄笑，中间夹杂着几次叫饿声。看来大家都饿了。

J.尼奥微微抬起两只手臂，示意大家安静。

"正如孔圣人所言，"他环视大厅，"纪念死亡的最好方式就是活着。好好活着。好好吃喝。其实从古到今，不管东方西方，一直有类似的传统。亚马逊丛林里的某些原始部落，甚至有将死去的亲人煮熟吃掉的习俗。在他们看来，这样就能与所爱的亡者融为一体。从本质上说，这里有某种复活的意味。就像耶稣和屈原那样。通过对某种食物的仪式化和神圣化，使那种食物所象征的逝者死而复生，并进而获得……永生。那也正是为什么我将我的作品——这个9·11蛋糕，这个派对，我们大家共同分享蛋糕这个行为——命名为《圣餐》。"

"不过，我也完全能理解，甚至同意，这位猫王先生的观点。"他对着猫王的方向优雅地伸出右臂。大厅现在看上去犹如舞台，一片幽暗，除了四束射灯形成的光井。井底分别是那两只坍塌的蛋糕模型和三个蜡像般的角色：猫王，印第安酋长，以及孔子（我）。

"对，时间。"J.尼奥接着说，"9·11过去才十一年，还没有成为真正意义上的，那种带有冷漠和抽象色彩的所谓历史。也就是说，从时间上看它还不足以被神圣化。但问题是，我们已经没有时间了。别忘了,我们还剩100天。很快,再过一会儿,就只剩99天。这是上帝第二次这么做。还记得第一次他是怎么说的吗?世界在上帝面前败坏,地上满了强暴。上帝就对诺亚说,凡有血气的人,他的尽头已经来到我面前。因为地上满了他们的强暴,我要把他们和地一并毁灭。而今,再一次,地上满了我们的强暴。不是吗?正如刚才这位尊贵的印第安酋长所说——我们用彼此杀戮,来表达对造物主的感恩。美国人杀印第安人。德国人杀犹太人。英国人杀德国人。日本人杀中国人。美国人杀日本人。沙特阿拉伯人杀美国人……这样的组合几乎无穷无尽。世界已经败坏。凡有血气的人,都已走到尽头。我们活该。We deserve it。难道不是吗?如果你是上帝,你会怎么做?你还能怎么做——除了将我们与地球一并毁灭?"

他停顿片刻,然后深吸了一口气。

"好香……"他说,"这奇异的香味,便来自我们建造方舟的材料。我知道大家饿了——我也饿了。不过,请大家再最后忍耐几分钟,让我来介绍一位神秘嘉宾。今夜,将由她来为我们切分蛋糕。而在她出场之前,请允许我先讲一个小故事。这个故事,由于充满了巧合、象征和隐喻,以至于就像个神话或寓言。但我可以用生命担保,它是百分之百的真事。故事开始于一个美丽的美国女孩,爱丽丝——对,跟《爱丽丝漫游仙境》的爱丽丝同名。她是那种你可以想象到的最典型的美国女孩,金色长发,乐观,善良,笑容灿烂。

她来自德克萨斯。她会骑马。她父亲是个牛仔,两次都不顾女儿的坚决反对而把票投给了小布什。爱丽丝在纽约世贸大厦里的一家中国公司上班,公司叫达利商贸有限公司——跟画家达利同名,当然,跟超现实主义艺术无关——虽然整个故事颇有几分超现实主义意味——这里的达利是指发达、顺利、利益。达利公司的总部在义乌——就是大家都知道的义乌小商品城,其主要业务是为美国加工生产圣诞树和圣诞饰品。你们知道吗?美国百分之八十的圣诞用品都产自义乌。也就是说,离开了中国,美国人就过不了圣诞节。多么超现实主义。总之,爱丽丝是达利纽约分公司的美国员工。在那儿,她认识了广告部一个中美混血的男孩。我们姑且称他为J。他们相爱了。他们结婚了。然后,爱丽丝怀孕了。她的预产期是9月15号。一切都好。9月9号她还在上班,但9月10号晚上出现阵痛,她住进了西奈山布鲁克林医院。西奈山,即上帝向摩西显灵并赐予他十诫的圣山。感谢上帝!这是第二天早晨,当J在厨房里喝咖啡,看到远处世贸大厦倒塌时的第一反应。当然,他没别的意思,他只是本能地庆幸爱丽丝和肚里的孩子逃过了劫难——也包括他自己,因为爱丽丝那天可能会生,他才请了假没上班。然而,几乎就在同时,电话铃响了:爱丽丝因难产大出血去世。也就是说,虽然爱丽丝当时不在被撞毁的大楼里,却以某种神秘的、量子呼应般的方式,在9·11事件的同时丧生了。"

"孩子活了下来。"沉默一会儿,他接着说。"是个女儿。

第十三章 K的平行宇宙（5）：2012年9月11日

她的生日，也是她母亲的忌日。当然，也是9·11三千多名死者的忌日。J——也就是我——给她取名为John Alice，中文名叫余真——真实的真，真理的真。我辞去了在达利的工作，以便专心照顾小爱丽丝。我也放弃了挣扎多年的成为小说家的梦想——写小说很难养活自己，何况还有个孩子。在一个艺术家朋友的引荐下，我进入了艺术圈。我做了几件装置作品，签约了一家画廊，参加了几个艺术展。我不知道是我在这方面有天赋，还是混艺术圈比写小说要容易，或许两者兼有——总之，一切顺利。我在中国待的时间越来越多。纽约时报称我为中国的博伊斯。也许是因为跟博伊斯一样，我喜欢——并擅于——制造一些真假难辨、谜一般的个人故事。但正如我前面说的，我刚才讲的这个故事是绝对真实的。这也是我第一次讲这个故事。多年来，只有极少数最亲密的朋友知道小爱丽丝的存在。她是我生命的秘密。她是我生命的核心。她是我生命的理由。我想，朋友们，你们应该已经猜到了，今晚的神秘嘉宾是谁？"

"哈！这个故事……"老头又凑到我耳边咕噜道，"这个故事太假了，假得都让我觉得可能是真的。"

J.尼奥侧身做出请的手势。他身后那片奇异的白色背景的右下角突然出现了一扇乡村风格的黄色小木门。小得就像来自一座玩具屋。音乐同时响起。晶莹剔透的钢琴曲，但又加了点扭曲和电子节奏的音效。门开了，爱丽丝从里面走出来。跟著名的原版插图上的爱丽丝一模一样：金色长发，淡蓝色的短袖连衣裙，前面套着件带两个小口袋的白色围裙，蓝白条纹的长袜和黑色浅口皮鞋。她好奇地左右看看，走到她父亲身边——她只有不到 J 的膝盖那么高。

"哦——" J 微笑着低下头，"爱丽丝，你喝了那瓶神奇药水，对吗？"

爱丽丝也微笑着，仰起头点了点。

"那……那块神奇蛋糕呢？" J 说，"就是上面用小葡萄干写着吃了我的那个。"

爱丽丝从围裙口袋里掏出一块小蛋糕，给 J 看了看，然后津津有味地吃起来。一如《爱丽丝漫游仙境》里的情节，刚吃完小蛋糕，她的身体就开始迅速变大。很快，她就占满了整个屏幕。事实上，就像书中那幅插图一样，她大得必须蜷缩在白色的屏幕空间里。如同电影的特写镜头，现在我们可以清晰地看到她金发的光泽，她扑闪的睫毛，她水汪汪的黑眼睛和小巧精致的红嘴唇。她脸上露出可爱的苦恼表情。

"哦……"现在轮到 J 只有爱丽丝膝盖那么高。"看来我们只有求助于蘑菇了。"他说。

话音刚落，他旁边就出现了一只巨大的——高度快到 J 的肩膀——肉乎乎的粉红色蘑菇。这时只见 J 大张开双臂，环抱住蘑菇那肥厚的、圆盘似的菌伞，双手分别从两端各扯下一块，然后把它们放入爱丽丝的巨手。

爱丽丝一把将蘑菇塞入嘴中。她开始慢慢缩小，直到变回正常的十来岁小女孩的体型。她站在 J 身边，欣喜地低头看了看自己。音乐随之停止。她望着下面的大厅，嘴角浮现出俏皮、好奇而又镇定的微笑。毫无疑问，她是扮演爱丽丝的最佳人选。她就是爱丽丝。

J伸出手摸了摸女儿的头。"《爱丽丝漫游仙境》。想必大家都看出来了。你们知道，除了《圣经》，全世界销量最大、读者最多的书是什么？就是这本薄薄的童话。《圣经》与《爱丽丝》。又一个连接。还不止于此。正如《圣经》里的禁果与吗哪，在《爱丽丝》里，迷幻剂也是个关键元素。甚至完全可以说，它整个就是一本迷幻之书。难道不是吗？兔子洞中漫长而悠缓的坠落。神奇的药水和蛋糕。抽大烟的毛毛虫。吃下蘑菇让人变得忽大忽小……只要稍加留意，你就会发觉，就像《爱丽丝漫游仙境》这个书名所暗示的，整部童话都是建立在迷幻药基础之上——难怪有人说刘易斯·卡罗尔是个瘾君子，毕竟，1862年鸦片还是合法的。但不管怎样，奇怪的是，虽然有无数人读过《爱丽丝》，却很少有人意识到它跟迷幻剂有关。我们只是无意识地、疯狂地热爱它。为什么？也许正是因为我们都在无意识地、疯狂地热爱着它所隐含的秘密——那也是构成我们自身的秘密，那也是这个世界的秘密：迷幻药。所以——"他牵起小女孩的手，"还有谁，比爱丽丝更适合为我们切这只蛋糕？今天，恰好也是她的十一岁生日。因此这既是圣餐蛋糕，仙境蛋糕，也是生日蛋糕。爱丽丝——生日快乐！"

音乐响起。同样的钢琴和扭曲的电子音效，背景有遥远而隐约的 Happy Birthday 的歌声。突然，J 牵着爱丽丝直接从屏幕走入了大厅，毫无过渡，毫无破绽——正如当初 J 直接走进屏幕。他们步入笼罩着蛋糕的光柱。其他几束光柱悄然熄灭（我不禁松了口气）。不知什么时候，J. 尼奥手上多了一个银色托盘，而爱丽丝手上多了一柄明晃晃的匕首——让人想起奈良美智画的邪恶少女。不过，显然，那只是用来切蛋糕的。围住蛋糕的有机玻璃罩通过某种精巧的装置缓缓收入台面。与此同时，幽暗中鱼贯着浮现出另外五个一模一样的 J. 尼奥。手里都托着银盘，他们和原先的 J. 尼奥及爱丽丝，围着蛋糕，在光束中站成一圈。爱丽丝开始切分面前坍塌的蛋糕。她把分好的一块块蛋糕分别放入每个 J. 尼奥的托盘。J. 尼奥们轮流来到爱丽丝跟前。很快就分不清哪个才是最初的——或者说真正的——那个 J. 尼奥。

音乐在继续，但钢琴和生日歌已经渐渐消失，取而代之的是本来作为辅助的节奏柔劲的电子音效。纯白的屏幕（蘑菇和小门都不见了）正在被虚拟的火焰吞噬，就像一张被点燃的巨大白纸。意识到时，大厅已经不再那么暗了，整个空间散发出一片带荧光的幽蓝，仿佛置身晴天白昼的深海。

我看见其中一个 J. 尼奥穿过海水向我走来。

*

一切都融为了一体我知道这听上去像老生常谈但现在没

第十三章 K的平行宇宙（5）：2012年9月11日

有什么是老的但也不是新的只是每个词每个音符每道光线每样物体每样东西每种存在都成为它最本质的本身比如一切就是一切都就是都融为就是融为一体就是一体一体就是我能感受到其他所有东西的感受其他这个词并不准确因为根本不存在其他但为了方便起见我们姑且称之为其他比如沙发地板墙壁开关电线电梯电缆无线电波东方明珠金茂大厦世贸中心办公室格子间文件夹电脑电话铃席梦思床头柜衣橱深处的内衣胸罩皮衣大衣连衣裙筒裙灰色套装书架上的每本书书中的每一个字构成每一个字的油墨黑人白人美国人印第安人英国人日本人德国人意大利人荷兰人男人女人变性人两性人孩子婴儿胚胎子宫大海贝壳鲸鱼丛林泥土蚯蚓根系地壳岩浆星星星座星云星系黑洞光极其清晰而又微妙的光五颜六色的光仿佛进入了彩虹隧道我能感觉所有这一切是因为所有这一切也能感觉到我所以已经没有我或者说我就是一切一切也都是我而说到感觉哦感觉以前那根本不叫感觉以前那个世界是多么肤浅浅薄粗糙那是个低等的世界低版本现在我才知道什么是真正的感觉真正的感觉是一个整体是各种感官系统视觉听觉触觉味觉彼此连通可以彼此呼应反射互换转化音乐就是最好的例子音乐此刻的音乐来感觉此刻的音乐不不是听不只是去听更是去触摸音乐成了立体的形状实体音乐随着节奏变化成立方体球体菱形体充满柔软的凸起或倾斜的滑坡或不可思议的转折面变化万千连绵不绝无穷无尽事实上不仅是音乐色彩气味烟雾也都成为某种既坚固又变幻不定的实体可以触碰抚摩

揉捏拥抱而这给我带来了一种深入内心无法形容的充实喜悦和满足音乐是的音乐最高的是音乐音乐变成了一切一切又都变成了音乐音乐成了另一种空气统治着一切供养着一切塑造着一切这种塑造这种实体随着音乐不间断的幻变是如此自然自在自如我唯一能想到的比喻就是快镜头的植物根茎枝叶花朵的飞速伸展缠绕攀援隆起绽放宛如舞蹈不这不仅是比喻这也是现实或者难道在这个世界这个高版本的世界想象可以同步成为现实我不知道也不需要知道疑问在这里毫无意义而且可笑这里只有确信和创造我目光所及无数奇花异草正从整个蓝色大厅的所有地面天花板空隙角落里涌现它们的根茎枝叶花朵飞速伸展缠绕攀援隆起绽放宛如充满生命力的现代舞或后现代舞大厅现在看上去就像一座茂盛的热带温室或者更像一片残酷却美丽的战场横七竖八瘫卧在地上的是作为人类标本的战死者而那些奇特美妙多姿多彩形态各异的根茎枝叶花朵深浅大小不一层叠交错的绿色紫色黄色白色橙色红色褐色灰色金色蓝色花色环形卵形心形三角形椭圆形杯状铃铛状球状管状等等等等它们继续不停地涌现生长利用占据所有的哪怕一丝一毫的缝隙从梦露马克思蒙娜丽莎凯撒大帝披头士鲁滨逊鲍伊弗洛伊德摩西林肯希特勒超人蝙蝠侠溥仪猫王印第安酋长红风孔子日本忍者撒切尔夫人但丁的胳肢窝下手指缝两腿间耳后很快它们便渐渐像某种绳索一样将这些尸体捆绑起来甚至这还不够它们开始从这些尸体之中冒出来从他们的胸口脖子胯部衣服口袋甚至鼻孔眼角嘴巴大厅里弥漫着一种

第十三章 K的平行宇宙（5）：2012年9月11日

奇异而宁静的美我入迷地看着欣赏着这幅场景同时觉得腿和膝盖在被什么轻柔地无比舒适地按摩着原来几株深蓝色的植物茎叶正在刺穿长袍而出它们像伸懒腰般向外向上伸展开来一直伸到我面前并又像打哈欠似地打出几朵巨大猩红的花朵我凝视着这精美绝伦的蓝色茎叶和红色花瓣它们看上去如此真实无论是色彩形状质感都有一种我从未见过的深度我的视线不是整个的我顺着花瓣滑入花心仿佛滑入巨大肉质的红色深渊我知道我必须闭上眼睛停止凝视和滑落否则我就会被吞噬被消化被吸收从我决定闭眼到真正闭眼似乎花了无限的时间以至于我开始陷入沉思就在这时我意识到自己不是孔子也不想再做孔子而摆脱孔子的唯一途径就是闭上眼睛我意识到自己其实一直在下意识地期待这一刻的来临因为在下意识里我知道闭上眼睛是个关键的决定性的举动它将带来巨大的改变产生重要的后果那就是我将挣脱孔子的躯壳我将成为真正的我我将终于可以彻底抛弃那些虚假的累赘的自欺欺人的名字身份欲念爱恨焦虑总之整个自我意识系统我将成为真正的我自有自足自由的我我渴望着闭上眼睛那一刻的来临但同时我也在本能地推迟和尽力延缓那一刻的来临就如同做爱虽然目标就是那一刻但又要竭力延迟抵达那个目标的时间终于那一刻终于来临了我合上眼帘那一瞬间我从红色深渊中喷射而出我不间断地无止境地向上飞升有彩虹色的一圈圈无限长的弹簧状的电波从下方托住我推送着我所有外在的虚假的累赘的自欺欺人的名字身份欲念爱恨焦虑喧嚣等等一切都在这极

速而平稳的飞升中剥落了哦你不知道没有了它们是多么轻松我飞升了多久我不知道既像刹那又像永远下一刻周围已是一片寂静我悠缓地飘浮在广漠的无边无际的太空中我唯一能听到的就是巨大缓慢而有规律的心跳那既像是我的心跳也像是整个宇宙的心跳要么这两者本来就是一回事我在完全的失重状态下缓缓飘浮着蜷躺着翻转着游荡着所有意义上的方向都失去了意义没有上下左右前后甚至里外因为到处都是上下左右前后甚至里外因为方向需要参照物而这里是一片无垠的半透明的幽暗其中点缀着闪烁的摇曳的晶莹的星光然后我忽然明白了自己现在是个婴儿就像《2001漫游太空》结尾时那个庞大的飘浮在太空中的婴儿然后我忽然明白了宇宙是我的母亲而太空就是她的子宫也就是说我正在子宫中我正在等待出生就在这时我看见前方远处有个小小的光球是的前方现在方向出现了因为参照物出现了参照物就是那个流光溢彩的小小光球它直径大概只有两三公分在一片幽暗中散发着明亮的光晕看上去犹如一道裂缝或出口它正在以难以察觉的速度慢慢变大因为我正在不知不觉地朝向它飘近坠落这时我忽然明白了它是什么它就是我要从中出生的地方它就是宇宙母亲的阴部它就是世界的起源它通向俗世的人类的世界它通向人间我忽然明白了博尔赫斯那篇《阿莱夫》写的是什么他在地下室看到的那个容纳了整个世界景象的发光小球也就是阿莱夫不正是我现在所看到的吗不他搞错了阿莱夫并不是个真正的光球而是个出口是宇宙之母的阴部那就是为什么那个地下室是

博尔赫斯深爱但却已经死去的女子家的地下室因为他进入地下室事实上他是像个婴儿般地躺在地下室其实就是进入自己爱人同时又是自己母亲同时又是整个世界的母亲的子宫而他看见的阿莱夫就是子宫唯一的出口我看到了博尔赫斯所描述的和无法描述的一切我看到了所有的火焰玫瑰街道人体战争教堂森林峡谷河流微风日落星空伤口高速公路雪壁炉接吻抚摸背叛谋杀选举投票脐带孩童皱纹波浪我看到上海映照出流云的丛林般的玻璃大厦我看到雨后青翠欲滴的白鹤山我看到我的空无一人的老公寓我看到李美真和金牧师对坐着一边喝茶一边说话我看到金牧师涨红的脸我看到李玫在那秘密的林中草地抬头仰望天空我看到古版《幽梦影》里娟秀楷书幻化成山川云雾琼台玉宇空中楼阁我看到圆明园一片火海我看到堆积的犹太人尸体被倒入焚尸炉我看到纽约曼哈顿上空被浓烟笼罩我看到玛雅人高耸的神庙杂草荒芜我看到洪水倾泻而下淹没大地我看到叼着橄榄枝的白鸽飞回诺亚方舟而在甲板上等候迎接它的是爱丽丝我感到无限壮美又无限悲哀无限甜蜜又无限忧伤无限柔情无限怜悯无限痛惜无限克制而又无限向往我忽然明白了这就是神的感受这就是天使的感受这就是耶稣的感受这时我又看到云团似的火焰开始飞速蔓延我看到整个世界在火中如粉末般崩塌瞬间我已被那火焰吞没我被吸入光球之中我已穿过了那道光的缝隙我诞生了我睁开眼睛我看见下方的大厅那些奇异的花草和尸体宛如一幅华美而诡异的油画我奇怪自己为什么会停在半空而不是跌落到地上这才

发现自己赤身裸体长发披散只有孔子长袍的褴褛残片裹在腰间而双臂则如翅膀张开三株类似竹子的植物茎干分别刺穿了我的两只手掌和交拢的脚掌于是我就被这些伤口固定在了空中然后我注意到右胸下方的肋骨也被什么割伤了但并不是因为痛而是因为从各处伤口流出的血都立即绽放成一朵朵鲜红的玫瑰大厅里一片死寂因为已经没有空间让那些花草生长这时我看到大厅的角落有个黑色的身影在走动他或她的脚步小心轻盈而又准确不知为什么那背影让我觉得熟悉他或她在向我这个方向走来我从上方急切地俯视着想看清他或她的样子他或她不时停下来左右张望似乎在寻找什么东西她走近了是个女子留着老式的发髻终于从某个角度她转过头的刹那我看到了她的脸她的表情她的斜眼李美真是李美真我胸口涌上一股暖意但她并没有看见我虽然她就在下面离我不远但除非有特殊原因通常你不会抬头去天上找什么东西于是我开始大声呼喊李美真李美真我在这儿李美真我在这儿李美真李美真李美真李美真但不知怎么无论多大声我的声音都无法震动空气她仍在敏捷而警惕地走动张望寻找带着我无比熟悉的镇定表情我继续无声地大喊我的眼泪流下来我的眼泪落向地面我的眼泪有某种魔力在落到地面的瞬间就会变成晶亮的钻石同时发出响亮的回音随着我眼泪的增多一颗颗钻石变成了一串串钻石发出的回音则恍如美妙的古钢琴正是这音乐让她发现了我就在她抬头看我的那一秒我被解除了束缚仿佛她用目光就能解救我我发现自己正站在她面前我看着她的脸那张我已经

第十三章 K的平行宇宙（5）：2012年9月11日

看了上千次上万次上亿次的脸那张我已经深深爱上的脸她也看着我镇定冷静超然地看着我还是同样的表情但这次我确定她是在微笑那是极为浅淡极为隐含极为内敛但也正因此而极为深沉极为欣慰极为温柔的微笑我轻轻抱住她我瞬间消失在她体内简直就像水融入水我在她耳边说是我是我是我是我是我是我是我是我

*

之后我才得知，就在9月11日那天晚上，几乎就在我陷入幻觉的同时，还发生了另外两件事。一是在山中精神病院的李玫自焚——或者按现场目击的其他病人的说法，是自燃——身亡。二是我北京的出版商——或者说前出版商——F从他位于三里屯的28楼的办公室窗口跳楼自杀。得知这两件事后过了一周，有天早晨我醒来，脑中浮现的第一个念头就是：现在这个世界除了我自己，再也没有任何人知道《李美真》这部小说的存在。

9月12日早晨我醒来后，一时不知身在何处。我也不知道怀里抱的女孩是谁。她还没醒。我能感觉到她小小的乳房。如同温热的水果。我一动不动，尽量小心翼翼地用视线察看她的模样和服装。短发，白衬衫，黑裤。是那个拍照的女孩。

是那个像羚羊般跳跃着跟在 J 左右拍照的女孩。对，没错。就是她。只是现在她没戴墨镜。她的脸像古希腊石像般苍白、光滑。然后石像复活了。她睁开眼睛。

　　我看见了李美真。

第十四章

红色笔记本（3）

> 人类必然会疯癫到这种地步，
> 即不疯癫也只是另一种形式的疯癫。
> ——帕斯卡

福柯：

毫无疑问，疯癫同获得知识的<u>奇异途径</u>有某种关系。
将疯癫置于一个可以无所限制地狂乱的<u>不可预知的自由领域</u>。
语言是疯癫的首先的和最终的结构，是疯癫的构成形式。

耶稣被钉十字架 because 他们说他疯了
弗洛伊德是第一个极其严肃地承认医生和病人的**结合关系**的人……他扩充了其魔法师的能力，为其安排了一个近乎神圣的无所不能的地位。

> **万物都约定好隐藏着我们，**
> **一半或许出于羞耻，**
> **一半出于不可言说的希望**
> ——里尔克，《杜伊诺哀歌》

没有照片，大屠杀就不存在。

  这里土地肥沃，出产丰美，无论统治者起初多么严苛，日后都会渐转仁慈。美就是这样影响着权力。
      ——容格尔，《在大理石悬崖上》

  要记着，在这苦楚中，有欢喜
  <u>因我们的缺陷如此灼热</u>
  被置于蹩脚的词语和倔强的音节
    ——史蒂文斯，《我们气象的诗歌》

音乐能说谎吗？

我们拥有艺术，才不会死于真实。（尼采）

世界作为一个有待解释的文本（<u>尼采最重要的隐喻</u>）
↓
尼采认为这个世界应该被理解成一个文本，而我们所有各种的实践与生活方式，都是对这个文本的阐释。
↓
  尼采的名言：**<u>没有事实，只有阐释</u>**。

  小说源于历史的缺陷。
    ——诺瓦利斯，《碎片与研究》

艺术并不是现实的反映，而是**反映**这一现实的过程。（**戈达尔，《中国姑娘》**）

一生也许可以用片刻的外表来概括。（**苏珊·桑塔格，《论摄影》**）

摄影一词来自希腊人，意思是<u>用光书写或绘画</u>。

世界始于艺术，也终结于艺术
世界始于创造，也终结于创造

BOOK LIST：

《火的精神分析》《精神分析与宗教》
《新艺术哲学：约瑟夫·博依斯》
《戈达尔访谈录》《哈扎尔辞典》
《岛》《众妙之门》《长青哲学》（赫胥黎）
《恶，或自由的戏剧》
《至高的贫困》《暴力批判》
《必须保卫社会》
《夜颂中的革命和宗教》
《晃岩集》《鲁迅短篇小说全集》《鲁迅日记》
《倪瓒集》《翁同龢日记》《溪山卧游录》
《中国的魅力：趋之若鹜的西方作家与收藏家》
《在西方的目光下》（康拉德）
《全像古今小说》（冯梦龙）
《老实人》（伏尔泰）《新科学》（维科）
《亚历山大·科耶夫：后现代政治的根源》

《推理的迷宫：悖论，谜题，及知识的脆弱性》
《意识的解释》《神经浪游者》
《逃避统治的艺术》

  世贸中心大楼正在建设之中，已经高高耸立起来，两个塔楼，顶端有几部起重机，工作电梯在大楼外侧快速地往上移动。她无论走到什么地方，都可以看到它。她吃了饭，喝了杯葡萄酒，走到栏杆——或者露台——前。它就在通常出现的那个地方，凸显在曼哈顿岛的漏斗状的末端。一天黄昏，在一幢博物馆大楼的房顶上，一个男子站在她身旁喝酒。他大约六十岁，她觉得，大块头，下颚宽厚，不过也算不乏保养，自信，稳重，优雅，看上去像个家境殷实的欧洲人。

  "尽管显然有两座塔楼，"她说，"但我认为它是一体的，而不是两座分开。它是一个整体，对吧？"

  "非常可怕的东西，我觉得，不过你得面对它。"

  "对，得面对它。"

  两人一时无话可说，站在露台上，一起面对着四周令人忧伤的风景。跟陌生人拥有相同的审美判断，所得结论不免流于肤浅，这让她觉得很不自在。随后，她感觉到，他动了动身体，似乎发出一阵响声，态度严肃，意向明确，意味着要改变话题。他仍旧看着那两座塔楼，对着她轻声说道，实际上是低语："你知道吗，我喜欢你的作品。"

  "是吗？"

  "非常认同。"

——唐·德里罗，《地下世界》

第十四章 红色笔记本（3）

M.A 新手机 18306615267

THINGS TO DO（9月—12月）

a. 第六期（最后一期——停止）《蓝城》交付

b. 继续（完成）短篇《增强梦境》

c. 重读《鲁滨逊漂流记》&《爱丽丝漫游仙境》

d. 重看塔可夫斯基《黑客帝国》

e. 阅读 做笔记 做饭（for me & M.A）

f. 早起晨跑（with M.A）

g. 帮 M.A 戒除 mtl

h. 联系 J

> 纯真并不属于这个世界，每隔十年它的光芒会在此短暂地闪现。
> ——季洛杜

维特根斯坦在谈到词语时说，<u>意义就是使用</u>——照片也是如此。（桑塔格）

↓

谁使用？如何使用？

↓

我对李美真照片的（虚构）使用｛恋母情节—写作焦虑｝

"李美真"照片的真实情况｛她的真实后代，照片的原初持有者｝

历史学者对"李美真"照片的(研究性)使用
↓
不同的使用方式(视角) → 不同意义
↓
一则有关照片解读的故事

一张照片。来自二战前线。时间:夏日,夜幕刚刚降临。地点:一片如同丝绸般的平静水面。一个美丽的年轻女人正以优雅的姿态涉水过河。她的表情专注而沉静,裙裾稍稍挽起、束紧,勾勒出身体的线条。印象:中产阶级式的夏日田园风情。真相:她是名俘虏,被迫作为探雷诱饵下水过河。问题:这张照片被拍下的那一瞬间之后发生了什么?那个女人是否被炸成了碎片?或者她侥幸存活下来——但还有什么凌辱和危险在等着她?

一些比喻

演员般的夜晚(歌德)

当我/看见早晨在墙上越来越坚固(哈代)

白月云心(利登《风入松》)

一日短如手指

音乐会上,他挥舞着手里的指挥棒,如同在鞭打蝴蝶。

你们长得就跟两条蛇一样相像。(卡夫卡《城堡》)

在它那硕大、柔和的头顶,由于它那无法言传的沉思默想而挂着一顶雾气重重的华盖,而那种雾气——你有时能看到——又被彩虹照耀得光辉灿烂,仿佛上天已经批准它的思

想似的。(《白鲸》)

强烈的爵士乐,有如从活生生的肉升起的热气一般,热乎乎地、鲜明生动地从那里向我回响过来。(黑塞《荒原狼》)

天放明霞,湖遂为天　霞倒烟浮,水红山碧大雾,天地一色,但闻滩声。树梦,重摇之不醒。
云为山衣,风摺而雨缝之。……是夜寒山竟不脱衣。
入寺闻庭池淙淙,鱼若得雨。
锄云犁月　夹岸肥阴（池显方《晃岩集》）

没有比一个空游泳池更空的东西了。(雷蒙德·钱德勒)

博伊斯：
我曾经用更加象征化的口气描述过一种传记性的东西……你知道,什么事都和雕塑的观点有关。<u>当我出生时,在第一天,我已做了一件雕塑</u>。……但我觉得详细地说自己的经历并不是太重要……那存在于每一个人的作品里:传记扮演了一个角色。[参见博伊斯自己四处跟人讲述的真假难辨的传奇经历：

{坠机—受伤—油脂与毛毡—复活}

↘ 与J的9·11故事

在二战中作为德国战斗飞行员被俄军击落,飞机坠落在冰雪覆盖的克里米亚,后被该地的游牧部落鞑靼人所救——用油脂和毛毡,这两者后来成

为他作品中的标志性元素 同时它们也被认为与纳
粹集中营有某种内在关联（焚尸炉油脂做肥皂 犹
太人头发做成毛毡纺织品）]

"我不是人，"博伊斯曾半开玩笑半严肃地说，"我是兔子。
我是一只厉害的兔子！"
{在很多民族里，如阿兹特克人或中国人，兔子是月亮里的
动物，因为他们认为在月亮里能看到兔子。}
↓
美洲印第安人是中国古代殷商移民后代的又一证明。

（J理论）

中世纪用兔子来象征基督复活
兔子是博伊斯的图腾动物。兔子对他而言，与生育、大地有
直接的关系，当它钻入地里，是为了与之合二为一。它是**道
成肉身**的象征。

博伊斯的"社会雕塑"概念，超越了杜尚的"现成品"
因为他感兴趣的是作品<u>在人类学上的关联</u>
历史应该**立体**地去看，**历史就是雕塑**

"因此艺术作品对我来说是个谜，而人本身就是解答。艺术
作品是最大的谜，但人是解答。这里我划下一个临界点，视

之为一切现代与传统的终点。我们将一起发展<u>社会性的艺术观念</u>，从旧有的规则中再生。

即社会雕塑 比如：在文献展演说一百天
　　　　　　　　将自己卷在毛毡里
　　　　　　　　站在一个地方数小时　和狼一起生活
　　　　　　　　为人们洗脚　带领众人打扫树林
　　　　　　　　向死兔解说图画
　　　　　　　　成立德国学生党
　　　　　　　　（党中之党，反对所有党派，
　　　　　　　　自称是"世界上最大的党，但大多数成
　　　　　　　　员是动物"）
　　　　　　　　<u>手被割伤却反而为刀子包扎</u>

希特勒和博伊斯之间奇特的平行关系：
希特勒想当艺术家，
而博伊斯则宣称创造一个政党是他最伟大的艺术作品
希特勒从第一次世界大战中走出，希望重建一个民族的秩序
博伊斯从第二次世界大战中走出，希望重建整个人类的秩序

艺术家是现代社会的巫师或萨满（？）

**在所有西伯利亚民族里，巫师的职责都是引领众人
进行从仪式性的谋杀到复活的整个过程**
　　　　　　　　　　　　　——伊利亚德《神圣的存在》

笛福的两个第一

写了英语文学史上第一部长篇小说《鲁滨逊漂流记》

也写了世界文学史上第一部以<u>中国</u>作为主题的长篇小说

《鲁滨逊的进一步历险》

or《鲁滨逊漂流续记》

↓

再次出海冒险,来到中国南京、北京及蒙古

充斥着对中国的歧视、偏见与傲慢 欧洲中心主义的优越感

在一定程度上为<u>英国殖民扩张奠定了舆论基础</u>

在当时为贬斥中国扩充了文本基础,

对当今跨文化交流有着一定的警醒作用

(来自百度)

百度百科上《鲁滨逊漂流续记》最早译本

译者林纾 第一句:余登舟之日为<u>五月五号</u>。

自我 脸 面具 facebook(脸书)

↓

毕加索为斯泰因画像

脸画得如同面具 灵感来自非洲面具

标志进入立体主义时期

毕加索说:"您觉得画得不像?没关系,您会长得越来越像它的。"

您觉得虚构得不像现实?

第十四章 红色笔记本（3）

没关系，现实会变得越来越像虚构的。

M.A 要为我拍肖像照（？）
艺术史上的自画像（达芬奇 梵高 伦勃朗 几乎所有画家）
文学中的自传性作品　隐喻的—卡夫卡《变形记》
　　　　　　　　　直接的—《追忆似水年华》
摄影家的自拍照（普通人的手机自拍）
{辛迪·舍曼的角色扮演自拍照 杰夫·昆斯}
电子游戏中的角色扮演（英雄 另一个我）
VR 模拟现实 增强现实 沉浸式体验
[文学：最古老 至今也是最先进的 VR 不是吗？]
从《鲁滨逊漂流记》到《红楼梦》到《安娜·卡列尼娜》

只要自我被保留

上帝就会被保留

——德勒兹，《差异与重复》

世界始于二进制
《易经》伏羲八卦 玛雅人的二十进制 甚至上帝七日创世

发展于十进制
古代文明（中国墨子 古印度人 古希腊 巴比伦）

又回到二进制
1701 年在北京的法国传教士白晋

通过《易经》启发莱布尼茨发明——应该说发现？——二进制
阴阳太极即二进制的图像化
莱布尼兹用二进制解释《圣经》（7用二进制表示为111即三位一体）

<u>电脑 数码摄影（M.A只用数码相机）量子力学 DNA 双螺旋</u>
↓
几乎整个现代文明都建立在二进制基础之上
世界的数码化（二进制化）
世界是虚拟的吗（《黑客帝国》）

我们称之为真实的一切，都是由我们不能称之为真实的东西组成。
——玻尔

玻尔，量子力学奠基人，
哥本哈根学派掌门人
热爱《易经》，
在家族徽章上加入太极图案
认为太极阴阳完美诠释了
量子力学的互补原则
{波粒二象性}

世界也将终结于二进制（？）→ 2012.12.21 迷幻方舟
（玛雅人的消失）

《精神分析与宗教》
正是弗洛伊德看到了精神病与宗教间的关系，但他把宗教解释为一种人类集体的儿童时代的精神病，也可以把这种说法倒过来说：我们可以把精神病看作宗教的一种个人形式。

作为"灵魂治疗"的精神分析有着十分明确的宗教内容
事实上，帮助人们从自身的<u>虚假中领悟真实</u>乃是精神分析的
基本目标　［表面的自欺欺人 & 无意识的内在真实］

精神分析疗法是"真实使你自由"这一名言的经验性应用无
论是在人本主义宗教思想中，还是在精神分析中，人探寻真
实的能力都被认为与**自由**和**独立**的获得是不可分离紧密联系的

当我们把弗洛伊德关于乱伦情结的学说从狭义的性角度的阐释
中解放出来，而放在更广泛的人际关系的意义上去理解，那
么他关于俄狄浦斯情结、乱伦情结是"所有精神疾病的核心
问题"的观点，乃是解决精神健康问题最有意义的见解之一。

↓

当耶稣说"<u>因为我来是叫人与父亲生疏，女儿与母亲生疏，
媳妇与婆婆生疏</u>"，
　《马太福音》10:35 后一句：人的仇敌就是自己家里的人
他并不是要教导人们恨父母，而是用最清晰、彻底的形式表
达这样一个原则，即为了成为人，必须<u>打破乱伦关系</u>而成为
自由的人。

对父母的爱只是乱伦的一种形式，虽然是最基本的形式；社
会化过程中，别的爱部分地取代了它。部落、民族、种族、
国家、社会阶级、政党和许多其他形式的机构及组织成了精

神家园。这就是民族主义和种族主义的根源……也许可以这么说，人类的发展就是从乱伦到自由的发展。由此我们可以解释乱伦禁忌的普遍性。

所有伟大宗教都从对乱伦禁忌的否定性陈述发展到对自由的更肯定的陈述。佛教对孤独的极端要求，人应切断所有"情愫"以便去寻找自我及其真正的力量。……而切断血亲和乡土关系的要求贯穿于整个《旧约》：亚伯拉罕被要求离开故乡成为一名漂泊者。摩西在远离家乡，甚至远离他的人民这样一个不熟悉的环境中，作为一名异乡人长大。作为上帝选民的条件，以色列人的使命就是离开埃及而在沙漠中漂泊40年。

但在我们走过的这条克服乱伦的漫长道路上，人类并没有取得完全的成功。乱伦束缚对那些代替家庭、部落、乡土的更大的社会组织仍然是强有力的

{冷战 9·11 全球恐怖主义 中美关系……}

只有彻底根除乱伦情结，才能使人类之间兄弟般的情感得以最终实现

　　　　四海一家　天下大同

就普遍性而言，弗洛姆没有提及的是，俄狄浦斯情结对于艺术发展同样有效——所有伟大艺术也都是从对乱伦禁忌的否定到对自由的肯定

example：梵高 & 日本浮世绘

毕加索 & 非洲原始艺术

嬉皮士、垮掉派 & 东方神秘主义（斯奈德 & 寒山）

约翰·凯奇的《4分33秒》& 禅宗（他极爱<u>蘑菇</u>）

尼采对德语文学的鄙视 歌德的世界文学概念

苏珊·桑塔格对美国文学的鄙视 对欧洲文学的推崇

博尔赫斯对英语文学的热爱 反拉美化

福克纳对马尔克斯的影响

西方翻译文学对中国八十年代先锋文学的全面影响

文学的仇敌就是自己国家的文学

↙

那就是我为什么如此厌恶中国文学？

因为一种出于本能的，文学意义上的乱伦禁忌？

关于火的研究

A. 帕斯卡的"激情之夜"

  跟性爱无关，而是一次宗教神秘主义体验 由此从科学转向神学

  1654年11月23日，帕斯卡所乘马车跌入塞纳河，马溺毙而他却奇迹般生还。当日深夜，帕斯卡借宿于一家修道院，阅读《约翰福音》耶稣基督被捕前的一段祷告时产生神秘体验，并随即写下祈祷文缝在自己贴身衣服里，直到八年后死去方被人发现。祈祷文的开头是：

    火 确定。确定。情感。喜乐。平和。

B. 塔可夫斯基电影里的火
　　{ 水的意象在他作品中更为常见
　　作为火的反面　火的对称物
　　可视为另一种火
　　正如太极的阴阳
　　二进制的0与1
　　诺亚方舟洪水
　　& 圣经《启示录》在末日之火 }
回忆之火：
　　《镜子》回忆儿时与母亲夏天住在乡下时邻居的森林木
　　　　屋失火 被完全烧毁（《牺牲》与其有某种潜意识
　　　　式的呼应）
　　《索拉里斯星球》在花园烧毁过去的照片文件信件

毁灭与希望之火：
　　《潜行者》没有直接出现火的意象 但火是其秘密动机与
　　　　内核教授进入"区"是为了用特制炸弹炸毁希
　　　　望之屋但最终放弃

救赎之火：
　　《乡愁》疯子兼信徒多米尼克认为世界末日即将来临并
　　　　坚信若能手持烛火穿过温泉而不熄灭便可拯救
　　　　世界多米尼克最终在罗马的广场自焚。苏联诗
　　　　人安德烈尝试多次终于手持烛火穿过了温泉
　　《牺牲》作家、前演员亚历山大为实现自己对上帝的承

第十四章 红色笔记本（3）

> 诺——即如果上帝能拯救<u>世界末日</u>而不让世界毁灭，他就将放弃自己拥有的一切——而纵火烧毁了自己的房屋，自己美丽的家

C. 《火的精神分析》加斯东·巴拉什

火是超生命的。火是内在的、普遍的，它活在我们心中，活在天空中。它从物质的深处升起，像爱情一样自我奉献。它又回到物质中潜隐起来，像埋藏着的憎恨与复仇心。惟有它在一切现象中能获得两种截然相反的价值：善与恶。它把天堂照亮，它在地狱中燃烧。它既温柔又会折磨。它能烹饪又能造成毁灭性的灾难。

它能够自我否定：因此，它是一种普遍解释的原则。

普罗米修斯情结是精神生活的俄狄浦斯情结。

假如两块木片第一次落入原始人手里，他凭什么经验得知木片通过长时间快速的摩擦能够生火呢？
首先，必须承认**摩擦**是一种非常带有<u>性意味</u>的经验。
↓

火是两块木片之子

这是两块木片之间摩擦的客观经验，还是那种燃起被爱躯体欲火的更温和、更爱抚的摩擦的内在经验？

> 火一旦燃起，它是怎样吞噬了自己的父亲和母亲，
> 即它从中迸发出来的那两块木片的

俄狄浦斯情结从不曾得到比这更好、更完整的表白

通过火焰实现的，完全的，不留痕迹的死亡是一种保证，保证我们整个地奔向另一个世界

惟有不会死亡的东西是美妙的，而对我们，惟有与我们一起死亡的东西才不会死亡。（邓南遮）

在《存在与时间》中，海德格尔把死亡设想成彻底的确切……<u>死亡的确切是如此的确切，它甚至是任何确切的源泉</u>。
　　　　　　　　　　——勒维纳斯，《上帝，死亡和时间》

没有人能从他人那里取走他的死。
　（海德格尔，《存在与时间》）

衣食足
天国至
　　——黑格尔，1807

第十五章

K 的平行宇宙（6）：女儿与情人

有时我会问自己，如果我没在潘家园看见那张照片，如果我看见了那张照片但没用手机把它拍下来，如果我虽然拍下了那张照片但没写《李美真》，那么我还会爱上这个斜眼少女吗？

很难说。

而且，正如我以前说过的，这一切都像多米诺骨牌般依次发生。如果不是因为写《李美真》，我就不会认识李玫。如果不是因为李玫要我帮她找迷幻药，我就不会去参加那个9·11派对。而如果我不去那个派对，当然我也就不会遇见马娜。

马娜是她的中国名字。她的英文名叫Mary-Anna。玛利亚－安娜——与圣母同名。跟J一样，她也是个混血儿。中英混血。她的中国母亲在她很小时就去世了。她对母亲的全部印象都来自于照片。从照片上看，她很爱笑，身材小巧玲珑，一张典型的亚洲脸，高颧骨，厚嘴唇，单眼皮——但不是斜眼。马娜的斜眼是天生的。原因不明。医生说可能是某种遗传变异。她从小跟着父亲长大。她父亲是个英国人，出生于爱丁堡，从哥伦比亚大学毕业后留在纽约开了家古董店，专卖中国的古董家具、瓷器、字画及各种杂件。生意很成功，以至于几年后他在伦敦又开了家分店。他常年往来于中美英之间。因为父亲的工作，也因为她的眼疾，马娜从小就没上过学，而是一直跟着父亲四处旅行。因此她的中英文都很流利。十岁那年父亲送了她一部数码相机作为生日礼物，从此她就迷上了摄影。那是2001年。也就是9·11发生那年。事实上，9·11事件当天她和父亲刚好在现场。当然，不是在大楼里。他们是去见曼哈顿的一个古董商。一开始她父亲还以为是原子弹。整个曼哈顿都被笼罩在蘑菇云般的尘雾里。父亲脱下风衣把她裹起来，然后抱着她在街道上奔逃。她偶尔还会在梦中回到那个场景。剧烈摇晃的黑暗。风衣散发的浓烈雪茄味。父亲巨大的心跳声。因为高度紧张导致的过激反应，她患上了原发性癫痫。那年年底，她父亲卖掉了纽约的店铺，带着她回到伦敦。2008年——跟许多当年在9·11现场的幸存者一样——她父亲死于肺癌。于是，继承了一大笔遗产，十七岁的她回到上海，住在她姨妈——也就是她死去母亲的姐姐家。十八岁时，她赢得了一次网上的国际摄影大赛特等奖。随后签约了一家画廊。几个奢侈品品牌来找她合作。她开始为《大都会》《新视线》之类的时尚杂志拍摄时装大片。她以随意抓拍、锐利而灵气十足的独特风格脱颖而出。她成了炙手可热的当红摄影师，虽然在片场她常被误认为是模特——她身高一米七二，身材骨感，总是白衣黑裤，时髦干练的短发，有时扣顶纽约扬基队的棒球帽，但永远戴着副墨镜。

只有两个人见过她不戴墨镜的样子，她说，一个是我，一个是J。一年前《时尚先生》请她去给J拍一组照片。就在举行9·11派对的那套公寓。拍摄过程中不知为何她突发癫痫——她已经很多年没发作了。也许是因为J和她分享了一些迷幻药？但那并不是她第一次用。也许是J身上那种奇特而强大的气场？或者，也许只是因为他们聊到了9·11——他们的共同经历——她的恐怖记忆被唤醒了。总之，她突然猛地跌倒在地上，就像被看不见的巨手从背后拍了一下。相机和墨镜都从她身上飞出去。她蜷成一团，全身抽搐，口吐白沫。她只记得J喂她吃了一点类似蘑菇干的东西。当她恢复正常时，已经不知道过了多久。她觉得身心舒泰，同时又莫名失落。那种感觉，她说，就像睡得很好，做了一个无比美妙的梦，但醒来却发现，跟梦中的世界相比，现实世界是如此苍白、虚假，缺乏深度和质感，简直像个伪造的赝品。

她给J拍的照片最后上了《时尚先生》的封面。但确切地说，那张照片其实不是她拍的。就在她突然跌倒，相机飞向空中的瞬间，她的手指恰巧碰到了连拍键。最后被选作封面的，就是连拍到的其中一张。摇曳的光线，倾斜的角度，惊讶的表情。当然，所有人都以为是故意设计的。那成了她最有名的作品。但那也成了她的收山之作。她从此退出了时尚界和摄影圈。她的新身份是J的艺术助理和专职摄影师。她出现在J组织的大小派对和各种装置及行为艺术的现场。她主要负责给作品拍照、摄录视频，整理归档作品的影像资料。除此之外，她的另一个职责是要在每次J举行的迷幻派对上保持清醒，以防万一出现任何突发情况可以及时处理，尤其是在派对进入尾声，大家都进入飞行状态时。

9月11号那天深夜，她照例开始了自己的派对巡视。她摘下了墨镜。也许是因为光线太暗。再说她也不认为有谁会注意到自己——大厅里看上去就像躺满尸体的校园枪击案现场。不过根据她的观察和经验，应该一切正常。每个人脸上都带着面具般的微笑。但就在走动之间，她忽然涌起一种直觉：有人在呼唤她。她停下脚步环顾四周。一片死寂。没有任何声响。但她的直觉越来越强烈（有癫痫的人直觉都很灵敏，就像陀思妥耶夫斯基）。她开始凭着直觉移动脚步，并左右张望。是的。有谁在呼唤她。有谁在等待她——等待她的拯救。然后她听到一阵清脆的铃声。因为过于突然，她听着铃声响了一会儿，以确认那不是幻觉。不，不是幻觉。是谁的手机。就在她背后。她转过头。然后她看见了我。

结果是我的手机在响。但在我的幻觉世界里，那是我的眼泪变成钻石掉落到地上的声音。就像在我的幻觉世界里，我看见的不是马娜，而是李美真。

第十五章 K的平行宇宙（6）：女儿与情人

电话是从精神病院打来的。罗医生。当然，电话没接通。我要到第二天下午给她打回去时，才得知李玫自焚的消息。但后来我意识到，如果不是因为那个电话，马娜可能就不会发现我。我们就不会相爱。就不会有之后发生的一切。也就是说，至少在某种意义上，是李玫用自杀促成了我和马娜的相遇。那是在现实世界。同时，从幻觉世界的角度，也是李玫的死让我得以最终跟李美真融为一体。

但这里我说的融为一体跟性毫无关系。那是一种彻底超越——或者说抛弃——了肉身的灵魂交融。两者的区别，就像一维与三维，水滴与大海，字典与托尔斯泰。那才是真正的爱。相比之下，再激烈美妙的世俗情爱都像是笨拙、幼稚、还没有入门的新手。只要有肉体，你的爱就永远是新手。那就是为什么圣母玛利亚必须童身受孕。那就是为什么几乎所有宗教——从禅宗的顿悟到印度教的冥想到基督教的灵修——都在追求某种宁静而又迷狂的极乐状态。所以基督教常常把上帝比喻成新郎，把神秘主义体验比喻成新婚之夜。如果说所有这些都令人联想到性或者性高潮，那只是因为在这个世界找不到比它更贴近的比喻——虽然其实它们根本无法相比。性爱也好，尘世之爱也好，不仅是爱的最低阶段，也是快乐的最低阶段。也许整个现实世界都是。也许这个世界只是通往某个更高阶段的临时通道。

总之，我无法用语言描述那晚我抱住、进入、继而成为李美真（或者说李美真成为我）的感受。我再说一遍，那跟性毫无关系。那远远超越了性的层次。正如那也远远超越了语言的层次。因为语言同样是表达的最低阶段。我还要继续写《李美真》吗？一方面，在经历过那夜之后，用文字来叙述李美真似乎变得更加艰难，更加不可能，甚至没有必要。但另一方面，同样是因为那次经历，李美真对我来说又变得更加真实，更难以割舍，而如果我放弃那部小说，如果我不继续写下去，就意味着李美真——以及她腹中的孩子——将被永远凝固在1900年。

孩子。那正是2012年9月12号早晨，躺在我怀里的马娜朝我睁开眼睛的那一瞬间，我第一个想到的词。孩子。这是李美真的孩子。这就是李美真肚子里的那个孩子。甚至，在短暂的逻辑和时空错乱中，还有个更离奇的念头闪过我的脑海：这是我们的孩子。当然，我立刻就清醒过来。眼前的这个少女不可能生于1900——不，1901年。随即我又意识到了这一想法的荒谬。因为就算李美真确实生了个女儿，那也是我虚构的。是我编造的。不管她出生在哪一年，她都不可能出现在这个世界。但李美真刚才不是出现了吗？我脑中有个声音说。是的，但那只是幻觉——虽然感觉比真实更真实。或许这也是幻觉？我呆呆凝视着少女的脸，就像九个月前在潘家园呆呆凝视着那张照片。少女和李美真的脸重影般交叠在一起。几乎同样程度的斜眼。同样是高颧骨、单眼皮、高鼻梁与厚嘴唇。同样光洁宽阔的前额。不同的是她嘴角没有八字纹。而且她的眼珠是淡蓝色。不，这不是幻觉，但跟

第十五章 K的平行宇宙（6）：女儿与情人

潘家园那次一样，时空发生了某种流沙般的沉陷感，世界瞬间变得缓慢、凝滞、难以自拔。随之而来的是那种古老而奇异的宁静和解脱。仿佛终于抵达了某个只有在梦中才能解开的秘密。

"嗨，你没事吧？"她说。

但我始终没告诉马娜有关李美真的事。无论是那张照片，还是那部停滞残缺的小说。很难说究竟为什么——似乎有股本能的力量阻止着我。即使在我们成为情人之后。即使在我们成为从各种意义上都最亲密的人之后。即使在发生了所有一切之后。

不过，凭着女性的直觉，她多少能感觉到一点。

"你真正喜欢的——是我的斜眼，对吗？"有次做完爱，我们裹着黑色蓬松的羽绒被，躺在她工作室地上的巨大席梦思上，她突然问道。

我一时没反应过来。幻觉还没完全消退。我们总是在迷幻中做爱。

"什么？"我轻轻抚摸她的肩胛骨。你的翅膀呢？我忽然想起李美真的话。

"我真正吸引你的，是我的斜眼，对吗？"

我不知说什么好。她在我怀里扭了扭。"痒。"她说，"再摸就要长出翅膀了。"

我把她稍微搂紧一点,"那可不行。我不能让你飞走。"

"你是不是有什么事没告诉我。你妈妈是不是——也有我这样的眼睛?"

"我没有妈妈。你忘了吗?我是个孤儿。"

"哦对。"她用下巴敲了敲我的肩,"那——孤儿院的阿姨?或者,青梅竹马的初恋女孩?"

我一边摇头一边顺便亲了亲她的脖子,"No。都不是。"

"那就奇怪了。那天晚上,你抱住我的时候,你看着我的样子,就像遇见了某个久别重逢的人。就像孩子找到了妈妈。"

我再次涌起向她讲述李美真的冲动。从《极乐寺》到出版商F,从潘家园那张照片到《李美真》,从李美真到李玫。但再一次,某种本能的力量抑制住了我。

"那是因为我刚吃了迷幻蛋糕。"我说。

但即使不说李美真,马娜和我心里也都很清楚,如果不是我第一次看到她时的那种表情,那种反应,我们就不可能成为情人。

就像如果不是J第一次看到她时的异常表现,她就不可能成为J的私人助手。

她从癫痫发作的昏厥——或者是那片蘑菇干引发的幻觉——中苏醒后,J看到她的第一句话就是:"我终于找到你了。"

按J的说法,她是上帝赐予的礼物。她就是J一直在无意识寻找的所谓末日圣女。她的斜眼是一种标记。那是神在凡胎肉身上特意所做的标记。那是被选中的标记。负有特殊使命的标记。而且这种传统自古就有。人类学家很早就发现了这个秘密。从玛雅祭司到印第安巫师到西伯利亚萨满到中国古代算命先生和神婆，他们往往都带有某种外表上的变异或残疾。侏儒，白化病，盲人——或斜眼。

因此她注定要成为一个祭司或萨满式的角色。即神的助手。具体地说，也就是他，J.尼奥·救世主的助手。这种注定由于其他几个因素而变得更为确凿：她的混血儿血统，她的9·11经历，她与圣母玛利亚同名，而她的中文名马娜，跟《圣经》里的吗哪——来自上帝，让以色列人在流亡中赖以存活的神奇食物，但在J看来其实是某种致幻蘑菇——发音几乎一模一样。她就是我们这些后现代流亡者的吗哪。

这种鬼话本来没人会信。但问题是它们出自于J之口——我们已经见识过他的魔力。

还有另一个原因。不知为什么，自从遇见J那次之后，她的癫痫突然加重了。本来消失多年的癫痫开始变得随时随地都可能发作，就像突然苏醒的休眠火山。这也促使她决定彻底放弃时尚摄影，况且她早就对这行心生厌倦。她一直渴望做点更有深度的事。做一位世界知名的前卫艺术家的私人助手？听上去像个不错的选择。此外，同样不知为什么，以前的常规药对她的新癫痫都失去了作用——现在唯一有效的是J的蘑菇干。J称之为曼陀罗。一种特殊品种的致幻菌类。

因为癫痫——尤其是马娜的癫痫,可被视为一种萨满式的癫狂——是一种神圣的疾病,他解释说,所以相应地,需要一种神圣的药物。(为此我特意问了一位以前采访过的医生,他说的确,虽然如今科学发达,但癫痫仍然是一种神秘的疾病,其发病原理是大脑神经元异常放电所导致的短暂大脑功能障碍,与吸食迷幻剂后的大脑反应类似——所以才会出现陀思妥耶夫斯基描述的那种宁静和狂喜——也正因如此,最新研究发现,某些来自致幻植物的提炼物可以有效地治疗癫痫。)

总之,J得到了马娜这个礼物。礼物这个比喻让我不安。我想象J是如何像打开一个礼物那样打开马娜——既从身体上,也从灵魂上。这两者我都无法忍受。虽然马娜告诉我,众所周知,作为J个人神话的一部分,9·11事件那天他妻子因难产去世后,他就患上了精神强迫式的性反感症。跟阳痿的性无能不同,性反感是一想到性就会恶心,甚至呕吐,就像某种气味暗示的戒烟疗法。(马娜给我看了一个视频,是J的行为作品《泉2.0》——显然是对杜尚的戏仿——J赤身裸体跪在一个造型简洁、如同太空产品般的高级感应马桶前,卫生间的墙面上像电器商场那样嵌满了电视屏幕,屏幕上交错分布着两类画面:各种高楼的爆破坍塌和色情电影片段。J先是抬头看了会儿屏幕,然后仿佛控制不住地开始对着马桶呕吐。卫生间里先是回荡着爆破和呻吟声,随后被感应马桶响亮的、超现实的冲水声所淹没。如此反复。正如杜

第十五章 K的平行宇宙（6）：女儿与情人

尚在小便池上的随手签名，画面中的马桶上和J的背上也都有大大的手写体的字母J。看上去他是真的在吐。）

但即使如此，即使我相信他们没有肉体关系，我还是对J怀有一种近乎直觉的敌意。虽然我不得不同意马娜的话，如果没有J，如果她没有做J的助手，我们可能就不会相遇，或者就算相遇我也不会看见她不戴墨镜的样子——我们也就不可能成为情人。而且除此之外，J那晚在派对上的长篇大论也令我倾倒。事实上，就在派对后的第二天晚上，就在相继得知李玫和F的死讯之后，为了消除震惊导致的迷茫和不知所措，我坐下来打开电脑，决定凭记忆把老鲁滨逊和J说的话都写下来。奇特的是，虽然当时被弄得晕头转向，那些话却像印在纸上一样印在我的脑子里。我要做的只是把它们抄下来。我只花了两天时间。那是迄今为止我写作速度的最高纪录——如果那也算写作的话。我把写好的文档命名为《2012年9月11日》，跟之前写的那几篇关于李玫的文档一起，同样扔进了"小说《李美真》"的文件夹。

在所谓的世界末日倒计时还剩下三十几天时，马娜失踪了一个礼拜。不，失踪这个词并不合适，因为我知道——她告诉过我——她在J那儿。我知道她是在协助J做那个叫《方舟》的艺术项目。但那就是我知道的全部。我既不清楚J的秘密工作室在哪儿，对那个项目的具体情况也一无所知。她的手机没有信号（虽然这她也告诉过我）。她也没给我打电话。

在这之前我曾有意无意地问过她几次。关于《方舟》，关于她的工作内容。但她什么都不肯说。因为正在制作中的作品要绝对保密，她说，这是 J 一直以来的规矩。但 9·11 那晚的派对上 J 自己已经透露了，我提醒她说。哦，你知道，她微笑着说，制定规矩的人自己不用遵守。

但即使马娜不说，根据 J 所透露的，关于《方舟》至少可以确定两点：它与迷幻剂有关，它与 12 月 21 日有关。

"你真的相信 12 月 21 号是世界末日吗？"有次我问她。

"我问过他同样的问题。"她说。

"他？"

"J。"

"他怎么说？"

"他说他像相信托尔斯泰一样相信世界末日。"

"托尔斯泰？"

"或者说，他像相信《安娜·卡列尼娜》一样相信。"

"他的意思是——他像相信一部小说那样相信世界末日？"

"差不多。"她耸了耸肩。

"也就是说，他也知道世界末日是假的？"

"不——"马娜摇摇头，"一开始我也么以为。但他说没那么简单。首先一点，他说，很难认为《安娜·卡列尼娜》是假的，不是吗？"

"那倒是。"我承认。

"你是小说家,你一定比我更能理解他的意思。"

也许。不知为什么,我模模糊糊觉得J的话后面似乎隐藏着某种深意。似乎在传达某种讯息。但我无法确定。

"你喜欢《安娜·卡列尼娜》吗?"过了一会儿,她问。

"喜欢得要命。"

"J也这么说。"

消失一周后,马娜再次出现是在我的老公寓门外。晚上十一点。外面下着大雨。我正在心不在焉地重看塔可夫斯基的《镜子》。我已经忘了这是第几遍看。听见门铃响,我一开始还以为是电影里的声音。我打开门时楼道木地板上已经积了一小摊水。她全身都湿透了。她还戴着墨镜。我牵住她的手,小心地把她带到浴室,打开浴霸和暖风机,然后一边让浴缸放水一边轻柔地摘下她的墨镜,一件件脱下她的湿衣服。她面无表情、一动不动地任由我摆布,像个安静而倔强的孩子。她的头发在滴水,所以我看不出她是不是在流泪。我先用浴巾把她全身擦干,调好水温,然后小心翼翼地——就像怕把她碰碎了——把她抱进浴缸。

我问水烫不烫,她摇摇头。

我问水凉不凉,她摇摇头。

我侧靠浴缸坐在地上陪着她。浴缸是那种带老虎脚的老式铸铁浴缸,据说有近百年历史。它也是我租下这套公寓的原因之一。

一直到再用浴巾把她擦干,再小心翼翼地把她抱到床上,放进温暖柔软的被窝,她都始终一言不发。因为她拉住我不放,我只好也躺上床。她用力抱住我。

然后我们开始做爱。

后来我才意识到,那是我们第一次在清醒状态下做爱。

正如我之前说过的,我们每次都在迷幻中做爱。或者换种说法,如果不处在迷幻之中我们就无法做爱。原因很难解释。当然,一方面是马娜癫痫的加重导致了对迷幻药的需求(再加上 J 那里有触手可得取之不尽的迷幻药),但另一方面,更重要的方面,在于迷幻药可以消除我们做爱前那种隐隐的不安。我不知道那种神秘的、超验般的不安来自何处。也许跟李美真有关?(尽管马娜并不知道李美真的存在。)

不过还有个更简单的解释:那只是一种习惯。那只是因为我们第一次做爱时……——而那次做爱的体验又如此完美,以至于它成了我们的一种私人迷信,一种固定的仪式。

我们的第一次发生在莫干山上的一座老别墅。我们是开车去的。车是 H 的——就是那个带我去 9·11 派对的前报社同事,那个大卫·鲍伊迷——他 10 月份移民去了美国,把他的车以近乎白送的价格转给了我。一辆老款的桑塔纳

第十五章 K的平行宇宙（6）：女儿与情人

2000，被H改装得颇具美国六十年代的嬉皮风格。车身被漆成复古的浅蓝色，座椅内饰都换成了柔软的亮黄色真皮，音响系统也升级改造过，还加装了蓝牙和U盘接口。发动机之类的事我不太懂，但H说车况很好，我没有理由不相信他。而且车开起来确实很舒服。我好几次和马娜半夜开车在法租界的林荫道上听着音乐兜风。那时路上几乎看不见人影，只有街角明亮的24小时超市和黄色路灯光里偶尔飘落的梧桐叶。于是马娜提议我们开车去个远点的地方住几天。

最后我们决定去莫干山。我以前为《蓝城》采访时去过一次。而马娜只知道上海莫干山路的M50创意园——她以前常去那儿拍照。山上秋天会很美，我说，而且有很多漂亮的石头老房子。大概在1896年左右，是一个美国传教士最早发现了莫干山，开车去的路上我对马娜介绍说，然后英、法、俄——总之，八国联军所有国家的传教士——都开始在山上租地建房，用来避暑度假。因为欧美人实在受不了亚洲的酷暑——即使看在上帝份上。在印度他们发现了大吉岭，在中国则是莫干山。随之而来的是江浙富商和国民党政要。最多的时候，山上有六百栋别墅。因此被称作万国建筑博物馆。你知道吗，我对她说，我们要住的房子据说就是英国人造的。根据网上的资料，那栋现在被改成民宿的两层带阁楼的老别墅，是于1900年前后由英国的传教组织内地会所建。

"你父亲祖上有来中国当过传教士的吗？"我问她。一辆银色保时捷像火箭似的从左边的超车道掠过。

"爸爸好像提起过。"她想了想才回答,"爸爸说他对中国的爱是有遗传的——他的曾祖父在中国待过很长时间。不过不是传教士。他是个做进出口贸易的商人。好像就在上海。"

"说不定他也住过我们要住的那栋房子。"我说,"那时在中国的英国人很少,关系都很密切。"

"说不定晚上我们会看见他的幽灵。"她说。我们都笑起来。

说不定我们也会看见金牧师的幽灵,我不禁想。事实上,除了各种表面的实际因素,对我来说,选择莫干山(以及这座民宿)还有一个秘密的原因:它与《李美真》有关。虽然还没写到——而且我也不知道会不会写——但在我的设想里,1900年秋天,作为内地会的牧师,约翰·金为了去莫干山参加一次聚会,不得不离开白鹤镇几天,而就在那几天里⋯⋯不,我不知道发生了什么,因为正如我以前说过,我的小说情节都是边写边想出来的。

虽然那几天我们并没有看见任何英国人的幽灵,但我们却遇见了一个真的(活的)英国人。原来我们住的这家民宿是由一对跨国夫妇——一个长得有点像大卫·林奇的叫马克的英国人,和他美丽高挑的广东太太——经营的。他们还在山上开了家叫 The Lodge(意思是山间小屋)的咖啡馆。他们有两个天使般的混血儿孩子(一男一女,分别是六岁和九岁),两条狗(一只金毛,一只黑色的拉布拉多)。每次看见他们一家,都让人感觉仿佛来自画中,来自童话传说,虽然实际上他们比大部分人都活得更真实。

第十五章 K的平行宇宙（6）：女儿与情人

对我和马娜来说，那几天也完美得几乎显得不真实。因为不是旺季也不是周末，游客稀少，整座山似乎都属于我们。我们在咖啡馆喝热乎乎的咖啡，穿着厚毛衣在森林里散步（偶尔停下来接吻），在一家叫"金得利"的小餐厅吃饭（她没吃过笋衣，问我是什么这么好吃，我说是竹子婴儿的皮肤）。晚上则窝在客厅壁炉前的长沙发上一起读《鲁滨逊漂流记》（整栋房子没有别的住客，只有我们）。读累了就看着跃动的火苗聊天或发呆。我们的手总扣在一起——除了偶尔起身加柴，干燥的木块燃烧时发出的噼啪声好听得让人想要去死。

一切都如此美妙而愉快，几乎不可能不做爱。

但一开始不太顺利。不知为什么，赤裸着拥抱在一起，我们都觉得有点不安。一种莫名的不安。小动物般的不安。也许是因为房子过于古老而空荡（厚达一米的石砌墙壁，木楼梯，欧式老家具，高大的旧式百叶门窗）。也可能是跟上海比这里太过安静。听不到任何声音，除了偶尔夜鸟发出一声诡异的、预言般的鸣叫。

"总觉得有谁在看着我们。"她轻声说。

我亲了亲她的额头。我看着她的脸。我们没关屋角的落地灯。

"你相信有上帝吗？"她问。

"像相信托尔斯泰一样相信。"

"也许这儿真的有幽灵。"

"他会保护你的——他一定很高兴看到有你这么可爱的后代。"

"一个斜眼?"她扬起脸,似笑非笑地抿着嘴。

我把她抱紧一点。我轻柔地,一处处地吻她脸上的各个部位。她那精巧的下巴、嘴唇、鼻梁、颧骨、额角。她淡蓝色的斜眼。她冰凉的耳垂。

"你是世界上最美的女孩。"我在她耳边说。

"你骗人。"

然后她说她带了迷幻药。

后来我才知道,她的紧张还有另一个原因:她还是个处女。

回到上海后,我们开始交错着在对方的住处过夜。她住在靠近城隍庙的老城区里一片由老厂房改造的创意园区。那里本来是她的摄影棚兼工作室。虽然做了J的助手后她就不再拍商业照,但因为房租已经交了五年,所以一切还基本保持原样。宽敞挑高的空间毫无隔断一览无余,只是按功能被分成了三块:进门是舞台般的摄影区,几盏硕大头颅的落地摄影灯,可以升降的卷轴背景幕布;中间是工作区,椭圆形白色大理石的郁金香桌,几把造型优雅的索耐特椅,靠窗摆着黑色的三人皮沙发;两只屋角一端是直接放在地上的巨大席梦思,另一端是用镜面玻璃围成的淋浴间,中间是挂着黑色丝绒帘的更衣室。正对工作区,靠墙有台白色的SMEG

复古冰箱，旁边台子上是黑色的蒸汽咖啡机。总之，跟她的穿衣风格一样，这里的一切都非黑即白。地面和墙是白的，钢窗条框是黑的。床单是白的，被套是黑的。咖啡杯一白一黑（我喝白的，她喝黑的）。唯一的例外是墙上以前做厂房时留下的一排红字标语：抓革命 促生产。那是"文化大革命"的遗物，但现在更像个波普艺术品。

我问她暗房在哪儿。

"暗房？没有暗房。不需要暗房。有它就够了。"她用下巴指指郁金香桌上的台式苹果电脑。

"你……不用冲洗胶片什么的？"

"胶片？我连见都没见过。现在已经没人用胶片了。现在是数码时代——一切都数码化了。"

"那……你知道达盖尔的银盐摄影，还有湿版摄影法吗？"

她用手托住下巴，摇了摇头，"摄影学校才教那些东西。我都是自学的。你知道的还不少嘛。"她对我笑笑，"你怎么会对这些感兴趣？"

我一时不知该怎么回答。

"你不是讨厌拍照吗？"她接着问道，"既讨厌拍，也讨厌被拍——你自己说的。"

"但我喜欢看照片。"我说，"特别是老照片。你不觉得……那些老照片上的人，有某种特殊的气质吗？他们的表情、神态，好像散发出某种……光。某种超然、宁静但又有穿透力的灵光。而数码照片就完全没那种感觉。你不觉得，这跟拍摄的方式和手段有关吗？"

"当然有关。但不只是跟拍照方式有关。那时的人，吃的，喝的，住的，玩的，交通工具，联络方式，什么都不一样，拍出的照片当然也不一样。"

"你是说，即使现在用以前的方式去拍，也拍不出以前的那种感觉？"

"当然！"她坐直身体，双手交叉放在桌上，"而且没有必要。就像……难道你现在会用毛笔写小说？"

不会。我连毛笔字都不会写。就像她根本没见过胶片（更别说什么银盐、湿版）。

我摇摇头。

"或者说，只要用毛笔写，就能写出跟古人一样的文章？"

"不能。"

"那就是了。所以不需要暗房。不需要胶片。不需要毛笔。这就是个咔嚓咔嚓的数码时代，屏幕时代。世界已经变了。"

是的，世界已经变了。

"不过……"我几乎像在喃喃自语，"不管怎样，总有些东西是不变的——比如……"

"爱情？"

"爱情。"

第十五章 K的平行宇宙（6）：女儿与情人

"既然有些东西永远不变，"她又似笑非笑地抿起嘴，"我们就永远不用为它们担心，对吗？"

有时马娜不在，我一个人在她的工作室，我就会打开电脑，自欺欺人地假装试图写作。我会打开"小说《李美真》"的文件夹，随意浏览里面几个支离破碎的文件。《李美真》的前四章。《图书馆的幽灵》。《尤利西斯谈话录》。《咒语：塔可夫斯基》。以及《2012年9月11日》。但更多时候我只是在对着李美真的照片发呆。看久了，李美真的样子就会和马娜似笑非笑的表情重叠起来，如同某种幻影——就像看3D电影时拿下3D眼镜。

这时我就会闭上眼睛。

我依然无法为《李美真》的前四章感到骄傲。我总觉得有哪里不对劲。也许是因为情节虚假、虚弱、缺乏自信。好几次我都涌起一股冲动，想选中它按下删除键。李玫和F都死了。所以现在《李美真》的存在和消失都只有我一个人知道。只与我一个人有关。

但问题是我能听见李美真的声音。那是我唯一放不下的。那是唯一能阻止我按下删除键的。不管我虚构的那个1900年的世界有多么脆弱、幼稚、不堪一击，她的声音却如此坚定、冷静、从容。不，她不会请求我拯救她——我无法想象李美真会请求任何人做任何事。是的，在很大程度上是我创造了她和她的生活,但在某种意义上她也创造了我和我的生活——马娜就是最好的证明。而说到拯救,我就不禁想起李玫的话,你们要彼此拯救。彼此拯救?我可以理解自己对李美真的拯救——那就是把小说继续写下去,但我很难理解李美真如何能拯救我。她要怎么拯救我逃离这即将到来的世界末日?

况且,进一步说,如果世界反正就快要毁灭,那么继续写下去又有什么意义?

也许那就是为什么我迟迟没有动笔。但至少,在马娜的工作室我会不由自主地升起一股写作的欲望(在我自己的公寓我甚至都懒得打开电脑)。也许是因为这个白色、明亮的空间。它既让我想到金牧师在白鹤镇上的白色教堂,也让我想到塔可夫斯基在《索拉里斯星球》里的太空舱——两者都负载着某种飞向未来的承诺,但同时两者都遭遇了命中注定的搁浅。马娜的工作室也是如此。有时我会觉得自己正置身于一座黑白方舟。一座迷失航向的方舟。我是船长,但也是囚徒。我是上帝,但也是傀儡。有时我觉得自己仿佛正处在一个巨大谜团的中心,只差一点就能彻底解开这个谜,就能彻底揭开这个世界的真相。答案已触手可及。但永远就差一点。

我相信答案就隐藏在那些对应中。那些若有若无、如同萤火虫般在黑暗中摇曳闪烁的对应。那些量子纠缠式的对应。当我独自坐在马娜的工作室,当我面对打开的电脑回想这两个世界——1900 和 2012——所发生的一切,我甚至好像能听见命运之弦因共振而发出的细微颤鸣。我写下的《李美真》的最后一句,是她忽然意识到"我已有了身孕";而当我睁开眼睛,看见马娜,她仿佛是由那个句子而来。跟李美真腹中的孩子一样,马娜也是中英混血。马娜和金牧师都是摄影师。金牧师的父亲参加过火烧圆明园,马娜和父亲亲历了9·11。而就在发生火烧圆明园的同时,马娜父亲的曾祖父恰好正在中国经商——当时最主要的进口商品是什么?鸦片。J的迷幻剂理论。李美真和义和团的催眠术。从《幽梦影》到《鲁滨逊漂流记》。从白鹤山到莫干山。从英国内地会的避暑别墅,到英国人马克开的民宿。以及火。各种各样的火。死亡与毁灭之火。情爱与生命之火。现实与虚构之火。从圆明园到奥斯威辛到9·11到世界末日。从塔可夫斯基的电影到李玫的自焚。从李美真和约翰·金,到我和玛利亚-安娜。

但正像我前面说的,答案几乎触手可及,却永远只差一点。就在那些闪烁的对应即将连接成某种图案的瞬间、同时,光点消失了。就像在梦中醒来,前一秒梦境还无比清晰,所有谜题都已被完美解答,但后一秒一切又都重回混沌。

你相信有上帝吗?我想起马娜在莫干山问我的话。当时我借用了J的回答:我像相信托尔斯泰一样相信。

也许这一切都是一个托尔斯泰式的上帝安排的。也许就像安娜和列文只存在于《安娜·卡列尼娜》那部小说里,我和马娜和李玫和J和我写的《李美真》也都只是存在于某个小说家上帝的作品里。也许是他（或者她）刚刚写下了我脑中的想法：也许这一切都是一个托尔斯泰式的上帝安排的。

如果真是这样，那就意味着，就像是我设计了《李美真》里发生的故事，我们这个世界所发生的一切，也都是他（或者她）一手设计的。

我希望他是个比我更好的小说家。

我也希望他不要半途而废，不要放弃他所创造的这个世界。

我也不会怨恨他——那是通常人们发现自己并非自己，而只是受人操控的牵线木偶时的本能反应。或许这是因为我也是个小说家。我知道创造一个世界的艰辛和责任。我知道创造并不意味着可以随心所欲——不如说正好相反：真正的创造都是生死之战，目的是为了解放那些被创造的生命，让他们可以拥有自己的意志，可以自行其是，可以创造自己的创造。

不，我不但不会怨恨他，我还无比感激他。因为他赐予了我马娜。

尽管我并不是第一次恋爱，也不是第一次跟女人发生关系，但我的确感觉自己第一次真正爱上了一个人。是爱，而不是恋爱。恋爱是思念、兴奋、担忧、向往。爱是宁静、信任、牺牲、亏欠。对，亏欠。我突然明白了《圣经》里那句话的意思（以前我总觉得不解）：凡事都不可亏欠人，惟有彼此相爱，要常以为亏欠。因为爱并非我们想象的那么纯洁。

爱永远——而且必须——来自某种偏见。为什么有人偏爱高个儿女孩？为什么有人喜欢单眼皮，有人喜欢双眼皮，有人喜欢大眼睛，有人喜欢小眼睛？为什么有人竟会迷恋斜眼？当然，就我而言，原因很简单：因为李美真。但如果再深究一点呢？因为那张照片——因为上帝，或者某个上帝式的小说家，让我遇见了那张照片。不仅如此，他还让我沉迷于那张照片，并赐予我灵感，让我决定为它写一部小说。

这就是我感到亏欠的源头。因为说到底，我并不是自己爱上马娜的，是上帝或者不知道谁安排我爱上的。或许我的例子比较特殊，但我想在某种意义上，这种亏欠模式适用于所有爱情。爱从来都不是纯粹的。爱永远都是有条件的，即使从表面看最纯洁的爱情，条件（以及由此而来的亏欠感）也依然隐藏在相爱者的潜意识里。

所以从本质上说，是亏欠导致了爱（它可以看成是"姻缘天注定"的另一种说法）。但反过来，一旦爱形成了，一旦爱变得越来越坚固、美丽，就像因包裹砂石而形成的珍珠，爱就会催生出另一种亏欠：你不知该怎么去更爱对方。你为自己的无能感到亏欠。你希望能为她（或他）去死，如果有必要的话。但通常都没有必要。于是你感到一种——从最美的意义上——甜蜜的悲伤。

那就是我对马娜的感觉。当戴着墨镜，神秘、高挑、优雅的她和我牵手逛街。当我们在小弄堂的老面馆里挤坐着吃浇头面。当她为了逗我坏笑着用莱卡（数码）相机给我不停拍照。当她只穿件宽松的白毛衣光着大腿在晨光中一边哼歌一边做咖啡。当我们心灵感应般突然同时停下来亲一下对方。当我做饭时她从背后抱住我的腰。当她像个小女孩似的站在浴缸里一动不动让我给她擦干头发和身体。当她耳朵上夹着一支黑色铅笔,坐在电脑前聚精会神地工作。当下雪时我们听着莱昂纳德·科恩拥在一起像散步般跳舞。当我们在烟雾中合而为一。当我看着她因斜眼而显得更加可爱无辜的表情。当我醒来发现她已经醒了正在看着我,或者当她醒来发现我正呆呆看着她。当所有这些时候,我就会有那样的感觉。

我感觉到亏欠。我想为了她而成为一个更好的男人。一个真正长大了的男人。一个自由、自如而自立的男人。也许那就是我写《增强梦境》这个短篇小说的原因。

按下保存键后,我把它同样扔进了名叫"小说《李美真》"的文件夹。我又看了会儿李美真的照片。然后我听见她进门的声音。我把照片藏回苹果 Air 的电子迷宫,抬起头,看着她向我走来。她摘下墨镜放到桌上,俯身亲了一下我的额头,在我旁边坐下。

她瞄了一眼我的电脑,"你在干吗?写新小说?"

"刚写完一个短篇。"

"真的?给我看看?"

我耸耸肩表示随便。

第十五章 K的平行宇宙（6）：女儿与情人

"叫什么名字？"她问。

"《增强梦境》。"

"写一个梦？"

"其实不是梦……但又像是梦。你听说过机器弗洛伊德吗？"

"当然。"

"当然？"我坐直身体。

"那是J的一个作品。"

"J的一个作品？"我的背上一阵发麻。

"对——"她说，"从表面看，就是一个会员制的电影沙龙，不过会员费高得吓人。而且很秘密。"

"要戴一个电子头盔。在北京一个四合院。"

"你去过？"她有点吃惊。

我点点头，"上海也有吗？"

"有——就在9·11派对那个大厅。"

那种闪烁不定的呼应感又来了。一切都好像连接起来，但却是以某种奇异而反逻辑的方式，就像埃舍尔画的莫比乌斯带。

"所谓的VR催眠是怎么回事？"我问。

"VR只是噱头。其实没有想象的那么高科技。可能有点电子脉冲刺激什么的，但主要还是靠迷幻剂。"

"迷幻剂？"

"一种特制的无色无味的气体。从头盔里释放出来。"

"也就是说，跟电子游戏的那种 VR 不一样。"

"J 说那是很低级的 VR。他说没有比上帝设计的 VR 更高级更完美的——那就是这里，"她指指自己的脑袋，"我们的大脑，我们的想象力。"

"这么说，我们很早就有了最好的 VR——伟大小说。"

"托尔斯泰？"

"托尔斯泰。"

"你这篇小说跟机器弗洛伊德有关吗？"她问。

我点点头。

"那就是我戴上头盔后所发生的。"我说。

趁她看小说的时候，我走到靠窗的黑色皮沙发上坐下，拿起茶几上黑白魔方似的万年历转动着调整日期。12 月 16 日。离世界结束还有五天。

第十六章

增强梦境（短篇小说）

他的梦，即知道他所知道的一切，但又不知道这一切。

——卡内蒂

高跟鞋敲击青石板的声音。声音仿佛在隧道中回荡。但这不是隧道，这是街道。一条老街。不知道在哪儿。我已经在跟踪中迷失了方向。但应该还在市中心——前方半空能看见闪烁的霓虹灯一角和几栋半截的摩天大厦。大概刚下过雨，霓虹和高楼的光线弥漫着雾气。青石地面有点湿滑。不知道时间——我没有手表，也没带手机——应该是深夜，因为街上几乎没有行人，两旁的店铺也都关着门。只有几盏无精打采仿佛营养不良的路灯，照出一连串湿亮的、鱼背似的地面。阒无声息。除了高跟鞋的声音：均匀，清脆，冷漠，但又似乎带着几分疲倦。

我们相隔的距离既远又近。每次她经过路灯，我就能看清她披肩的黑色卷发，包裹完美的幽蓝旗袍，白皙丰满的手臂和小腿。我甚至能看见她迈动鲜红色高跟鞋时带动的小腿肌肉。但随即她又隐入阴暗和雾气中。唯一不变的是高跟鞋尖的敲击声。

我不知道自己为什么要跟踪她。不，我应该知道，只是现在忘了。就像我也忘了自己是从哪儿来。但这些都不重要。重要的是不要跟丢了她。

敲击声突然停止。

我闪进路边的一条巷道，从巷口小心地向外张望。

她站在前面的又一片路灯光里，旁边围着三个壮汉。另外还有几个身影，从不同方向的灰暗雾气中浮现出来。

那三个高大的壮汉开始嬉笑着对她动手动脚。他们似乎在讲一种奇怪的听不懂的方言。其中一个男人粗壮凸起的肱二头肌在某个角度闪烁出金属般的光泽。

另外几个身影也加入进来。

他们站成松散的一圈，把她围在中间。他们开始像猫玩弄捉到的耗子那样戏弄她：故意让出一条道引她逃，然后再突然堵上。她左右前后，跌跌撞撞，不时发出几声尖叫和惊呼。每次她被堵住时，那些男人就发出快活放荡的大笑。

如此反复多次。直到最终高跟鞋滑了一下，她跌倒在地。

他们朝躺在地上的她围过去。其中那个最高大健壮的汉子在她面前蹲下去。现在从我的角度已经看不见她。但我能听见。我听见耳光声，绸缎的撕裂声，她的惊叫和哭喊声，男人们的淫笑和口哨声。

还有我自己的心跳声。

第十六章 增强梦境（短篇小说）

　　我不知所措。当然，我想冲过去救她。但理智告诉我，我不可能救得了她。要是有把枪就好了，我突然想到。我开始下意识地去摸自己的口袋——既然我能忘了自己从哪儿来，说不定我也忘了自己身上有枪。但没有。只找到一支圆粗的老式黑色钢笔。我把钢笔拿在手里，借着巷口微弱的光线看了几眼。我甚至旋开了笔套：金色笔尖看上去就像把微型刺刀。这东西能有什么用？

　　那边的喧闹还在继续。整个世界都回荡着他们的声响。但世界却又因此显得更加寂静。我已经听不到那个女人的声音。我蹲下身，只能从一堆男人的腿脚缝隙间偶尔瞥见闪动的白色。他们不时用听不懂的语言大声叫好、喝彩。有人站起来，有人趴下去。我突然意识到他们在干什么。

　　我慢慢站起身，背靠到墙上。一股凉意从我脚底升起，顺着脊柱沿一条清晰的直线升到头顶。我发觉自己正在控制不住地微微颤抖。我闭上眼睛，然后又睁开。我在想要不顾一切地冲过去，却发现根本提不动脚步。事实上，如果不是靠着墙，我连站都站不住。

　　不知道过了多久。

　　意识到时，世界已无声无息。我转过身，向外张望。那伙人已经不见了。女人独自侧卧在那圈淡漠的路灯光里，就像是躺在舞台上。远处的霓虹在雾气中变幻闪烁。

　　我朝她跑了几步，再停下来慢慢走近。

　　她一动不动，脸埋在阴影里。她身上的旗袍被扯得七零八落,露出一边的肩和乳房,侧边的开衩撕裂到了腰脊,几行细细的鲜血像眼泪般挂在她浑圆苍白的大腿上。我伏下身察看。

她死了吗?

仿佛是为了回答我,她轻轻动了一下,好像从昏迷中苏醒过来。她咳了几声,慢慢转过来将身体躺平,同时发出抽冷气般的呻吟声。

这是我第一次看见她的脸。

她已经不年轻了。皱纹像甜瓜表面的纹路那样在她略显松弛的皮肤上交错蔓延。她化了妆,一只眼睛被打得整个淤肿起来,几乎像瞎了一样,但除此之外的其他部分都完整无恙:眉线,眼影,唇膏。

她发现了我。她的嘴角泛出浅浅的微笑。

你来了。她说。

我不知说什么好。她一定是认错人了。

来了就好,她又说。我们回家吧。还好不远。

我想抱她起来,但发现根本抱不动。我太瘦弱了。

你扶我起来吧,她说。我现在又老又重。

我扶她站起来。我想遮住那只裸露的乳房,但被撕破的布料总是耷拉下来。

别管它了,她轻声说。她靠住我,弯身脱下高跟鞋。你帮我拿鞋好吗?

于是我一只手拎鞋,一只手搀扶着她,慢慢走向路边一幢黑乎乎的楼房。

我闻到她身上浓郁的香水味。她的脚步踉跄。她的臂膀丰满而柔滑。

房间幽暗。散发出一股旧书般的霉味。她嘱咐我不要开灯。

这房子就像老女人，她说，不开灯还能看看，还有点韵味。

我把她扶到床上躺下，把高跟鞋放到床前，其中一只没立稳倒了。我拉了把椅子在床边坐下。是那种带顶盖、侧板镶着云纹大理石的老式檀木床。

她叹了口气：以前是座很美的房子，就跟我一样。

我打量四周。一个空阔的大房间，屋顶很高，稀少的几件中式古董家具宛如博物馆的展品，一只华丽的水晶吊灯，雕花的天花板，图案繁复的墙纸多处已经剥落。一扇长条格的高窗，色彩变换不定的霓虹光折射进来，屋里的光线也随之变化。

你过来，她说，你也躺上来，到我身边来。

不知为什么，除了服从她，我似乎别无选择。

我蹭掉脚上脏兮兮的帆布运动鞋。它们跟那双红色高跟鞋形成奇妙的对比。

我动作轻缓地爬上床，蜷在她身边躺下。床垫既柔软又厚实，没有丝毫声响，床单和枕面都是滑溜溜的丝绸。

她轻轻抓住我的手。我不自觉地抚摸着她的手背。苍老的手背。仿佛她所有皱纹都集中在了脸和手背上。能摸到她指甲上涂了指甲油。

他们……是什么人？我问。

他们想得到这座房子。她说。都是为了钱。钱。她重复一遍。但他们永远也得不到这座房子，除非我死了——不，我死了他们也得不到。因为这里不属于他们。因为这里属于你。

属于我？她一定是认错人了。她一定是被打糊涂了。

过来，她又说，靠近一点，过来抱着我。

我轻轻挪过去，从侧面抱住她，她发出一声疼痛的呻吟。我大概碰到了她的伤口。

要紧吗？我说，要不要去医院？

我感觉到她摇了摇头。不，不要紧，抱着我就行。她说。幸好骨头没断。骨头没断就没事。

她的身体柔软而温煦，仿佛根本没有骨头。我依偎着她，感觉自己似乎要像冰块一样融化在她里面。

你想喝奶吗？她突然问道。她的声音如此温柔而平静，仿佛那是世界上最自然的事。

我轻轻地吮吸。如同坚硬的草莓。她叹了口气。也许是错觉，我尝到了一丝甜味。

那种融化感变得更加强烈。强烈到仿佛身体的所有部分都消失了，融化了，皮肤、肢体、心脏……融化得最后只剩下一个坚硬的核。一个越来越硬的核。

过了一会儿我才意识到那是什么。

第十六章 增强梦境（短篇小说）

她显然也感觉到了。我松开嘴，把脑袋埋在她的脖颈。一缕卷发搭在我耳际。她抬起右手，轻轻抚摸我的头发。

很难受，对吗？她说。

不知什么时候，我们都已经脱光了衣服。恍若我们从来就没穿过衣服，恍若我们一直都在这里。

可惜我下面已经被他们捣烂了。她说。不然的话……不过他们倒是没伤到我的脸。除了这只眼睛。你知道为什么这只眼睛会被打吗？

我没有回答。

因为我一直冷冷地盯着一个人看，就在他趴在我身上的时候。我不哭不叫，只是死死地盯着他。他被看得受不了，就挥手给了我一拳。

我们沉默了一会儿。

对了，她似乎突然想到了什么，我有办法了。

她双手搭在我胯上。一种奇异的感觉。从未有过的感觉。梦一般的感觉。这是梦吗？为了保持平衡，我两只手抓住床背的边沿。我闭上眼睛。我坚硬、炙热、充溢的灵魂仿佛要被吞下去，又仿佛要被吐出来，而在这两者之间是世上所有的幸福和绝望。

然后我似乎突然记起了什么。

我睁开眼睛。房间里的光线从绿色变为红色变为蓝色又变为绿色。

我突然记起了我是来自哪里。我来自孤儿院。

我突然记起了我为什么要跟踪她。因为我在找我的妈妈。

我的心跳骤然停止。我全身皮肤一阵颤栗。我大叫了一声……这四件事无法分出先后——它们几乎发生在同一秒。

我瘫倒在她身边。

我一直在等你。她说。

我的眼泪流下来。我们体内有各种各样的液体。

你为什么不告诉我？我问。

我告诉你了，我说了这里属于你。

但你没说你是……

哦——那必须要你自己去发现。这是规则。

规则？

对。爱的规则。梦的规则。游戏的规则。

这是梦，对吗？我忽然明白过来。我们正在梦中，对吗？

我支起身看着她。我忽然觉得她的脸看上去有点熟悉，但不是因为五官和脸型，而是因为她那只淤黑变形的右眼。它似乎让我想起了什么，某些发生在很久以前的，模糊不清的回忆。

这当然是梦。她嘴角泛起笑意。这个世界就是梦。梦，爱，世界，游戏，这几个词是同一个意思，同一样东西。唯一的规则就是——她停顿片刻——你必须要自己去发现。没有任何人可以帮你。你必须一个人去做梦，一个人去爱，一个人活在这个世界，一个人玩这个游戏。

我听得似懂非懂。

第十六章 增强梦境（短篇小说）

也许是因为我太困了。睡意像昏迷般袭来。身下的床似乎开了一个洞，我从中直接坠入失重的太空。她的话像在隧道中回荡，发出回音。

有人在轻拍我的肩膀。我睁开眼睛。一张巨大的兔子面孔。

M女孩合上电脑，发了会儿呆，然后说："她被打的那只眼睛，她的右眼，让你似曾相识，这是你后来加上去的吗？"

我摇摇头。"当时就有那种感觉。我也觉得很奇怪。"

"你后来意识到，那模糊不清的回忆就是我，对吗？"

我点点头。"好像是。但问题是，你不是回忆，而是未来。那时我们还不认识。难道说，我回忆到了未来？"

"你知道吗？"她停顿了一下，"我小时候有特异功能。"

"特异功能？"

"我能预测未来——不过只限于灾难。我小时候一直以为，过去和将来都已经发生了，所以知道将来发生的事很正常。既然能记得昨天前天发生的事，自然也能记得明天后天发生的事，不是吗？我跟你说过我妈是怎么死的吗？其实我前几天就知道她要出事。我看见她被一辆卡车撞飞。但那时我太小了。我才三四岁，话都说不太清楚。我只能一看到她要出门就拼命抱着她的腿。当然，最后她还是出门了。"

我们沉默了一会儿。

"其实9·11那天我也有感应。"她接着说,"不过我没看到大楼,我只看到我爸把我裹在风衣里抱着狂奔。因为随着年龄变大,预测能力变得越来越弱。9·11之后那种能力就彻底消失了。还好消失了。你不知道那有多痛苦。多折磨。明知要发生可怕的事却无能为力,只能眼睁睁等着灾难降临。"

"你从没告诉过你父亲吗?"

她缓缓摇了摇头。

"你是世界上第一个知道的。"她说。

我们又沉默了一会儿。

"不过……"我语气轻淡地说,"如果你还有那个能力,我们就知道后天世界会不会结束。"

马娜合上电脑,发了会儿呆,然后说:"最后这部分,是故意写给我看的吗?"

第十七章

李美真（5）/ K 的平行宇宙（7）：12月21日

或许是我的错觉，我发现那幅《松间神鹤图》似乎有细微的变化。或许只是因为我凝视它的时间过长。这一月有余，我时常独自默坐在堂间，盯着墙上的神鹤，一看便是好几个时辰。也正因如此，有时我会分辨不清，那些想法，念头，计谋，筹划，究竟是出于我自身，还是来自神鹤的授意。

是的，根本没有什么神鹤，师父早就说过。但如今我开始对师父的话产生了怀疑，尤其是在那个诡异宁静的飙风之夜，在花圃遇见那个怪人之后。我开始怀疑，这整个世界——日月山川，星辰流转，人世沧桑——或许都不过是缘于另一个世界的编造和书写。就如当年我给师父念的那些话本小说。唐僧何曾知道，为他师徒设置九九八十一难的，其实并非什么佛祖，而是著书者呢？

我们又何曾知道，世人所谓的神灵，菩萨，神鹤，上帝，或许不过是另一个世界的著书者？

因而世间常有奇迹。常有巧合。常有因缘际会。

比如那朵月季。

比如我腹中的孩子。

按照悦汉所用的洋人历法,今天是 12 月 21 日,离他们所谓的耶稣诞辰——又叫圣诞节,据称是基督教最盛大之节日——还有四天。这样算来,若从飙风骤息那夜算起(那日按洋人历法是 9 月 11),孕期已近百日。

幸好从身形上还看不出来。

我在脑中将今晚的计划又从头至尾演练了一遍。我让自己看见每一个场景,每一处细节,每一句对话。就像在回忆已经发生过的事。我必须思虑到所有可能,我必须消除所有可能,我必须保证万无一失。

我站起来,走几步来到松鹤图前。我伫立不动,端详着两只神鹤。不,我不求神鹤保佑。一切的一切,著书者自有安排。

不过,松鹤图的确有细微的变化。(而且我忽然发觉——为何我以前没看出来?——它们看上去很像一对情侣。一对神仙情侣。丹顶雪羽,松枝掩映,一只昂首张望,一只回身梳理,姿态优雅从容,恍若心有默契。)变化在于,虽然最近连日天气晴燥,这幅画却好像有点受潮。这颇为蹊跷。要知道,即使在阴湿的梅雨时节,此画也不为潮气所侵——因为据师父说,它的画芯是由最顶级的绢布制成,且装裱得极其精致入微。但现在显然有湿气渗入了绢布,画幅甚至已经微微起皱。但奇妙的是,雪白鹤身上的一棱棱羽毛却反倒因此显得更为生动逼真,整幅图画漾出一股鲜活之气,恍如这

第十七章 李美真（5）/K的平行宇宙（7）：12月21日

对神鹤仙侣就要展翅高飞。

我突然有所顿悟：神鹤知道今晚要发生什么。因此它们才想要离去。因此它们才变得潮湿。我决定带上这幅画。

我决定视之为吉兆。

当我在电脑上敲出"吉兆"两个字，屏幕右上方的时间刚好从00:00变成00:01。所以现在我和李美真的世界已经同步了。几乎同步。我们此刻都是在12月21日，只不过一个是在1900年，一个是在2012。就像福克纳在《喧哗与骚动》的结尾借黑人老女仆迪尔西之口说的：我看见了初，也看见了终——这个典故来自《圣经·启示录》的22章13节：我是阿拉法，我是俄梅戛，我是首先的，也是末后的，我是初，我是终。我特意用嬷妈留给我的那本厚重的《圣经》查过（而在某种意义上，那也是1900年金牧师的《圣经》）。事实上，这句话也出现在整本《圣经》的结尾——确切地说，是最后一页，倒数第二段。那么阿拉法和俄梅戛又是什么？它们分别是指希腊文的首尾字母。这意味着什么？这暗示着什么？这是否意味和暗示着，这个世界的初和终，首先和末后，开端和结束，都不过是一种封闭的书写、一本书，或者甚至，一部小说？

也许正是出于这个原因，我才决定继续写完《李美真》。因为对于李美真的世界来说，我就是它的阿拉法和俄梅戛，我就是它的初和终。

　　我一口气写了五个小时。从 J 那里回到工作室后,马娜一直在睡觉。她已经两天两夜没睡。中间我去看过她一次。她睡得很熟。她侧身蜷缩在席梦思上,就像安卧在子宫里,就像安卧在李美真腹中。

　　正是在面对电脑,为李美真寻求逃脱方案的同时,我也发现了我们的逃脱方案。但这并不是事先计划好的,甚至都不是有意识的,它更像某种灵感——突然从天而降。就在那一瞬间,我突然明白了李玫那句话的意思:你们要互相拯救。

　　是的,我们要互相拯救,我们将互相拯救。

　　世界渐渐亮起来。这并不是比喻。不仅仅是。不知不觉中,沉入海底般的工作室开始渐渐重新浮出海面。事物的轮廓开始变得坚硬。当我敲出最后一个句号,按下保存键,晨光已经洒满整个空间。外面传来老城的各种市井嘈杂声。

　　我划动屏幕,又看了一会儿李美真的照片。我在脑中将今晚的计划又从头至尾演练了一遍。我想象每个场景,每处细节,每句对话。就像在回忆已经发生过的事。我必须考虑到所有可能,我必须消除所有可能,我必须保证万无一失。

　　我还有十六个小时。我还有很多事要做。

　　虽然整夜未睡,我却毫无困意。这要感谢马娜给我弄来的致幻兴奋剂。类似德国纳粹的 D-IX,或给登月宇航员用的二甲基色胺。或许也正因如此,《李美真》才完成得如此顺利。从这个意义上,J 的理论的确成立:世界的建立要依赖迷幻剂。

我听见马桶冲水的声音。我合上电脑。马娜从背后搂住我的脖子，用耳朵蹭我的脸颊，她亲了亲我的下巴。

"你在干吗？"她说，"还有心思写小说？"她的语气轻如梦呓。

"你想喝咖啡吗？"我也轻轻回蹭她的脸。

"想。"停顿几秒，她又接着补充说："世界上最后的咖啡。"

不知为何，近来我迷上了喝渴飞。就是曾被我和小红嗤之以鼻的，悦汉送来的那种黑色粉末。不，不该说不知为何，因为原因很明显：因为怀孕。

怀孕会导致饮食偏好发生莫名的改变，这众所周知。除了渴飞，我还爱上了吃辣。而以前我几乎是不碰辣椒的。当然，渴飞苦涩，辣椒上火，对胎儿恐有不利，因而我都只是浅尝辄止。但这就更增添了我对它们的向往。

有时夜半无眠，我会轻抚自己的肚皮（只略有隆起，几无变化），猜想是男是女。应该是个女孩。我有一种直觉。况且——俗话说，酸儿辣女。就在这几日，我已能感觉到腹中偶有轻微的胎动。每有感应，我便呆若木鸡，全神贯注，品味良久。我从未料到世间竟有如此温柔。如此甜蜜。以至于叫人不忍天命，心生伤悲。

不过，我知道，现在最重要的就是保持心情平静，心如止水。这不仅是为了腹中胎儿的安健,更是为了最终谋划的顺利施行,为了实现长久之计。

为此我筹划已有一段时日。8月末那场飙风之后,又过了一月有余,悦汉忽然接到上海通告,要求他去邻近莫干山上新建成的教会避暑山庄待段时间,以协助处理教会相关事务。虽然不清楚究竟是何事务,但我们都猜想与不久前八国联军攻陷京城有关。今年可谓流年不利,多灾多难,时局形势百转千回,变幻不定,幸好江南远离京城,还不至于兵荒马乱,但也已人心动荡,惶惶不安。

我给悦汉收拾了行装。他说尽量快去快回,又说教友告诉他莫干山风光绝美,等他这次前去探路,下回定要带我同去游览。我看着他,微笑说好。

悦汉走后,我趁机静下心来,开始认真思虑我们的未来。但说实话,虽然我知道眼下这样并非长久之计,却不知该从何下手,从何做起。我也没有任何人可以商量。事实上,没有任何人知道我有了身孕,包括悦汉——让他知道只会坏事。

最后,是一个我万万没有想到的人帮我解决了难题。

那个人就是胡县令。

一日午后,他突然微服来访,只带了一个随从。进屋寒暄几句,他便挥手让随从和小红退下,说有要事与我密谈。

"听说金牧师去了莫干山?"他说。

"我也听说了。怎么?"我故作平淡。

他低头喝了口茶。"幸亏神姑英明,若不是当初你煞了李虎那妖人的威风，没让义和团加害金牧师的计谋得逞，今天我们的麻烦就大了。你知道京城的事吧？以前说什么天降义和团以杀洋人，可现在洋人当道，太后已经下了诏书，命令各省剿杀义和团，且要斩草除根，赶尽杀绝。"

我默不作声，等着他继续。

"要知道，别说在德清，"他接着说，"就是在杭州钱塘，白鹤镇的教堂也是赫赫有名啊。这自然是因为金牧师仁厚道义，行善积德，故而广受拥戴。而在此等情形下，更不用说还有那朝廷诏书，再让李虎这样一个义和团妖孽逍遥法外，似乎有违情理。神姑您说是吗？"

"但那李虎，"沉吟片刻，我回答说，"似乎已长久没有动静，只是做些北方药材特产的生意，倒也算安分守己。"

胡县令微微一笑。"话虽这么说，但终归是个隐患。而且上头也盯着，这义和团本是北方兴盛，江南罕有，但若是出了岔子，岂不是更为显眼醒目？"

"那您的意思是？"

他神情诡秘地左右看看，侧身附在我耳边嘀咕了一番。

我一开始还没完全领会他的意思，而一旦领会，便有一道灵光闪过脑中。我立刻意识到，这是个天赐良机。

"所以我要做的就是，"我拿起茶杯喝了口茶，又轻轻放回茶杯，"在那之前用摄魂术将金牧师迷倒，将其转移至安全之地，以免他真的被烧死。"

他连忙说正是。

我装作考虑片刻,然后才说我可以帮他,但有个条件。

听完我的条件,胡县令脸上露出既吃惊又猥琐的笑容。

"原来……"他抚弄着自己的胡须,"镇上的传言非虚……也好!咱们就一言为定。如此一来,那李虎就更罪加一等。只可惜,神姑你这一走,可就错过了我精心安排的檀香刑大戏。"

"檀香刑?"

"那是我老家山东高密东北乡的祖传酷刑,乃绝世秘技,前不久还刚处决了一个义和团妖人,据说当时万人空巷,争睹奇观。"接着他便开始津津有味地描述那檀香刑的奇绝惊人之处,说完补充道,"我打算将我那老乡,当过刑部首席刽子手的高人赵甲请来德清,也为咱德清百姓演一场大戏。"

我忽然感到一阵恶心。我不知道是因为听了他的描述,还是因为身孕。

"如此说来,"我站起身准备送客,"错过倒未必不是一件幸事。"

对我来说的一件幸事,是我写出了那篇《增强梦境》。或者更确切一点说,是我写出了《增强梦境》的结尾。那个结尾完全是个意外,它根本不在计划之中。我本来只打算写出那个现实般的梦境(或梦境般的现实)就结束。但它突然出现我眼前,就像一份上帝的礼物,就像当初李美真这个名字。

当然，M女孩是指马娜，但其余都是我虚构的。马娜并没有特异功能。她母亲的确死于车祸，但她并没有提前看见。她并没有预言灾难的能力。我之所以会这样写，也许是因为在潜意识里，我觉得马娜能看见即将发生的灾难——也就是J所谓的末日方舟——但她却不愿告诉我。

"最后这部分是故意写给我看的吗？"她问。

"如果潜意识也算故意的话。"我说。

"明知要发生可怕的事却无能为力，只能眼睁睁等着灾难降临。"她看着电脑读出这句话。"你的潜台词是，我明知五天后J会制造出灾难，却不采取任何行动——对吗？"

我没有回答。

她转过来看着我，表情平静而肃穆，如果不是那两行眼泪，根本看不出她在哭。"你真想知道吗？"她一动不动，只是吸了吸鼻子，眼泪还在继续流。"我只是不想让你卷进来。"

"但我已经卷进来了。"我说，"我想被卷进来。"

于是她开始讲。

撇去各种细节，整件事其实并不复杂。J在上海郊区的金山附近租了个巨大的地下防空洞——一个战时遗留下来的怪物——将其装修成了一座藏在地底的"末日方舟"。方舟模仿船的样式，主要分成船长室、船舱和样品厅三大部分，内部风格是包豪斯与震颤派的结合，主要材料为原木与皮革，朴素、简洁而高级（马娜给我看了照片和剖面图）。如同诺亚方舟所携带的各种地球生物样品，末日方舟的样品厅里包含有：五千册图书，J多年来搜集的所有艺术品（从古希腊雕塑到宋代陶瓷到塞尚蒙德里安杜尚到博伊斯奈良美智），三百本世界各地的电话簿，曾被NASA发送到太空、刻有人类压缩信息的黄金唱片的限量复刻版……等等。21日晚上10点整，九十九位花巨额购买了末日船票的船客将进入方舟，11点——参观完样品厅之后——他们坐进各自的舱位，系好安全带，戴上类似机器弗洛伊德的电子头盔，吸入强力迷幻剂，展开极乐之旅。二十多分钟后——定时器时间为11点27分——方舟将自动引爆，化为乌有。

"也就是说，这将是一次邪教集体自杀事件。"我说。

"那要看情况。"她说，"如果世界真的毁灭呢？"

"如果世界没毁灭呢？"

"那么它就是一个伟大作品。一个前所未有的超级艺术品。"

我摇摇头。"不，这是对艺术这个词的亵渎。任何艺术都不会消灭生命。"

"J说我们对生命的认识太局限太肤浅了。死并不就是生命的结束。死只是另一种开始。死只是进入另一部作品，另一本书，另一部小说。"

我摇摇头。"你已经被他洗脑了。……你不觉得我们应该报警吗？"

她摇摇头。"方舟外有监控，他一旦发现不对就会提前引爆。而且警方那边也有他的人。"

我一时不知说什么好。

这时一个极其简单的方案跳入我的脑海,我不禁奇怪为什么自己现在才想到。"你为什么要跟着他们自杀?我们可以逃走。现在就走。走得远远的。"

她脸上露出凄然的微笑。她低下头,又抬起头。

"我已经被他控制了。没有他,没有他的药,我就生不如死。"

"我们可以想办法戒掉。"我急切地轻声说,"总有办法。"

她摇摇头。"而且只要他活着,他就不会放过我——他一定会找到我。"

"活着?"我有点糊涂了,"难道他不跟那些人一起自杀吗?他不是也在方舟里吗?"

她摇摇头。"有条秘密通道。他会带我提前离开。爆炸现场会发现特意留的黑匣子,银行保险库里有关于末日方舟的全部资料。所有人都会以为我们死了。但其实他已经在阿根廷买了座农庄,我们会在那儿度过余生。"

"但……为什么?"我听得目瞪口呆。

"钱。因为钱。那些相信世界末日的人付他的钱。"她接着说,"但也是因为他知道自己迟早要出事。国际刑警已经在调查他。因此,"她又凄然一笑,"通过这个作品,他既可以将自己杀死,又可以让自己活着。岂不是两全其美?"

我们沉默了一会儿。

"所以——"她看着我,"现在只剩下一个办法。"

"什么办法?"

"忘了我。"

但我不可能忘了她。在这个世界末日的早晨,看着她盘腿坐在晨光中,喝着世界上最后的咖啡,我更加确定无疑:我不可能忘了她。

我把杯中剩下的咖啡喝完。

现在只剩下一个办法。

我把剩下的渴飞喝尽,放下杯子。

我知道,这是最后的办法,也是唯一的办法。在某种意义上也是最好的办法。

一切都已安排妥当,只等子夜降临。半月前我便已打发了小红离开,我给她的盘缠足以让她和小蓝做点小本生意。(悦汉这个木头脑袋,发现小蓝小红一起不见后还纳闷不解。)我按悦汉的身形托人打了一副上好的棺材,并在侧壁开了几个透气孔,底下再垫上棉被,此刻,他正舒舒服服地在里面昏睡。一个时辰前,胡县令安排的马车已来接走了棺材,再过不到半个时辰,我便会走小路插到官道,与等在那里的马车会合。

我在楼上楼下,花园药圃,又都细细走了一遍,以示道别。除了那幅神鹤图,我只带了悦汉为我拍的那张照片,和师父留给我的一把祖传银匕首。教堂那边,我只拿了厚厚的金边《圣经》和上头有我俩游戏批注的那本《幽梦影》——它们此刻也都在那副棺材里。

见时辰已到,我便背上包裹,来到院中,最后眺望了一眼远方清晰如梦的白鹤山。老天有眼,让今晚月色明亮,天清气朗,干燥无风。

我开始放火。

我放下咖啡杯,对马娜说了我的办法。最后的办法,唯一的办法。可能也是最好的办法。

她一开始不同意。但最后决定试试。我们讨论了可能性,危险之处,计划流程。我们罗列了准备事项,物品清单。我们制定了行车方向和路线:一路向北。

然后我们分头行动。

我把车送去做了个检修,然后加满油。我回到自己的小公寓待了几个小时,这里坐坐,那里摸摸,翻看书架和杂物,最后决定尽量少带东西。电脑,几张珍贵的初版黑胶唱片,书一本没带——当然,除了嬷妈留给我的《圣经》和那套乾隆年间的程甲本《红楼梦》(至于我怎么会有这套书,那是另外一个故事),它将是我们新人生的经济保障。

我给房东打了个电话,告诉她我马上要出国,不再续租(租金已经交到明年5月),屋里留下的所有东西都由她处理。

晚上9点,我开车出发。10点差10分准时到达方舟所在地——一座隆起的小山包,一片小树林,看去就像个荒废破败的旧公园。停车场上已经停满了豪车。

10点整,我随队列进入方舟(戴着墨镜的马娜站在入口,以只有我能捕捉的微小幅度朝我点了下头)。趁大家在参观样品室和录视频(身份验证,存进黑匣子),我悄然走进角落一间位置隐秘的储藏室。

我从里面锁上门,看了看手表的夜光指针:10点26分。

我开始等待。

我等着火势蔓延。

我站在离屋子百来米的一片小树林边,看着火焰如某种飞速变大的神魔一般将房屋裹入怀中。那神魔没有身体,只有舌头,巨大、黄色、灵活,且不止一根——无数根舌头从各个方向敏捷、津津有味、淋漓尽致地舔噬着口中黑色的美食。

猎猎作响的燃烧声就像它贪婪的口水和吞咽。

房屋开始倒塌,不时发出几声轰响。因为独门独院,远离其他村舍,加之又是深夜,所以一时并无人发现。

我一直等到能在火舌中看见整个房屋黑色的骨架,才转身离开。我必须确保它会被烧得一干二净,尸骨无存。

然后我踏上穿过树林的小径。

或许是因为月色的缘故,我恍然觉得自己正走在梦中。

我加快脚步。

我放慢脚步。我看到树林的尽头,小径的另一端,有个黑影正在迅速变大。

我停下脚步。

那个黑影也停下脚步。

李虎。他看上去比我还吃惊。他似乎不相信自己的眼睛。

"神姑!"他又上前几步。"神姑——你怎么会在这儿?"他还在喘气。他想必一路狂奔而来。

我没有说话,只是冷冷看着他。

"神姑——教堂着火了!我带人想去救牧师,但……火太大了,他们还在找,我想先来告诉你……"

"你想——救牧师?"我冷冷地反问道。

"我是……为了你。"他看着我的眼睛,低下头,又抬起头。"他死了你会很伤心,是吧?"

我死死盯着他。我突然想起胡县令说的檀香刑。一阵酸楚猛地涌上胸口,我几乎要掉下泪来。

"我正要去找你。"我柔声对他说。

"找我?"

"你愿意带我走吗?"我说。

他看上去惊喜而又茫然。"当然愿意。不过……为什么……"

"事出突然。路上再慢慢说。"

"可是……"

我盯住他的眼睛，嘴中开始轻声念念有词。我并无十分把握，但已别无选择。

他的目光渐渐变得宁静安详，宛如婴儿。他朝我又缓缓走了两步——现在我们几乎是贴面而立。他俯下身时我心里一紧，但随即我就意识到，他只是想要搂住我。跟他粗壮的体形相比，他的动作轻柔得令人哀伤。

我抽出匕首，如油般顺滑地插入他的心口。

我突然觉得心口发紧。接着是一阵晕眩。我本能地去扭动储藏室的门。

门从外面被反锁了。

我开动脑筋想思考原因，对策，方案。但一阵奇异的无力感袭来：我控制不住地靠着储藏室的门滑落下去，不断地滑落，滑到地面，穿过地面，继续滑落，滑入一片黑色，一片虚空，直至滑入消失。我昏了过去。

再次睁开眼睛，我发现自己正站在一只巨大的船舵前。或者更准确地说，我被一副手铐铐在一只巨大的船舵上——因此我不得不像个舵手似的双手握着那只光滑的蓝白相间的环形木舵。前方正对的是一块类似舷窗的大屏幕，上面正循环转动着一种五彩斑斓繁复变幻的曼陀罗图案，如同一个在不断旋转的彩色漩涡。

有一瞬间我怀疑自己是不是又来到了另一个增强梦境。

然后我意识到身后有人。

我慢慢扭过头：J. 尼奥正笑吟吟地看着我。戴着墨镜的马娜立在他身后。

"恭喜当上船长！"J. 尼奥摊开双手说。

我看看他，又看看马娜。

"你不觉得这个职位很适合你吗？"他又说，"你的名字里有个亚，对吗？啊，也许你注定要做一个伟大的船长——亚哈，诺亚，你们的名字里都有亚，这难道是巧合吗？哦不，你应该记得，孔圣人，我说过，这个世界上不存在巧合。上帝——"他举起右手向上指指，"是最伟大的小说家。"

我现在不看他，只看着马娜。

"说到小说家，"他又接着说，"你也是个小说家，不是吗？一个亚哈式的小说家。亚哈船长永远无法用双腿站立。你也是一样。你的小说精美独特，那又怎么样，你的独特，就像亚哈的独腿，只会让你们永远都无法脚踏实地伫立在大地上。用中国话说，就是不接地气——我想，这个词你很耳熟吧？而且，你还同样不自量力地想写一部白鲸式的伟大小说。看到亚哈的下场了吗？他的白鲸，你的小说。跟他一样，到最后你也会被你所追的东西害死——不是吗？不正是小说把你带到这儿的吗？"

我看着马娜。她面无表情，一动不动。

"哦——孔圣人，别老盯着我们可爱的小马娜。"他背过身去，跺着步转了半圈，又回到我面前。"知道吗，你不该怪她，要怪就只能怪你自己，怪你的小说。她一直求我饶了你，但谁知最后你却非要送上门来。"

"不过，"他抬手看了眼手表，"在我们永别之际，我要送你一句我很喜欢的话作为礼物。它来自海德格尔：没有人能从他人那里取走他的死。你不觉得这句话很迷人吗？神秘而又清晰。苦涩而又甜蜜。既令人绝望又饱含希望。其实在我看来，这句话的背后藏着一个真相，那就是：死是人一生中所会遇见的最美好的事情。"

说到这里，他突然沉默了。他那戴着尼奥式卵形墨镜，涂成惨白的脸仿佛突然凝固了。过了几秒，他才缓缓转过身去，看着马娜。

他背上插着一把银色匕首。

马车飞驰。我轻抚已经归入鞘中的匕首，心中既鼓荡充实，又恍然若失。

这时远处突然传来巨大的轰鸣和尖啸。

马儿大概受了惊吓，发出几声嘶叫，马车速度慢了下来。

我掀起后帘，车后拖带的棺材之上，正在远去的白鹤镇升腾起巨大的烟火——仿佛神在天空种出一朵朵美丽的月季。

那是教堂的方向。我想起悦汉告诉过我，为庆祝圣诞，教堂里准备了很多烟花。

前面传来车夫呵斥马匹和挥鞭的声音。

马车渐渐恢复了匀速。仿佛是在应和远去的烟火轰鸣，车夫开始唱起一首曲调悠长凄婉的越剧，嘚嘚的马蹄声宛如伴奏。

我转身坐正。她在我腹中动了几下。

马车飞驰。烟花绽放。前尘如梦。

汽车飞驰。我手握方向盘，不时与坐在副驾驶的马娜对视一眼。她已经扔掉了墨镜。我觉得既鼓荡兴奋，又莫名空虚。

这时远处突然传来巨大的爆炸声，随后是一片轰鸣和尖啸。

我稍稍踩下刹车，放慢车速。

在我们的左边，一簇簇巨大的烟花正在升腾而起——就像上帝的显示屏上漂亮的电脑屏保。

那是末日方舟的方向。

"他在方舟里放了很多烟花。"马娜说，"作为庆祝。"

突然有什么闪过我的脑海。某种逻辑和时空错乱。就像埃舍尔画的交叠错位的楼梯。

"你那把匕首……"我脱口而出。

"父亲说是母亲祖传的。"

"对了——你母亲姓什么？"

"姓李——木子李。"

"怎么了？"她似乎感觉到了什么。

我说没什么。拐了个弯,我缓缓踩下油门。现在烟花在我们正后方——从后视镜里可以看到。

"我怀孕了。"她说。她按下音响的 play 键,节奏强劲,女声慵懒。

汽车飞驰。烟花绽放。万事如梦。

*

公元 1901 年,光绪二十七年,农历辛丑年。

是年 8 月,京城西山半麓,我生下一个女儿。悦汉给她取了跟自己母亲同样的名字:玛利亚-安娜。汉名则取其简化为马娜——亦与《圣经》之"天降吗哪"恰好谐音。

想当初我们一路舟车颠簸,辗转来到京城,最终在京城西北郊的西山山半腰找到一间樵夫棚屋,就此隐姓埋名,安顿下来。

此处地势高朗,人迹罕至,且视野开阔,风光秀美,可远眺定光塔,鸟瞰北京城。而山脚之下,便是满目疮痍的圆明园。

我们修缮房屋,开垦菜地,种植药草花卉。我们平均每月下山一次,采购若干日常用品,并将在山中采制的中药材售予药房。因我们所需甚少,卖药收入便已绰绰有余。

每次下山,我们都要稍作乔装打扮,深帽墨镜,寡言少语。这世间已再无约翰金和李美真之人。他们已被义和团李

第十七章 李美真（5）/K的平行宇宙（7）：12月21日

虎烧死在白鹤镇。我没有实现对胡县令的承诺——我承诺会带悦汉去杭州官府，夸显他解救之功，以助其高升，那本是他谋划这一切的动机所在。但随后金牧师杳无音信，定已被烧死无疑，所以恐怕他不仅是竹篮打水，还要反受其罪。而且，值得欣慰的是，他的檀香刑大戏也化为泡影。

时光荏苒。总之，感谢上帝、神鹤、菩萨或不管什么神灵，感谢世间这部大书的著书之神，让我们一家三口，平安顺利，其乐融融。如今娜儿已过六岁，天真烂漫，不可名状，比如今日，时值酷暑，但山中暮色清爽，饭后我们便一同在门前院中纳凉。娜儿歪在悦汉怀中，父女你说我逗，哼唱歌谣，我则在旁驱蚊打扇。不久娜儿便沉沉睡去。我们静坐良久。不知觉间，已是繁星点点，万家灯火。即使避居深山，我们亦能感知山下乌烟瘴气，危机四伏，大厦将倾。但那又如何，我们又能如何？万般变幻，著书者自有安排。不变的是春夏秋冬，日升月落，柴米油盐，生老病死。

山风微起，似有凉意，我们站起身来，悦汉轻柔地让娜儿趴在他肩头，我们走进屋内，将寂寥天地，破碎河山，都关在门外。

公元2013年，农历癸巳年。

这年10月，马娜生下了一个女儿。不，她已经不叫马娜，那个叫马娜的中英混血女子已经死于那次骇人听闻的

2012末日方舟集体自杀事件。世界上已再也没有马娜这个人。她的新名字叫李美真，与她母亲同姓。

我们为女儿取名孔雀，希望她美丽骄傲，优雅动人。我还沿用以前的名字身份，但已彻底退出文坛与媒体，隐入无名众生，就像一条怪鱼消失进大海。我换了手机，换了电子邮箱，换了发型——我剪掉了长发，留起了平头。她则正好相反，她留起了长发，而且不管去哪儿，都再也不戴墨镜。

那天晚上，我开了一夜的车，第二天下午才开到北京。我订了一家能看见圆明园的宾馆，但却累得还没拉开窗帘看一眼就已经昏睡过去。不过不要紧，有的是时间看。不久之后，我们就租下了西山脚下，离圆明园不远的一座农家小院：独门独户，两间平房坐北朝南，宽敞明亮，院子里有棵高大的白杨，风一吹就沙沙作响，听上去似乎既悲伤，又欣喜。

我们在院子里开辟了一畦菜地和一片花园。都是些简单好种的蔬菜：生菜、小白菜，南瓜，胡萝卜。花园则只种月季，各种颜色、品种、样式，但都是月季。

我再也没写过小说。孔雀出生的那一天，我打开电脑，彻底删除了"小说《李美真》"的文件夹。我也同样彻底删除了那张照片。感谢那套木活字版的程甲本《红楼梦》，我们几乎只要靠银行利息就可以衣食无忧。我之所以会在孔夫子网上开了个店，完全是因为喜欢看书、淘书。我买的比卖的多。

我尽量不去想以前。幸好孔雀出世后，我也没空再去想。照顾她让我既累得精疲力尽，也幸福得精疲力尽。一转眼，已是2019，孔雀已经六岁。感谢上帝、神鹤、菩萨或不管什么神灵，感谢世间这部大书的著书之神，让我们一家三口，平安顺利，其乐融融。我们经常散步去圆明园。不知为什么，即使在繁花点缀枝叶茂盛的夏日，即使熙熙攘攘游客众多，那里也总有一丝挥之不去的落寞气息。不过，也许那只是我的错觉。而且那感觉也稍纵即逝，因为孔雀会一刻不停地缠着我，说这说那，问这问那。（爸爸，为什么不把这些倒掉的房子清理干净？爸爸，为什么要养黑色的天鹅？）看着她完美生动的小脸，听她清脆地叫着"爸爸"，让她那温煦的小身体像印章似的压在我胸口……这样的时刻我总会想到死。我对自己说，我对创造这一切的那位上帝小说家说，我愿意死在这一刻。这是真正的幸福：幸福得想就此死去，但又知道自己不会死，知道自己会继续活着，而且——就像所有活着的人那样，觉得自己会永远活下去。

第十八章

后 记

一切都是从那张照片开始的。2015年9月,我跟荷兰汉学家林恪一起去逛潘家园。那是我们第一次见面。他是《围城》的荷兰语译者,正在痛苦地翻译《红楼梦》。我们之所以会认识,是因为他发邮件来说想翻译我的一个短篇小说。那个标题为《留在大象岛的探险队员与沙克尔顿告别》的短篇,后来发表在荷兰的一份老牌文学杂志《向导》上——作为一个迷幻剂合法的国家,这个刊名倒是相当贴切。

我们一见如故。我属兔,林恪属鸡,比我大半轮,所以2015年我四十岁,他四十六岁。他长得高大俊朗,但气质谦和,神态温柔,甚至有几分羞涩。他讲一口流利的中文。有时我会想,也许他上辈子是个中国的古代文人,就像有时我觉得自己上辈子是个西方人。

我们在潘家园的旧书摊上边聊边逛,然后我突然看到了那张照片。关于那张照片,关于我看到那张照片时的感觉,我已经在本书第一段作了详尽的描述。

同样,正如我在小说中所写的,我没有买下那张照片,但用手机拍下了那张照片。我仍然记得，手里拿着那张照片，我对站在身边的林恪说，我这辈子一定要为这个女人写部小说。

我从2018年9月开始写这部小说，在北京的鲁迅文学院。从9月到12月，我参加了这里举办的一届翻译家研修班。虽然我最初是以写小说出道，但却以文学翻译而更为人所知。这一方面当然是因为我翻译的都是某个作家的毕生杰作（保罗·奥斯特的《幻影书》，詹姆斯·索特的《光年》，杰夫·戴尔的《然而，很美》，等等），而相比之下我只是个不成熟的小说新手，但另一方面也是因为我写的作品太少（只有一部长篇《不失者》和一部短篇集《火山旅馆》），我上一次发表小说还是在2012年——也就是说，我已经六年没有新作品。事实上，很多人认为我已经放弃了写小说。

但不，我并没有放弃。或者说，我一直在挣扎。从2009年起，我就一直在挣扎着试图写一部白鲸式的大部头小说（关于这点，请参照本书开头所提到的那部长篇小说计划：《极乐寺》）。就像梅尔维尔笔下的亚哈船长，我也被我的"小说白鲸"折磨得奄奄一息。我唯一的安慰，就是我的家人和文学翻译。一转眼，十年过去了。十年的挣扎、焦虑、游荡、希望、绝望。也许那就是为什么我决定开始写《李美真》。因为如果再不开始一个新的项目，我的写作生涯可能便会就

第十八章 后记

此结束——我已经处于精神崩溃的边缘——正如亚哈被他的白鲸所吞噬。

而且这也是个重新开始的好时机，不是吗？我要在北京独自待三个月，远离各种琐事和纷扰，生活便利，从我的公寓窗口，可以看见远处雾霾或蓝天下的中国樽。

就在我住进去没几天，发生了一件奇怪的事。

公寓每个楼层都有一位专门每天为我们打扫房间的服务员阿姨，当我这个楼层的阿姨第一次来到我房间时，我不禁呆了一下：她是个斜眼。几乎跟李美真一模一样的斜眼（不过她是左眼，而且她是圆脸）。我尽量不让她看出我有多震惊。这意味着什么？这只是纯粹的巧合吗？还是某种平行世界间的量子呼应？或者是上帝跟我玩的一个小小游戏？（我不禁看了看窗外的天空。）但不管怎样，我觉得这是一个好的预兆，预示着这部小说会一切顺利。

但游戏还没结束。

几天后，她上午来打扫时，我向她抱怨说房间里有蚊子，弄得我整夜没睡好——是的，我找到了电蚊香器，但却找不到蚊香片。过了一会儿，她给我拿来一些蚊香片——这里不配蚊香片，她说，这是我自己的，给你用吧。我说谢谢。

第二天她就消失了。换了一个阿姨，一个眼睛正常的阿姨。

我问她以前那个阿姨去哪儿了。她说她辞职回家了，不干了。

所以她把蚊香给了我，我想。她离开是因为她的任务已经完成了，我又想，是上帝让她离开的，因为她已经完成了两个世界的对接。而对接的工具就是……蚊香—文学？

如果要在汉语里给文学找一个发音最接近、同时又是某种实用之物的词，除了蚊香，还有别的选择吗？

我知道这个想法既可笑又疯狂，但我还是忍不住要这么想。

尤其是当我已经写到了这里。当我看到自己就像个蹩脚冒牌的上帝，在有意无意之间，为《李美真》的世界所设置的种种游戏般的场景和障碍，暗示和呼应，生命与死亡。

所以为什么没有那种可能？也许上帝就是个最伟大的小说家，以某种人类无法理解的方式和力量，为我们这个世界设置了游戏般的场景和障碍，暗示和呼应，生命与死亡。

我用在北京的三个月，写出了《李美真》的开头五万字。虽然有各种（想当然的）预兆和暗示，但进展并没有希望中那么顺利。我觉得自己就像雷蒙德·钱德勒笔下的硬汉派私家侦探，追随着某条细微且随时可能会中断的线索，到处误打误撞，满怀绝望和悲伤——以及由此而来的冷静、坚强和黑色幽默。

转折点发生在2019年春天。那时我已经从北京回到浙江莫干山脚下的小村庄，我们在那儿租了栋老房子，作为写

第十八章 后记

作和家庭度假之用。跟《李美真》中的小说家 K 一样（其实应该说 K 跟我一样），我也总是在不事先想好故事的情况下即兴写作，就像爵士乐手现场即兴演奏，就像大卫·林奇边写剧本边拍电影。这样做的好处是可以动用对于创造力最珍贵的来源：潜意识（所以好作品都像礼物，仿佛不是你制造的，而是你发现的——是某种神秘力量赠予你的）。但这样做的坏处也显而易见：如果你太着急，作品就会很糟；如果你太不着急，速度就会很慢，甚至完全停滞。

幸好，感谢上帝，虽然缓慢，但这次我没有停滞。坐在乡下对着花园的书桌前（我在院子里种了很多月季花，我只种月季），写着写着，我突然发现了这部小说的秘密：那就是我自己——我自己的切身经历。更确切地说，是我这十年来写不出小说的经历。当然，并不是这段经历本身，而是这段经历所蕴含的情感和折磨：对外国文学的迷恋，对中国（当代）文学的厌恶，对中国古代文化的无知，对政治和历史的冷漠，以及受这一切综合影响而导致的写作困境和极度焦虑，以及由此而生的各种神秘的、不明原因的生理病痛。

我还意识到，它不仅是《李美真》这部小说的秘密，同时也是那张照片的秘密。那就是我在潘家园被那张照片迷住的原因。那也是为什么，我会近乎出于本能地说，要为照片上的斜眼女人写一部小说。

原来早在我明白这点之前，来自潜意识的直觉就已经告诉我，这部小说会解救我，这个斜眼女人会解救我。

因为我在她身上看到了想象力。因为想象力并非如人们通常所以为的那样来自虚空，来自闲适或愉悦，来自无所事事。正好相反，真正的想象力是来自现实，来自磨难，来自生死攸关。

2019夏天，我读到了一本有趣的书：美国作家克里斯托弗·麦克杜格尔写的《天生就会跑》。作者通过对隐居在墨西哥深山的一个神秘的、极擅长跑的印第安族群塔拉乌马拉人的探访，得出了一个奇特的结论，即人类的身体天生就是为了长跑而构造的。而这个结论又引出了另一个更奇特的结论：他认为在远古时期，原始人狩猎并不是靠石刀石矛之类的武器，而是通过不停歇地长途奔跑追逐猎物，直至那些动物因无法及时散热，体温过高而倒地身亡。

撇开这些奇妙的结论不谈（顺便说一句，他的论证相当严密而有说服力），最让我印象深刻的是他提到了想象力的起源。他认为人类最早的想象力源于脑中对猎物心理的揣测和模拟，以提高狩猎的效率和成功率。也就是说，人类最初产生想象力是出于生存的需求，而不是为了娱乐。因为如果没有想象力，人就没有东西吃，人就会死。

由此我们是否可以同样说：人类的大脑天生就是为了想象而构造的？

因为就像不会长跑就会死（所以身体必须被构造成适合

长跑），不会想象也会死。

也许正是这种来自远古祖先的心理遗传，让我们永远都离不开想象力的最高结晶——文学。因为文学的本质不是为了娱乐，为了消遣，而是为了活着。

当我 2019 年 9 月再次来到北京，我的电脑里已经有了十二万字。这次我要在北京待整整一年。这次依然跟鲁迅文学院有关——我是来上鲁院与北京师范大学合办的一个写作研究生班。但这次我住在鲁院的另一个校区，位于慈云寺附近。其实，说实话，我来的真正目的——你也许已经猜到了——是想在北京写完《李美真》。

就在我抵达北京的第一天，准确地说，就在我走进房间不超过半小时（我的行李箱刚打开，还摊在地上没整理），挪动床头柜时，从缝隙里掉出一本薄薄的 A4 纸大小的白色小册子。封面上印着：语言与思辨——西方思想家和汉学家对汉语结构的早期思考及其影响，方维规。

有什么在我脑中闪过。我坐下开始看。注释上显示方维规是北京师范大学的文学院教授（所以这份论文应该是上一届写作研究生遗落的）。文章的前半部分综述了利玛窦、洪堡、葛兰言等西方传教士、学者、汉学家对古代汉语及其思维方式的各种看法和分析。比如洪堡说："在所有语言中，汉语文本的翻译最难再现原文特有的表现力和句子构造方式。"（我不禁想到了林恪正在翻译的，让他痛不欲生的荷兰语《红楼梦》。）但最引起我注意的是文章的最后一节，标题为"翻译与新文体：用外语革新汉语"。

19世纪中叶以后，在中国文坛居于正统地位的书面语言，仍然是文言中的八股文和处于中兴时代的桐城古文。我在这一节的第一句下面用红笔划了条杠。我又把"桐城"一词画了个圈。因为我就是来自桐城——我的出生地，安徽省枞阳县，不仅在古代一直属于桐城，而且桐城古文派的几位代表作家，方苞、姚鼐、吴汝纶，也都是枞阳人。但我几乎没读过他们的作品，正如我在这部小说中借K之口说的，一直以来，我几乎只读西方文学。

我继续往下看。我继续在不同的句子下面划杠：

进入19世纪之后，随着新教传教士的到来，尤其是在19世纪下半叶，中土出现了不少西方传教士的欧化白话文作品，这可被看作新文学的先声。

周作人在《圣书与中国文学》一文中指出："我记得从前有人反对新文学，说这些文章并不能算新，因为都是从《马太福音》出来的；当时觉得他的话很可笑，现在想起来反要佩服他的先觉：《马太福音》的确是中国最早的欧化的文学的国语，我又预计他与中国新文学的前途有极大极深的关系。"

胡适也在其《逼上梁山——文学革命的开始》中提到，他是从阅读基督教会的宣传品中获得"提倡白话文"的灵感。

第十八章 后记

我放下小册子,呆呆地坐在房间里,去年第一眼看见那个斜眼服务员阿姨的感觉又来了:一种像热风般拂过全身的麻震感。

为什么?为什么这篇文章就像是谁特意留在这个房间给我看的?为什么我总觉得它与《李美真》、与我的写作有某种隐秘但又十分重要的联系?如果一定要说这纯粹是巧合,那这种巧合也太不自然了。它太像一部小说里的情节了,以至于甚至显得有点虚假,虽然我可以向上帝保证这是真的。

我拿起小册子又浏览了一遍,然后把它像个珍贵的礼物般放进抽屉。我迅速整理好带来的衣物行李,然后立刻坐下来继续写《李美真》。

在我的红色笔记本里(它既是又不是这部小说里出现的红色笔记本),我还记下了其他一些奇妙的呼应。

比如,几乎完全是无意识地,我恰好在 9 月 11 号这天开始写《2012 年 9 月 11 日》这一章。结果出乎意料的是,这一章成了全书最长的一章。在某个时刻,我惊喜地发现,我创造的鲁滨逊老头(以及随后的 J. 尼奥)完全脱离了我的控制。他们开始妙语连珠滔滔不绝。他们提出各种奇谈怪论。他们仿佛拥有了自由意志。他们仿佛拥有了属于自己的想象力。而我则从原本的创造者,变成了一个观察者,聆听者,记录者。

关于鲁迅的段落就是这样出现的。我无法想象我的小说里会出现鲁迅的名字——如果不是鲁滨逊老头坚持的话。几天之后,我偶然在微信朋友圈看到有人祝"老鲁生快!"(发这条的女孩写过一部关于鲁迅的博士论文。)然后我忽然意识到,我在小说中写到鲁迅的那一天,恰好是鲁迅的诞辰。

那一瞬间我突然感觉到了自己与鲁迅的关联。当然,这种关联其实一直都在——最明显的莫过于鲁迅文学院——但从未显得如此清晰,如此意义明确而又丰富。一切都恍若连接起来:鲁迅,文学院,五四运动,翻译,写作,新文学,《马太福音》,桐城派,《李美真》,我。

如果说以上的巧合或呼应只限于文本与我的个人生活之间,也有些对应是来自文本和外部世界之间——但它们间的关系很难用奇妙来形容,因为都是些不太妙——实际上是很糟——的事。当我在写白鹤镇的超级飙风时,恰好遇上席卷浙江的超级台风利奇马,德清县差点被淹没。9·11派对让人想到中美贸易战。而就在我意识到金牧师的教堂将被烧毁时,突然传来了巴黎圣母院失火的消息。紧接着是另一座百年教堂,荷兰(又是荷兰)霍赫玛德教堂被大火焚毁。有一刻我甚至产生了一丝晕眩般的内疚和恐惧:难道它们失火跟我有关?当然,那不可能,更可能的解释是:因为这个世界每时每分每秒都在发生各种各样的灾难,所以无论你在另一个虚构的世界里设置什么灾难,都会在这个世界发现呼应和回音。

但为什么？为什么上帝小说家要为我们设计这样一个每时每分每秒都在发生天灾、疾病、车祸、杀戮、饥荒、痛哭、背叛、罪恶和死亡的世界？

因为只有在这样一个世界，同一个世界，才也会每时每分每秒都有人接吻、相爱、喝冰啤酒、读托尔斯泰、听巴赫、写作、绘画、原谅、祝福，以及诞生。

这就是世界的秘密。也是小说的秘密。

这是上帝的悲伤。也是小说家的悲伤。既然他决定赋予他的被造物以生命，既然那些被造物拥有了神一般自由的想象力，他就必须从此袖手旁观，任其发展。他最多只能发出一些遥远而模糊的暗示，但更多时间他只是静静地观察，满怀悲伤、怜悯、克制，以及希望和爱。

所以我们不该把责任推给上帝，即使上帝真的是个小说家，而我们只是他创造的角色。不管怎样，我们都应该对这个世界的所有美好和灾难负责。我们不该像某些后现代元小说中写的那样，书中的某个角色跳出来质问作者，你凭什么决定我的命运？不，没有人能决定你的命运——哪怕是那个创造你的人。如果这个世界是一部小说，那么跟所有伟大小说一样，里面角色的命运并不是由作者决定，而是由他（或她）自己决定——由他（或她）自己的想象力决定。

此刻是 2019 年 12 月 27 日晚上 11 点 16 分，2019 年即

将结束,你手中的这部小说也即将结束。苏珊·桑塔格说,"小说的结局带给我们一种解脱,一种生活无论如何也不愿给予我们的解脱:一切都彻底结束了,但这个结束不是死亡。"对,结束——但不是死亡,事实上,它的生命才刚刚开始。我按下保存键,滑动屏幕,再一次凝视着李美真。我在心里对她说,我写完了,终于写完了,从此以后的漫长时间,辽阔世界,再也没有什么可以将你伤害。